KING

Título original: *The Stationery Shop*

© 2019, Marjan Kamali
© 2024, de la traducción por Tatiana Marco Marín
© 2024, de esta edición por Antonio Vallardi Editore S.u.r.l., Milán

Todos los derechos reservados

Primera edición en esta colección: febrero de 2026

Newton Compton Editores es un sello de Antonio Vallardi Editore S.u.r.l.
Pl. Urquinaona, 11, 3.° 1.ª izq. Barcelona, 08010 (España)
www.newtoncomptoneditores.com

Gruppo editoriale Mauri Spagnol S.p.A.
www.maurispagnol.it

ISBN: 979-13-87788-27-8
DL: B 23.491-2025

Composición:
Endoradisseny

Diseño de interiores:
David Pablo

Impreso en febrero de 2026 en Puntoweb s.r.l., Ariccia (Roma), en Italia.

Marjan Kamali

La joven
de Teherán

Traducción de Tatiana Marco Marín

Newton Compton Editores
Barcelona, 2026

Para Kamran: Eres mi amor.

Los dos se dejaban deslizar hacia una intimidad
de la que nunca habían de librarse.

F. SCOTT FITZGERALD,
A este lado del paraíso

Lo único nuevo en el mundo es la historia que no conoces.

HARRY S. TRUMAN

Parte I

Capítulo 1

2013

El centro

–He concertado una cita para ir a verlo.

Lo dijo como si fuese a ir a la consulta de un dentista, de un terapeuta o a visitar a aquel comercial de frigoríficos tan insistente que les había prometido a Walter y a ella que, si compraban el modelo de última generación, dispondrían de leche fría, verduras crujientes y queso fresco de por vida.

Walter estaba secando los platos con la mirada fija en el paño de cocina y el dibujo de un pollito amarillo sujetando un paraguas. No le contestó. El gusto de Walter Archer por la lógica y su habilidad para dejar que la razón se impusiera a todo lo demás daban testimonio del buen juicio de la propia Roya. Después de todo, ¿acaso no se había casado con un hombre razonable y que, por el amor de Dios, era increíblemente comprensivo? Al final, no se había casado con aquel chico, el que había conocido muchas décadas atrás en una pequeña papelería de Teherán. En su lugar, había unido su vida a la de aquel pilar de estabilidad nacido en Massachusetts, Walter, que casi todos los días desayunaba un huevo duro y que, mientras secaba los platos, dijo:

–Si quieres ir a verlo, deberías hacerlo. Me temo que has estado hecha polvo.

A aquellas alturas, Roya Archer era prácticamente estadounidense. No solo por matrimonio, sino en virtud de llevar viviendo en Estados Unidos más de cinco décadas. Podía recordar una infancia vivida en las calles ardientes y polvorientas de Teherán mientras jugaba al pillapilla con su hermana pequeña, Zari. Sin embargo, ahora su vida estaba encapsulada con cuidado en Nueva Inglaterra.

Con Walter.

Una visita a una tienda apenas una semana atrás (¡para comprar clips!) lo había resquebrajado todo y, una vez más, se había visto atrapada en 1953. El cine Metropole, en medio de la ciudad más grande de Irán, durante aquel verano turbulento. El sofá rojo circular del vestíbulo sobre el que colgaba una araña de techo cuyos cristales resplandecían como lágrimas gruesas. El humo de los cigarros que flotaba en el aire dibujando volutas. Él la había conducido escaleras arriba, al interior de la sala, y, allí, en la pantalla, había visto a unos famosos con nombres extranjeros acariciándose. Tras la película, habían paseado juntos bajo el crepúsculo estival. El cielo, de color lavanda, mostraba tal variedad de tonos violetas que le había parecido imposible. Él le había pedido matrimonio cerca de unos arbustos repletos de jazmín y la voz se le había quebrado al pronunciar su nombre. Habían intercambiado incontables cartas de amor y planificado su unión. Pero, al final, nada: la vida le había arrebatado todo lo que habían planeado.

No pasaba nada.

Maman siempre había dicho que, cuando nacemos, llevamos el destino escrito en la frente. No se puede ver ni se puede leer, pero está bien grabado con tinta invisible y la vida se rige por él pase lo que pase.

Había mantenido a aquel chico alejado de sus pensamientos durante décadas. Había tenido una vida que construir y un país que conocer. A Walter. Un bebé que criar. Aquel chico de Teherán había acabado en el fondo de un cubo, como si fuese un trapo inservible y desgastado, empujado a tales profundidades que, tras un tiempo, casi había caído en el olvido.

Sin embargo, ahora al fin podría preguntarle por qué la había abandonado allí, en medio de la plaza.

Walter tuvo que maniobrar con el automóvil para pasar por un punto resbaladizo que se había visto estrechado por bancos de nieve. Cuando frenaron de golpe, Roya no pudo abrir la puerta del automóvil. De algún modo, durante el largo viaje, se habían quedado encerrados dentro.

Él dio la vuelta y le abrió la puerta porque era Walter; porque lo había criado una madre (Alice: amable, dulce y que olía a ensalada de patatas) que le había enseñado cómo tratar a una dama, y porque tenía setenta y siete años y no podía comprender por qué los jóvenes de aquella época no trataban a sus esposas como si fueran de cristal. La ayudó a bajar del vehículo y se aseguró de que la bufanda de punto le protegiera la nariz y los labios del viento. Juntos, atravesaron el aparcamiento con cuidado y subieron los escalones del edificio gris del Centro de la Tercera Edad Duxton.

En el vestíbulo, una ráfaga de aire demasiado cálido les dio la bienvenida. Detrás de un mostrador había una mujer joven, de unos treinta años, con la melena rubia recogida en un moño. En el pecho llevaba una placa de plástico con el nombre CLAIRE. Detrás de su mesa, había colgados unos panfletos que rezaban «¡Noche de cine!» y «¡Almuerzo bávaro!» con signos de exclamación a pesar de que los bordes estaban doblados y de que en aquel lugar había personas arrugadas que se abrían paso por el suelo de linóleo en silla de ruedas y otras que empujaban andadores para mantener el equilibrio y no caerse.

–¡Hola! ¿Van a unirse hoy a nosotros para el almuerzo de los viernes? –Claire hablaba en voz alta.

Walter abrió la boca para decir algo.

–Hola. Él no –contestó Roya con rapidez–. Mi marido va a probar el famoso bocadillo de falsa langosta de Dandelion Deli. Lo he buscado en Yelp. Es muy raro encontrar bocadillos de langosta en pleno invierno, ¿no te parece? Aunque sea langosta falsa. –Estaba divagando. Se estaba esforzando por no estar nerviosa–. Le daban cinco estrellas.

–¿A ese sitio? –La recepcionista parecía sorprendida.

–A su bocadillo de langosta –masculló ella.

Walter suspiró y alzó cinco dedos para indicarle a la mujer que su esposa confiaba en las cinco estrellas.

–¡Ah, muy bien! ¡Langosta! –asintió la joven, que pronunciaba la palabra alargando las sílabas–. ¡Hay que confiar en las reseñas de Yelp!

–Bueno, en marcha –le dijo con delicadeza a su marido. Se puso de puntillas para darle un beso en la mejilla recién afeitada. Piel arrugada y el olor del jabón Irish Spring. Quería tranquilizarlo.

–Cierto –asintió él–. Entendido. Me marcho pues. –Sin embargo, no se movió. Roya le estrechó la mano. El mismo agarre suave y familiar de toda la vida–. No dejes que se meta en muchos problemas –le dijo al fin a la recepcionista. Tenía la voz tensa.

Una ráfaga de aire frío inundó el vestíbulo cuando Walter atravesó las puertas dobles y bajó al aparcamiento cubierto de hielo.

Roya se quedó frente al mostrador, inquieta. De pronto, se sintió abrumada por el olor a amoníaco y a algún tipo de estofado. ¿Ternera? Ternera con cebolla, sin duda. La calefacción, que estaba muy alta para compensar el frío de Nueva Inglaterra, hacía que el olor del estofado resultase demasiado penetrante. No podía creer que de verdad hubiera ido hasta allí. Los radiadores siseaban, las sillas de ruedas chirriaban y, de repente, todo aquello le pareció un terrible error.

–¿Y cómo puedo ayudarla a usted? –le preguntó Claire.

Llevaba en torno al cuello una cruz de oro. La miraba con un gesto extraño, como si la conociera.

–Pedí cita para ver a alguien –dijo Roya–; a uno de los pacientes a los que atendéis.

–Ah... Se refiere a uno de los residentes. Maravilloso. ¿Y de quién se trata?

–El señor Bahman Aslan.

Las palabras salieron de sus labios poco a poco, como si fueran anillos de humo visibles y reales. Habían pasado años desde la última vez que había pronunciado su nombre completo en voz alta.

La cruz que Claire llevaba al cuello resplandeció bajo las luces fluorescentes. A esas alturas, Walter ya habría salido del aparcamiento.

La joven se puso en pie, salió de detrás del mostrador y se colocó frente a ella. Después, le tomó ambas manos con gentileza.

–Me alegro mucho de conocerla al fin, señora Archer. Soy Claire Becker, la administrativa adjunta del Centro Duxton. Gracias por venir. Me han hablado muchísimo de usted. Significa mucho para mí que esté aquí.

Así que no era la recepcionista, sino una de las administrativas. ¿Cómo sabía Claire Becker su nombre? Debía de aparecer en el registro de citas. Después de todo, había pedido una. Pero ¿por qué actuaba aquella joven como si la conociera? ¿Y por qué le habían hablado tanto de ella?

–Venga conmigo, por favor –le dijo Claire con suavidad–. La llevaré hasta él directamente.

En aquella ocasión no añadió el obligatorio tono de exclamación que parecía necesario para ocultar la tristeza de aquel lugar.

Roya la siguió por un pasillo hasta llegar a un salón enorme en el que había una mesa alargada con sillas plegables de plástico colocadas a cada lado. Sin embargo, no había nadie jugando al bingo o chismorreando. Claire señaló en dirección al fondo de la estancia.

–Ha estado esperándola.

Junto a la ventana, había un hombre en silla de ruedas y, a su lado, una silla de plástico vacía. Les daba la espalda, por lo que

Roya no podía verle el rostro. Claire comenzó a acercarse a él pero enseguida se detuvo. Ladeó la cabeza y la miró de arriba abajo, como si estuviera evaluando su potencial para generar seguridad, daño o algún tipo de drama. Juguéteó con su collar.

–¿Puedo traerle algo? ¿Agua? ¿Té? ¿Café?

–Oh, estoy bien, pero gracias por preguntar.

–¿Está segura?

–Eres muy amable, pero estoy segura.

En aquel momento, fue Claire la que pareció reticente a marcharse. Cielo santo, nadie quería dejar a Roya a solas con aquel... residente. Por el amor de Dios. Como si ella, una mujer pequeñita en la setentena, siguiera ejerciendo algún tipo de poder sobre él o sobre cualquiera. Como si ella, Roya Archer, pudiera incendiar el lugar con su mera presencia o provocar una explosión tan solo por estar allí.

–Estoy bien –dijo.

Había aprendido a contestar así de los estadounidenses: «Estoy bien», «Todo va bien», «Todo correcto», «*Okey makey*». Americanismos facilones. Sabía cómo hacerlo. El corazón le palpitaba, pero miró a Claire con calma.

La joven agachó la cabeza y, al fin, se dio la vuelta y se alejó. El repiqueteo de sus tacones mientras salía del salón iba acompasado con el corazón especialmente ruidoso de Roya.

Todavía estaba a tiempo de seguir a Claire y abandonar aquel lugar hediento, alcanzar a Walter antes de que terminara de comer, volver a casa, meterse en la cama y fingir que nunca había cometido aquel extraño error de cálculo. No era demasiado tarde. Imaginó a su marido encorvado sobre una cerveza de jengibre y un bocadillo de langosta, solo en aquel *delicatessen*... Pobrecito. Pero, no; había ido hasta allí para descubrir al fin la verdad.

Un pie delante del otro; así se hacían las cosas. Se obligó a acercarse a la silla de ruedas que había junto a la ventana. Sus tacones no repiquetearon, ya que llevaba puestos sus inseparables zapatos grises de suela gruesa. Walter había insistido en que se pusiera botas de nieve, pero se había negado. Estaba dispuesta a aceptar muchas cosas, pero presentarse por primera vez en sesenta años ante su antiguo enamorado con unas botas esquimales era una de las pocas cosas que no podía aceptar.

El hombre parecía ajeno a su presencia, como si no existiera.

–Te he estado esperando –dijo de pronto una voz en farsi.

El cuerpo de Roya se estremeció. Aquella voz la había animado y reconfortado cuando habían sido inseparables.

Era 1953. Era verano y ella tenía diecisiete años. Nueva Inglaterra se disolvió y tanto el frío del exterior como el falso calor del interior se evaporaron. Roya tenía las piernas morenas y tonificadas, y ambos, él y ella, estaban junto a las barricadas, apoyados contra la madera astillada y gritando a todo pulmón. La multitud se agolpaba, el sol le quemaba la coronilla de la cabeza, llevaba dos trenzas que le llegaban a la altura del pecho y tenía el cuello estilo babero empapado en sudor. A su alrededor, la gente alzaba los puños al aire y gritaba al unísono. La emoción, el saber que algo nuevo y mejor estaba a punto de llegar, la certeza de que le pertenecería en un Irán libre y democrático... Todo aquello era suyo. Habían sido dueños de un futuro y un destino y se habían involucrado con un país al borde de un nuevo comienzo. Lo había amado con la fuerza de una explosión y le había resultado imposible imaginar un futuro en el que no escuchase su voz todos los días.

Sobre el linóleo, Roya vio sus pies que, de pronto, le resultaron irreconocibles dentro de aquellos zapatos grises de ancianita con suelas gruesas y unos lazos diminutos.

El hombre hizo girar la silla de ruedas y una sonrisa se apoderó de su rostro. Parecía cansado. Tenía los labios secos y unas arrugas profundas le surcaban la frente. Sin embargo, su mirada era alegre y llena de esperanza.

–Te he estado esperando –repitió.

¿Era posible volver atrás con tanta facilidad? Tenía la misma voz. Era él al completo. Los ojos, la voz... Su Bahman. Pero, entonces, recordó por qué había ido hasta allí.

–Ya veo. –La voz le sonó mucho más fuerte de lo que había esperado–. Pero lo único que quería preguntarte es: ¿por qué demonios no me esperaste la última vez?

Se dejó caer sobre la silla que estaba junto a él, más cansada de lo que había estado jamás en todos los años que llevaba sobre la faz de la tierra. Tenía setenta y siete años y estaba agotada. Sin embargo, mientras recordaba aquel verano cruel y decepcionante del que nunca se había recuperado del todo, se sintió como si todavía tuviera diecisiete.

Capítulo 2

El joven que cambiaría el mundo

—Me gustaría que vosotras, hijas mías, fuerais las próximas Madame Curie de este mundo —dijo Baba mientras comían pan *naan* recién hecho con queso feta y mermelada casera de guindas—. Eso me encantaría. O incluso que fuerais escritoras. —Sonrió en dirección a Roya—. Como esa mujer estadounidense... ¿Helen Keller?

—No soy sorda, Baba —dijo Roya.

—Ni tampoco es ciega, Baba —añadió Zari.

—¿Y qué tiene eso que ver? —Maman hizo un gesto para que sus dos hijas comieran más deprisa.

—Tienes que ser sorda y ciega para ser Helen Keller —dijo Zari con una sonrisa resplandeciente, orgullosa de sus conocimientos sobre las heroínas estadounidenses.

—Y muda. No te olvides de muda —masculló Roya.

—No me refería a eso. —Baba dejó el vaso de té—. Me refería a lo de ser un genio y a lo de escribir once libros... ¡A eso me refería!

A Maman y Baba el destino les había otorgado tan solo dos descendientes y, además, dos chicas. Su padre era un hombre notable y excepcionalmente abierto de mente para su época: quería que sus hijas recibieran una educación y tuvieran éxito. La educación era su religión y la democracia su sueño.

Como estudiantes de instituto, Roya y Zari estaban en el camino adecuado para obtener la mejor educación que podía conseguir una chica en Irán en 1953. El país estaba cambiando y abriéndose con rapidez. Tenían un primer ministro elegido de manera democrática: Mohammad Mossadegh. También tenían un rey, el sah, que continuaba con la defensa de los derechos de la mujer que había comenzado su padre, el sah Reza.

—¡Cuando se trata del petróleo, el sah es sin duda un siervo de los malditos británicos! —solía decir Baba a todas horas—. Pero, sí, ha ayudado con el asunto de las mujeres; eso lo reconozco.

El desdén y las críticas de los miembros más tradicionales de la familia acompañaban a las visiones aperturistas de su padre y su madre. En la cocina, a medio camino entre los susurros y los gritos, las tías le preguntaban a Maman cómo podían permitir que sus hijas adolescentes fueran a todas partes sin acompañante. Ella se había vuelto una experta en tomárselo a broma. Había dejado de usar el hiyab tan pronto como el sah Reza había puesto en vigor en los años treinta una ley que permitía a las mujeres no llevar el velo. Acogía las reformas para la emancipación de la mujer aunque sus familiares más religiosos se estremecieran ante las costumbres extranjeras de los *farangi*.

Maman y Baba habían enviado a sus hijas al mejor instituto femenino de Teherán. Cada mañana, mientras su madre hacía el té, Roya y Zari se preparaban para el día que tenían por delante. Roya tan solo se lavaba la cara y se recogía el pelo oscuro y espeso en dos largas trenzas, pero Zari se ponía un poco de color en los labios y se acomodaba con orgullo las ondas que creaba al enrollarse todas las noches secciones del cabello con papel de periódico.

Mientras su hermana pequeña se arreglaba y acicalaba, Roya contempló su propio reflejo en el espejo. En el último año, había cambiado mucho. Había perdido parte de la redondez infantil en el rostro y tenía los pómulos más prominentes. Aunque, a veces, había sufrido de acné, tenía la piel despejada. Tenía la melena larga y negra ondulada de forma natural, por lo que podría haber dejado que le cayera sobre los hombros, tal como Zari le recomendaba que hiciera muy a menudo. Aun así, continuaba haciéndose trenzas. Eso hacía que se siguiera sintiendo ella misma, sobre todo teniendo en cuenta que todo lo demás había cambiado tanto a nivel físico. Seguía siendo menuda, pero, en los últimos tiempos, tenía muchas más curvas y mucho más pecho. O, como Zari decía: estaba más «desarrollada».

Su hermana la apartó a un lado con un codazo y ocupó el lugar frente al espejo. Se acarició la melena e hizo un mohín.

—Este peinado hace que me parezca a Sophia Loren, ¿verdad?

¿Qué otra cosa podía hacer ella más que decir que sí? Se abotonó la blusa de algodón de manga larga, se puso el uniforme de tela *ormak* y se subió los odiados calcetines hasta la rodilla. Tenía que admitir que incluso ella quería llevar calcetines tobilleros («calcetines americanos», tal como los llamaban las demás chicas), pero la directora castigaba a aquellas que vestían calcetines cortos. Roya no había reunido la valentía para entrar en la escuela con la cabeza bien alta y ese tipo de calcetines en los pies.

—¡Es nuestra esperanza! —Durante el desayuno, Baba se llenó la boca de pan y queso feta—. El primer ministro Mossadegh ha nacionalizado el petróleo para que podamos librarnos del poder absoluto de la AIOC. —La AIOC, la Compañía de Petróleos Anglo-Iraní, era la némesis de su padre—. Por primera vez en décadas, los iraníes podemos sentir que tenemos el control de nuestros propios recursos naturales en lugar de pensar que se están aprovechando de nosotros los países imperialistas. El primer ministro es el único que puede oponerse a las potencias extranjeras. Con Mossadegh guiándonos, pronto seremos una democracia plena. Ahora, si vosotras estudiáis Historia, Química y Matemáticas, podréis uniros a la mejor clase profesional que esta gran nación haya visto jamás. ¿Podéis creerlo? ¿Veis lo que está a vuestra disposición y las oportunidades que hay ahora para las jovencitas? ¿Qué puedo hacer yo como funcionario del Gobierno? ¿Llevar papeles de un lado a otro? ¿Quedarme sentado bebiendo té? –Dio otro trago largo de su taza–. Pero vosotras, hijas mías... ¡Vosotras llegaréis más lejos de lo que vuestra madre y yo hemos soñado jamás! ¿Verdad, Manijeh?

–¡Una mañana! –exclamó Maman–. ¿No podemos desayunar ni una sola mañana sin que nos des un sermón?

Baba pareció un poco dolido, pero no se calló del todo.

–¡Mi Marie Curie! –dijo mientras le hacía un gesto con la cabeza a Zari–. ¡Mi Helen Keller! –añadió, guiñándole un ojo a Roya.

Las chicas, que habían nacido con dieciocho meses de diferencia, conocían muy bien las grandes esperanzas de su padre. Roya, que tenía diecisiete años, intentaba cumplir sus deseos, pero lo que de verdad quería hacer era leer novelas traducidas de autores con nombres como Hemingway o Dostoievski y leer poemas de los grandes persas como Rumi, Hafez o Saadi. También le gustaba cocinar junto a Maman y seguir las recetas para hacer los mejores guisos *khoresh*.

Además, su hermana pequeña estaba lejos de convertirse en la futura Madame Curie. Zari estaba obsesionada con un chico llamado Yousof. Quería casarse con alguien rico, bailar el tango y aprender el vals. Quería pagar cinco tomanes por un boleto en una de las fiestas de los chicos populares, lanzarse a bailar una samba e impresionar a todo el mundo con sus movimientos. La mayoría de las noches, cuando se iban a dormir, Zari le hablaba sobre sus sueños con todo detalle.

–Bueno, marchaos. –Maman les dio un beso en la mejilla a ambas y les arrebató los vasos de té.

Zari hizo el saludo militar frente a su padre a modo de broma sobre la devoción que sentía por sus ideales. En lugar de reírse, el hombre le devolvió el saludo con lentitud y seriedad. Ella miró a Roya con una mueca fugaz que solo vieron las dos hermanas.

En la puerta, se pusieron los zapatos. A pesar de que Roya estaba en el último curso del instituto y Zari en el penúltimo, seguían estando obligadas a llevar los zapatos de cuero de muñequita que formaban parte del uniforme del centro. Roya tiró de la correa y se la abrochó con fuerza.

Salieron de la zona *andaruni* de la casa y se encaminaron a la parte exterior. Recorrieron el pasillo y bajaron las escaleras que conducían al jardín. Cuando pasaron junto al estanque de azulejos turquesa con peces *koi*, Roya envidió a los animales, pues lo único que hacían era nadar en aquel agua fresca y azul. No se suponía que tenían que convertirse en miembros exitosos de la mejor clase profesional que la nación hubiese visto jamás.

Roya cerró la verja cuando salieron al callejón. Después, se dirigieron a la calle principal. Allí, se pegaron la una a la otra, apretándose los libros contra el pecho.

Siendo tan pronto por la mañana, no había manifestantes, pero el suelo estaba repleto de panfletos de algún mitin previo. También había fotografías del primer ministro Mossadegh con su nariz afilada y ganchuda y sus ojos eruditos y cansados del mundo. Roya no podía soportar ver su rostro esparcido de aquel modo por el suelo, donde la gente podía pasar por encima. Recogió unos pocos papeles y, con cautela, los sujetó bocarriba.

–Ay, por favor, ¿de verdad crees que puedes salvarlo? –preguntó Zari–. Esta noche va a haber una manifestación comunista. Después de esa, habrá otra en la que se reunirán los partidarios del sah. No puedes salvar al primer ministro. Hay dos facciones que lo superan en número y que quieren que desaparezca.

–¡Tiene miles de millones de seguidores! Nosotros, el pueblo, lo apoyamos –dijo Roya.

–El pueblo tiene muy poco poder y lo sabes. En este país hay demasiada corrupción y demasiados tratos que se hacen entre bambalinas.

Mientras seguían caminando, Roya se apretó los libros y las fotografías de Mossadegh contra el pecho con más fuerza. Sin duda, Zari tenía razón. En la escuela, justo la semana anterior, habían convocado una asamblea especial. La directora, subida en el escenario con las manos en las caderas, había exigido que las estudiantes identificaran a la persona que estaba haciendo circular propaganda comunista entre ellas. Nadie se había pronunciado. Roya sabía que era Jaleh Tabatabayi la que pasaba aquellos panfletos escondidos entre folios bajo los escritorios y durante el recreo. Se preguntaba cómo tenía acceso a aquellos documentos políticos o, para empezar, cómo se atrevía a hacerse con ellos. Más tarde, a la hora de la salida, había aparecido la policía con un megáfono, pistolas y una manguera. Abbas, el portero de la escuela, había ayudado a los agentes de cuello ancho a acoplar la manguera a uno de los grifos del patio. Justo cuando Jaleh había salido del edificio, habían abierto el grifo y habían apuntado el agua con toda su potencia hacia ella. Al principio, el gesto de la chica había sido de sorpresa, de una especie de asombro. Luego, había cambiado a uno de decisión. Había dado un salto para evitar aquella serpiente de agua siseante y había aterrizado con un golpe seco en medio del torrente. Pocos segundos después, Jaleh había acabado empapada, con el uniforme pegado a sus curvas y la melena chorreando.

Uno de los policías le había dicho:

—Eso te enseñará a no faltar al respeto a tu país al difundir mentiras comunistas. No creáis que, al final, no vamos a acabar encontrando a todos los que os escondéis detrás de los traicioneros complots rusos. Las chicas tenéis que centraros en convertiros en jovencitas decentes en lugar de en burras con gusto por la política.

La directora había aplaudido.

Las chicas partidarias del rey, devotas al sah, también habían aplaudido y vitoreado formando un corrillo en el patio. Varias de aquellas chicas seguidoras del sah procedían de familias ricas cuyos padres trabajaban en la industria del petróleo. Unas pocas chicas profundamente religiosas se habían sumado a los aplausos. Por primera vez en mucho tiempo, las familiares del clero y las admiradoras del sah habían mostrado un frente unido.

En cuanto la policía y la directora se hubieron marchado del patio, las chicas procomunistas habían salido corriendo hacia Jaleh y se habían apiñado a su alrededor. Habían intentado secarla con sus chaquetas, sus pañuelos o los dobladillos de sus uniformes. Ella, aunque empapada, había mantenido la cabeza bien alta y les había dicho que no se preocuparan. Incluso se había reído. Roya se había dado cuenta de que, a partir de ese momento, Jaleh iba a distribuir más panfletos marxistas, no menos. Así eran las chicas comunistas del Tudeh: intrépidas y decididas, predicando siempre que Irán debería seguir los pasos de la Unión Soviética.

Roya, Zari y las chicas que defendían al primer ministro se habían agolpado en su propio círculo, sorprendidas y agitadas. Si otra estudiante le hubiera preguntado a quién apoyaba, Roya habría dicho: «Al primer ministro Mossadegh y al Frente Nacional». Decir cualquier otra cosa habría hecho que a Baba se le rompiera el corazón. El primer ministro podía conducir a su país hacia la democracia plena. Había estudiado Derecho en Suiza, se había convertido en ministro de Exteriores y había viajado hasta Estados Unidos para presentarse ante las Naciones Unidas y afirmar que la británica Compañía de Petróleos Anglo-Iraní debería otorgar a Irán la propiedad de su propio petróleo. A Roya le gustaban la independencia y autosuficiencia de Mossadegh. Incluso admiraba su pijama (con el que le habían fotografiado en alguna ocasión).

De camino a la escuela con Zari, mientras recordaba el incidente de Jaleh y la manguera, Roya deseó que la polarización y las rivalidades políticas constantes llegasen a su fin. La política se había infiltrado en todas las aulas. Ahora, al igual que el país, sus compañeras de la escuela estaban divididas entre las defensoras del rey, las del primer ministro y las comunistas. Estaba cansada de que fuese así.

Cuando llegaron a la verja de acceso, se encontraron con Abbas, el portero, que mostraba un gesto adusto. Su trabajo era asegurarse de que ninguna persona sin autorización accediese a los terrenos de la escuela, proteger la santidad de la institución y la seguridad de las chicas. No formaba parte de sus funciones abrirse la apertura de la entrepierna de los pantalones y mostrar su pene adornado por un impecable lazo rosa. Sin embargo, era famoso por hacer justo eso de forma ocasional.

Zari se tensó mientras Abbas abría la verja y sonreía. En cuanto hubieron pasado junto a él y estuvieron fuera de su alcance, susurró:

—La semana pasada volvió a enseñarme el pajarito.

—¿Llevaba un lazo? —le preguntó Roya.

—Como siempre. ¿Cómo pueden los hombres andar siquiera con esa cosa ahí colgando?

—Tiene que doler.

—Es tan grande que me sorprende que no tengan sarpullidos constantes ahí abajo.

—Bueno, solo se la has visto al portero.

—Sí. —Zari pareció meditarlo un instante.

—¿Se lo contaste a la directora?

—Me dijo que estaba muy feo que una chica como yo mintiera, que Abbas lleva trabajando aquí desde antes de que yo naciera y que debería darme vergüenza inventarme historias tan vulgares.

—Ya veo. Su respuesta habitual...

—Sí —contestó Zari con un suspiro.

Los chicos no tenían problema para encontrar el camino desde sus escuelas hasta la de las chicas para merodear junto a la verja a la hora de salida. Abbas les gritaba y los ahuyentaba.

—¡Hijos de perra! —chillaba—. Dejad en paz a estas chicas. ¡Arderéis en el infierno!

Roya ignoraba a los muchachos que las seguían hasta casa, pero Zari se aseguraba de que los que eran guapos la vieran revolverse la melena oscura y espesa, especialmente si Yousof estaba entre el grupo. Algunos días, los chicos aparecían en cada esquina y en cada recodo del camino. Chicos engominados, astutos e inteligentes que les guiñaban el ojo, les sonreían y coqueteaban con ellas;

chicos guapos y bien vestidos con sonrisas encantadoras; chicos tímidos y callados que las miraban de reojo de vez en cuando y se sonrojaban cuando los pillaban. Roya se había acostumbrado a ellos del mismo modo que uno se acostumbra a las moscas. Es decir que, en realidad, jamás se había acostumbrado.

El lugar favorito de Roya en Teherán era la papelería que estaba en la esquina de la calle Churchill con la avenida Hafez, delante de la embajada rusa y justo en la acera de enfrente de su escuela.

Le encantaba pasar los dedos por las libretas lisas que había en aquella tienda. También le encantaban las cajas de lápices que olían a grafito y que prometían conocimiento. Podría haberse pasado todas las tardes contemplando las plumas estilográficas y las botellitas de tinta u hojeando libros que hablaban de poesía, amor y pérdida. La tienda no tenía un nombre elegante; se llamaba La Papelería, sin más. Sin embargo, era tanto una librería como una papelería. Conforme las divisiones políticas se profundizaban aquel invierno y la gente más exaltada se enzarzaba en debates y manifestaciones por todas partes, resultó ser el escondite perfecto para el silencio y el aprendizaje. Era un santuario de calma y tranquilidad. Nunca había demasiada luz ni demasiado ruido.

Un día especialmente ventoso de enero, cuando Roya quiso escapar de la manifestación comunista que estaba tomando impulso en la calle, se coló en la tienda. Tan solo quería leer algo de poesía.

—¿Algo de Rumi para hoy? —le preguntó el señor Fakhri desde detrás del mostrador.

Era un hombre cincuentón, tranquilo y amable, que tenía el cabello salpicado de canas, un bigote poblado y gafas metálicas redondas. Siempre llevaba los zapatos recién abrillantados. Había sido el dueño de aquella tienda desde que Roya tenía memoria y era un experto en libros que mantenía los estantes repletos de clásicos persas, poesía y traducciones de obras literarias de todo el mundo.

—Sí, por favor.

Iba a la tienda tan a menudo que el señor Fakhri conocía sus gustos lectores muy bien. Sabía que le encantaba la poesía persa antigua, pero que no podía soportar algunas de esas historias cortas modernas. Sabía que se gastaría hasta el último céntimo de su propina en una libreta nuevecita y que sus productos de papelería favoritos eran los importados de Alemania, ya que eran los más coloridos y modernos. Sabía que no solo leía cada una de las palabras de los antiguos poetas, sino que, en silencio, de vez en cuando también escribía sus propias palabras en las libretas que le compraba. El señor Fakhri sabía todas esas cosas y, tanto como las pilas de libros nuevos, lápices y libretas, era su calma desprovista de cualquier juicio lo que la llevaba a aquella tienda.

—Aquí tienes. —El libro de poesía de Rumi que le tendió estaba impreso en papel nuevecito y brillante y tenía una cubierta verde oscuro con letras doradas—. Entre esas páginas se encuentran algunas de sus mejores obras. Asegúrate de encontrar un sitio tranquilo y no dejes que nadie te moleste. Si de verdad quieres llegar al fondo de su verdad, es necesario concentrarse.

Roya asintió y fue a coger el monedero cuando sonó la campanilla que había sobre el umbral de la tienda. La puerta se abrió de golpe, dejando que se colaran dentro los gritos de la calle y una gran ráfaga de viento. Las páginas del libro de Rumi se sacudieron entre sus manos. Un chico de su edad entró en el local a toda prisa. Vestía una camisa blanca y pantalones oscuros; tenía el cabello negro y espeso y las mejillas sonrojadas por el viento. Entró silbando una melodía nostálgica y llena de añoranza que no se parecía a nada que hubiera escuchado antes y que desentonaba por completo con su forma de caminar y la seguridad que desprendía.

El señor Fakhri se puso alerta y se movió con rapidez. Se lanzó detrás del mostrador, agarró un montón de papeles, los ató con un cordel y se los tendió al muchacho como si llevara todo el día esperando a aquel cliente especial. El chico dejó de silbar, rebuscó entre sus bolsillos y pagó. Fue una transacción rápida y urgente en la que no mediaron palabras. Casi había llegado a la puerta cuando se dio la vuelta. Roya pensó que iba a darle las gracias al señor Fakhri, pero, por el contrario, la miró directamente a ella. Tenía la mirada alegre y llena de esperanza.

–Es una suerte conocerte –le dijo. Después, salió a grandes zancadas de la tienda, en dirección al viento.

El señor Fakhri y Roya se quedaron de pie y en silencio mientras la tienda volvía a recuperar la normalidad tras los efectos de la presencia del joven. Era como si se hubieran subido a un globo aerostático que estuviera empezando a aterrizar y desinflarse.

–¿Quién era ese? –preguntó ella que, sin motivo aparente, se sentía emocionada. Era confuso y desconcertante sufrir la oleada de entusiasmo que la recorrió tan solo por la breve visita de aquel chico.

–Ese, querida mía –contestó el señor Fakhri–, es Bahman Aslan. –Un gesto de preocupación le atravesó el rostro mientras tamborileaba con los dedos sobre el mostrador–. Ese es el joven que quiere cambiar el mundo.

Con cuidado, Roya metió el libro de Rumi en la mochila. Miró fijamente la puerta. Se sentía un poco contagiada, como si acabara de presenciar algo sobrecogedor y sorprendente pero también muy personal; algo que formaba parte del inevitable palpitar de la esperanza, la vida y la energía. Aturdida, se despidió del dueño de la tienda.

Durante días, lo estuvo buscando en las calles. El mocoso de Hossein las seguía de acá para allá, lo cual le molestaba mucho. Cyrus, que era atrevido y ruidoso, se empeñaba en abrirles las puertas a ella y a Zari. Yousof le lanzaba un par de miradas a su hermana cuando se cruzaban por la calle y, después, fingía estar concentrado en una farola. Parecía que, allá donde fueran, los estudiantes de los colegios masculinos atestaban las calles. Los chicos participaban en grupos en diferentes manifestaciones. Sin embargo, el único chico que había irrumpido en la papelería y había hecho que el mundo girase un poco más rápido, con mayor ligereza y con mucho más vigor aunque solo hubiese sido durante unos pocos minutos no aparecía por ninguna parte.

Roya iba y volvía de la escuela con Zari todos los días, se comía los guisos *khoresh* de Maman y escuchaba a Baba cuando les contaba todos los detalles de los planes del primer ministro Mossadegh, que iba a conseguir que su país se librara de las influencias extranjeras de una vez por todas para que nadie pudiera volver a robarles el petróleo. ¡Los iba a empujar a un futuro democrático! Roya estudiaba Geometría, garabateaba poesías y sonreía cuando su padre le decía que, por Dios, se olvidara de Helen Keller, ya que iba a ser la siguiente Madame Curie. Sin embargo, no veía en ningún sitio al chico de los ojos alegres, aquel que había hecho que el señor Fakhri le entregara un montón de papeles con rapidez y seriedad, como si le estuviera entregando el arma a un guerrero.

La semana siguiente, en la papelería, Roya tomó un sacapuntas de metal y pasó el pulgar por las pequeñas rugosidades que tenía en los laterales. Una vez más, el viento agitó las páginas de los libros amontonados cuando la puerta se abrió de golpe y él entró.

En aquella ocasión dejó de silbar en cuanto la vio. Parecía un poco menos seguro de sí mismo y más tímido.

—Rumi —le dijo al señor Fakhri. Aunque, al hacerlo, la miró rápidamente.

Llevaba el cabello oscuro peinado con cuidado hacia un lado. La camisa blanca que vestía estaba planchada. Los ojos le resplandecían y sonreía de forma educada.

Con la misma velocidad y el mismo deseo de complacer, el señor Fakhri tomó una copia del mismo libro que le había entregado a Roya la semana anterior. Después, se aclaró la garganta.

—Ahí tienes, jan Bahman.

En aquella ocasión Bahman le dio las gracias al librero, se inclinó un poco ante Roya y volvió a salir a la calle a grandes zancadas.

–¿Por qué tiene tanta prisa? ¿Adónde va? ¿Qué es tan importante? –dijo en cuanto hubo recuperado la cordura. Pensaba demostrarle al señor Fakhri que aquel muchacho no la dejaba sin palabras.

–Ya te lo dije, khanom Roya: el chico quiere cambiar el mundo; para eso, hace falta apurarse. –El hombre tomó un trapo y se puso a quitarle el polvo al mostrador–. Hace falta vigilancia. –Dejó de frotar la superficie–. Hace falta... –la miró fijamente– precaución extrema.

Roya resopló y dejó el sacapuntas. Después, enderezó la espalda.

–No sé cómo pretende cambiar el mundo. Anda demasiado rápido y no es muy educado. ¡Silba sin motivo! Apenas le habló cuando vino la última vez, el martes pasado. Actúa como si fuese muy importante... Y tiene el pelo raro. No estoy muy segura de cómo va a cambiar el mundo un chico así.

–Precaución –el señor Fakhri apoyó ambas manos sobre el mostrador y se inclinó hacia ella– extrema.

La habían advertido. Había vuelto a ver a Bahman varias veces en aquella tienda y, cada una de esas veces, había llegado un martes justo después de la escuela, como si hubiera sabido que ella iba a estar allí. Cada una de las veces, Roya había fingido estar ocupada hojeando los libros, estudiando los productos de papelería nuevos o mirando cualquier otra cosa que no fuese él. Cada una de las veces, por supuesto, había sido incapaz de no lanzarle una mirada. Había sido así hasta el quinto martes, en el que no pudo seguir soportando el silencio entre ellos.

Fingió tener una pregunta sobre poesía y se la lanzó al señor Fakhri que, por algún motivo, no respondió, así que tuvo que contestarle el joven.

El joven que cambiaría el mundo consiguió decir «Fuego» como respuesta a su pregunta sobre qué palabra era la siguiente en la estrofa que acababa de recitar de uno de los antiguos poemas de Saadi. A Roya se le encendió el rostro.

—«Fuego» —repitió él.

Desde luego, estaba en lo cierto; aquella era la siguiente palabra en la estrofa de Saadi. Lo dijo con tanta seguridad que ella se encontró a medio camino entre desear que se equivocara y sentarse a hablar con él durante horas. Sin embargo, tenía que marcharse, ya que su hermana la estaba esperando.

Cuando se encontró con ella al otro lado de la calle, Zari estaba de especial mal humor. Se quejó de que se había quedado sorda de oír a todos los manifestantes políticos mientras su hermana se entretenía con los lápices y los libros en aquella maldita tienda. Le dijo que necesitaba volver a casa y tumbarse con una botella de agua caliente porque tenía unos dolores menstruales insoportables, que se estaba muriendo de hambre porque la había estado esperando mucho tiempo, y que, para variar, tenía que aprender a respetar el tiempo de los demás. Roya la escuchó refunfuñar durante todo el camino de vuelta a casa, pero no dejó de mirar alrededor, preguntándose cuándo, si es que llegaba a ocurrir alguna vez, volvería a ver a aquel chico en algún lugar que no fuese la papelería.

2013

Roya apoyó la cabeza contra el cristal de la ventanilla del automóvil y observó pasar Nueva Inglaterra, estoica en su frialdad.

Quería centrarse en Walter y en lo mucho que iban a disfrutar la cena. Iba a preparar las varitas de pescado que a él tanto le gustaban. Quería olvidarse de aquel chico y de la visita que acababa de hacerle en aquel centro. Sin embargo, las palabras de su carta se negaban a abandonarla. Sin querer, las había memorizado sesenta años atrás.

Te lo prometo, amor mío. Reúnete conmigo en la plaza Sepah, en el centro... El miércoles 28 de *mordad* a las doce del mediodía. O un poco más tarde, si no llego a tiempo. Reúnete allí conmigo y, de una vez por todas, seremos uno. La emoción de verte hará que pueda seguir adelante los próximos días.

–Ay, Walter –dijo.
Entonces, apoyó la frente en la ventanilla y lloró.

Capítulo 3

Amor: Cómo se enreda

Mira el amor
cómo se enreda
con el enamorado.

Mira el espíritu
cómo se funde con la tierra
dándole una vida nueva.

Roya volvió a leer el poema de Rumi a la espera de que Bahman apareciera. Desde aquella primera vez que había irrumpido en la tienda, no se había perdido ni un solo martes en la papelería. Aquel se había convertido en un invierno de ilusión, conversación y emoción.

«¿Cuándo te enamoraste, hermana? Cuéntamelo. ¿Recitó una palabra de un poema y eso fue todo?». «Claro que no», le había dicho a Zari. No había sido una sola palabra o un solo momento; eso solo pasaba en las películas estadounidenses. ¿Acaso no lo sabía?

Roya quería sentirse plena, quería sentir calidez, quería una vía de escape y consuelo. La papelería y sus libros le ofrecían eso. Entonces, Bahman la había llenado con su presencia. Pero, si tuviera que señalar un día en el que de verdad se había enamorado sin remedio, sería el séptimo martes. Aquel día había señalado el final del invierno. Había sido el tipo de día en el que el frío, la escarcha y el desánimo de la temporada habían dado paso a la promesa de flores, vegetación y nuevos comienzos. Había sido un día a punto de estallar. Todo el país se había estado preparando para celebrar el primer día de la primavera: el Año Nuevo persa.

Aquel séptimo martes, el señor Fakhri revoloteaba por la tienda con nerviosismo y un entusiasmo excesivo mientras ayudaba a las madres a comprar los regalos de Año Nuevo para sus hijos, envolvía sets de bolígrafos y saludaba a la clientela con un efusivo y sentido «¡Que siempre sea feliz y tenga una larga vida!».

—Es un regalo para mi hijo —ronroneó una mujer—. Ha sacado muy buenas notas y le encanta leer.

El orgullo que se reflejaba en su rostro hizo que Bahman sonriera y Roya lo vio.

Otro hombre compró lápices de colores y el señor Fakhri los juntó como si fueran las flores de un ramo y los ató con cinta verde. Por supuesto, el producto más solicitado eran las compilaciones de poemas, pues, como siempre, la sed por la poesía persa era insaciable.

A medida que la tienda se iba llenando de gente al terminar las clases, Roya y Bahman se mantuvieron alejados el uno del otro. Él se centró en los tratados políticos que se presentaban como panfletos cerca del mostrador y ella se quedó al fondo, junto a las traducciones de novelas extranjeras.

Entonces, la multitud se disipó con la misma rapidez con la que se había formado. Comprados los libros, elegidos los regalos y aceptados los consejos, los clientes se dispersaron y allí quedaron ellos dos, enfrascados en sus propios intereses aunque, por supuesto, conscientes del otro y sin sentir nada que no fuese su presencia. El señor Fakhri cerró la caja registradora con un fuerte estruendo.

—Madre mía, hoy en día se compra mucho para Nowruz. ¿Acaso todos los niños de la ciudad han sacado tan buenas notas como para merecer tantos regalos de Año Nuevo? –Roya y Bahman permanecieron en silencio en sus respectivos lugares seguros de la tienda–. ¡Bien! –El librero miró a su alrededor como si estuviese hablando con una gran audiencia–. Un tendero no puede quejarse de las ventas, pero debería ir a llevar todo este dinero al banco. –Ninguno de los dos se movió–. Estaba pensando en salir ahora, así que tendría que cerrar la tienda.

–Yo me quedaré aquí –dijo Bahman en voz baja.

–¿Perdón?

–Puedo quedarme aquí y, si viene algún cliente, puedo decirle que volverá enseguida.

–Ah...

El hombre miró a Bahman y, después, miró a Roya, nervioso. Ella sintió su incomodidad. Le petrificaba la idea de quedarse a solas con el chico. Por supuesto, no debería quedarse a solas con él.

–Tengo que marcharme ya a casa. ¡Que tenga un buen día, señor Fakhri!

–Bueno, si te marchas... Sí, khanom Roya, ¡que tengas un buen día! –El librero parecía aliviado. Volvió a mirarse el reloj–. El banco está a punto de cerrar, así que no me queda mucho tiempo. Gracias, jan Bahman; acepto tu oferta. –Agarró el abrigo y el sombrero y miró fijamente a Roya–. Adiós, khanom Roya. Espero que llegues a casa sana y salva antes de que se haga muy tarde. –Se colocó el *chapeau* negro en la cabeza–. Jan Bahman, volveré enseguida. –Salió a toda prisa y ella lo siguió hasta la puerta.

–Quédate.

La voz del chico era clara y segura.

–Adiós –dijo ella. Se paró justo al lado de la puerta, dándole la espalda. Vio al señor Fakhri desaparecer al fondo de la calle.

–Por favor, quédate. –En ese momento, su tono de voz ya no fue tan seguro.

Se dio la vuelta para decirle por qué era imposible que se quedara, pero cuando lo vio, apenas fue capaz de respirar. Parecía nervioso y tenía el rostro sonrojado, aunque su gesto era amable.

Iba a marcharse. Tenía muchas cosas que hacer. Maman y Zari necesitaban ayuda para preparar la casa para el Año Nuevo. La limpieza de primavera. Había que quitar mucho polvo, sacudir sin fin las alfombras y limpiar las ventanas con vinagre. No había manera posible de que pudiera quedarse a solas con aquel chico.

Estaba sola con él. Estaba sola con él en la tienda y, de pronto, aquel santuario le ofrecía la posibilidad de cambiarlo absolutamente todo.

—¿Cuál es tu libro favorito? —preguntó él con rapidez.

—No tengo un libro favorito.

—Ah... Es solo que... había supuesto que te gustaba leer.

—Me encanta. Lo que quiero decir es que no tengo un solo libro favorito; hay demasiados. —Él sonrió y, aunque seguía sonrojado, su gesto se volvió más confiado—. El señor Fakhri me ha dicho que quieres cambiar el mundo.

Se acercó hacia él, consciente de que estaba saltando de un precipicio y sorprendida ante el hecho de que estuviera poniendo un pie delante del otro. Se detuvo cuando lo tuvo a un brazo de distancia. Los pantalones caqui, la forma en que el pelo le caía sobre la cabeza y el continuo y estrepitoso sonrojo de su rostro...

—Ay, no estoy del todo seguro —dijo Bahman mientras bajaba la vista al suelo.

—Pero eres *siasi*, ¿verdad? Estás comprometido con la política. Él alzó la mirada, sorprendido.

—¿Hay alguien en este país que no lo esté?

—Yo —contestó ella, mintiendo a medias.

—Tienes que estar comprometida con la política; sobre todo ahora.

—Bueno, es que no me gustan todas las discusiones y las manifestaciones.

—Es lo único que tenemos. Tenemos que seguir involucrados. No podemos permitir que echen al primer ministro Mossadegh.

—¿Crees esos rumores de que lo van a derrocar?

—Me preocupa, sí. Las potencias extranjeras podrían hacerlo.

40

O nuestros propios compatriotas; los traidores que hay entre nosotros y que son una creciente... –Se detuvo–. No quiero aburrirte con esto.

–Estoy acostumbrada; mi padre dice básicamente lo mismo.

Bahman sonrió.

–¿De verdad?

–Oh, sí. Recibo una buena dosis diaria.

Él no dijo nada. Tenía los ojos fijos en los de ella. Se quedaron ahí de pie sin más, el uno frente al otro. La inquietaba que la mirara, pero al mismo tiempo la emocionaba. No podían tocarse. No debían tocarse.

–Sé que te encanta leer. Te gustan la poesía y las novelas –dijo él con suavidad.

–¿Cómo lo sabes?

–Te veo todos los martes. Te encanta ese pasillo. –Hizo un gesto con la cabeza en dirección a la zona en la que el señor Fakhri tenía las traducciones de novelas extranjeras.

–Ah, ¿vienes todos los martes? ¡No me había dado cuenta!

Él se rio y, al hacerlo, su gesto se volvió confiado del todo. La risa se reflejó en sus ojos, que se llenaron de una amabilidad arrebatadora.

–He venido otros días, pero nunca estabas. Solo los martes.

–Es el único día que puedo venir –contestó ella.

–¿Qué haces el resto del tiempo?

–Estudiar.

–¿De verdad?

–Sí. –Lo miró fijamente–. Mi padre quiere que me convierta en científica. O en una autora publicada... Como Helen Keller. –Aquella última parte tan solo la masculló.

–¿Y tú?

–¿Disculpa?

–¿Qué es lo que quieres tú?

Era una pregunta absurda. Roya no estaba segura de que alguien le hubiese preguntado aquello jamás. ¿Acaso no era suficiente tener un padre que la apoyara tanto y que fuera tan progresista a la hora de abogar por su hija? ¿No debería un activista defensor de Mossadegh sentirse impresionado?

—Mis padres quieren que acabe la escuela y vaya a la universidad. Lo más probable es que acabe siendo científica.

—¿Y qué harías tú si pudieras hacer lo que quisieras?

La osadía de aquella pregunta la descolocó.

—Pues... Haría caso a mi padre. Mi madre...

Él se acercó más. Un olor que era una mezcla entre almizcle y un aroma ventoso hizo que sintiera como si estuviera a punto de caerse al suelo. Entonces, él estiró el brazo y le tomó la mano. Nunca había sentido el tacto de la mano de un chico. Bahman entrelazó los dedos con los suyos y el corazón le dio un vuelco. Aquel contacto la sobresaltó, pero al mismo tiempo le resultó extrañamente reconfortante.

—Te encantan las novelas. Lo he visto.

—¿Y?

—Léelas. Lee todas las que quieras.

¿Cuántas veces le había dicho Maman que iba a perder la vista de tanto leer? ¿Cuántas veces le había tirado Zari los libros de la cama mientras juraba que jamás había conocido a nadie que enterrara la nariz entre ellos de aquella manera y que, por Dios, aquello iba a arruinarle la postura? ¿Cuántas veces le había sermoneado Baba sobre lo importante que era estudiar en este mundo una profesión seria y que, en caso de que una no pudiera ser científica y, en su lugar, eligiera leer novelas, más valdría que escribiera libros como aquella tal señorita Keller?

—A menos que quieras ser científica o escritora. En tal caso, que así sea, por supuesto. Haz lo que quieras.

Aquella sensación de preocupación y lucha que la abrumaba en la escuela y en casa se evaporó un poco. Quería oír más, hablar con él y no dejarlo marchar.

La campanilla sonó y el señor Fakhri entró de repente, sin aliento y con el sombrero torcido. Cuando los vio, se sonrojó. Apartó la vista, se aclaró la garganta y ellos se soltaron las manos como si se hubieran quemado, como si hubiesen estado sujetando una bola de fuego. Sintió como si la hubieran pillado robando. Sin embargo, a pesar de que dejó caer la mano a un costado, se miró fijamente los zapatos, murmuró un «Tengo que irme» y salió a toda prisa.

Sabía que seguiría volviendo a aquella tienda por siempre jamás sin importar lo que el librero o cualquier otra persona pudiera opinar. El contacto era irreversible e irreparable y no quería volver atrás.

Capítulo 4

En cadenas

Siguieron viéndose en el espacio frío y polvoriento que era aquella tienda repleta de libros, plumas y botellas de tinta. Los chicos que no deseaba ver seguían apareciendo en las esquinas de cada calle, pero al único que hacía que se emocionara solo lo veía los martes por la tarde en la papelería. Él le preguntaba cosas como qué pensaba de los poemas del *Gulistán* de Saadi. Roya se sorprendía ante sus propias respuestas firmes. La voz le sonaba mucho más fuerte y segura de lo que se había creído capaz. No tardó demasiado tiempo (porque, como tenía diecisiete años, vivía en Irán y tan solo soñaba con cosas más grandes, no le costó mucho) en estar convencida de que era el chico más inteligente que había conocido nunca y, con toda probabilidad, el más apuesto.

Era un activista. Le contó que distribuía artículos en favor de Mossadegh por la Universidad de Teherán y por los institutos de los barrios vecinos. También repartía boletines informativos y panfletos del Frente Nacional por toda la ciudad. ¿Dónde conseguía aquellos documentos políticos? Se los entregaba el señor Fakhri que, al parecer, tenía una amplia colección de material político peligroso en el almacén que se encontraba tras el mostrador. Cuando Bahman le había contado aquello, Roya se había asustado mucho. Había recordado el día en que la policía había ido a la escuela a buscar a Jaleh, cómo ella había saltado para evitar la fuerza del agua y cómo había aterrizado en medio de un charco. La policía podría fácilmente ir a por Bahman y acusarlo de difundir propaganda contraria al sah. Podrían arrestarlo. ¡Y pensar que el señor Fakhri lo estaba ayudando! Jamás habría imaginado que el hombre estuviese involucrado en una actividad política tan clandestina. Había subestimado al tendero callado y tranquilo que estaba detrás del mostrador.

Bahman le había dicho que no se preocupara.

Las discrepancias entre los diferentes grupos políticos crecieron y la violencia en las concentraciones aumentó. La policía disparó contra algunos manifestantes que fueron perseguidos y acorralados en un callejón. A pesar de que Roya temía por la seguridad del chico, era imposible no admirar su causa. Creía en las políticas del primer ministro de forma incondicional y con más fervor incluso que Baba, si es que eso era posible. Decía que las cosas estaban cambiando. Irán tenía un futuro brillante y el primer ministro iba a concederles todo lo que necesitaban. El único problema era que había personas que querían detener a Mossadegh, pero Bahman estaba decidido a impedir que frustraran sus intentos.

Mientras él hablaba, Roya se apoyaba contra las estanterías llenas de libros y los lomos de los volúmenes de poesía y política se le clavaban en la espalda. Si se extendía demasiado sobre la representación, los impuestos o el comercio, ella se limitaba a centrarse en sus ojos, perdida en el mejor de los sentidos. El señor Fakhri se fundía con el entorno y, cada vez más a menudo, expresaba la necesidad de entrar en la trastienda. Se quedaban solos a menudo, aunque siempre existía el peligro de que entraran otros clientes, cosa que ocurría con frecuencia: hombres mayores con gafas y listas de productos de papelería que necesitaban comprar, jóvenes estudiantes comunistas pidiendo más panfletos marxistas o manifestantes pro-Mossadegh que solicitaban más libros sobre filosofía o democracia. Algunos de los defensores del primer ministro reconocían a Bahman y le dedicaban un gesto de solidaridad y una mirada que indicaba que agradecían todo lo que estaba haciendo por su causa.

Ella se fundía con los lomos de los libros mientras él le susurraba al oído con el cuerpo pegado al suyo y se atrevía a tocarle la mano de nuevo cada vez que se quedaban solos. Poco después, no había ningún otro lugar en el que hubiera preferido estar.

Roya curioseó las novelas que había en el pasillo de traducciones extranjeras mientras esperaba. La puerta se abrió de par en par. Ahí estaba. Camisa blanca, pantalones caqui, las mejillas sonrojadas, el cabello revuelto por el aire y sin aliento. Escudriñó la tienda y, cuando sus ojos se posaron en ella, una sonrisa enorme se apoderó de su rostro.

—Hola, jan Bahman —dijo el señor Fakhri desde detrás del mostrador.

—¿Cómo está, señor Fakhri? —contestó él sin apartar los ojos de Roya.

Al ver cómo se miraban fijamente el uno al otro, el hombre se tensó. Por un instante, Roya pensó que iba a regañarles, pero entonces suspiró y dijo que tenía que revisar el inventario. Al decirlo, su voz sonó extraña. Ella oyó cómo entraba en la trastienda.

—*Chetori?* ¿Qué tal estás? —le preguntó Bahman, dirigiéndose a ella en un farsi más íntimo que se usaba para las interacciones íntimas. Había dejado de usar la versión más formal.

Roya tragó saliva con fuerza.

—Estoy bien.

Se agachó para volver a dejar *Anna Karénina* en la estantería. Cuando se incorporó, estaba a su lado. Le pasó un brazo por la cintura y ella se quedó petrificada como una estatua.

—Ven —le dijo. Su brazo le resultaba fuerte y firme contra la parte baja de la espalda–. Hace un tiempo estupendo. ¡Con un día así, deberíamos estar fuera!

Ella masculló una respuesta discreta, pero le permitió que la condujera hacia la luz resplandeciente de la calle.

Tenía razón. Hacía un día maravilloso. La exuberancia de la primavera se había apoderado de la ciudad y todo había florecido. Roya pestañeó ante el esplendor del mundo. No podía creer que estuviesen juntos en público. No estaban ni prometidos ni casados y ni siquiera les había hablado mucho de él a sus padres. Tan solo les había contado que había conocido a un chico estudioso en la papelería, que procedía de una buena familia y que estaba muy dedicado a la causa del primer ministro. Sabía que aquel último dato impresionaría a Baba. Sin embargo, a Zari le había contado mucho más, incluidos los detalles de su primer encuentro aquel martes por la tarde. Más adelante, cuando había hablado con él por primera vez y le había preguntado qué iba a continuación en el poema de Saadi, le había hablado de la palabra «fuego». Zari se mostraba curiosa pero escéptica. Decía que los chicos activos en cuestiones políticas estaban sobrevalorados, que no le importaba lo rica que fuera su familia, que parecía un estúpido idealista y obsesionado con el primer ministro como si, por el amor de Dios, alguien que no fuera el sah pudiera cambiar la política en Irán y que Roya tenía que madurar y darse cuenta de que, si quería pescar a un hombre, al menos tenía que lanzarle el anzuelo a uno mejor. Aun así, quería saberlo todo sobre cómo se había enamorado de él.

–¡Bahman, más despacio!

Caminaba tan rápido que casi tenía que correr para seguirle el ritmo. Se detuvo.

–Lo siento. Claro. –Cuando volvió a emprender la marcha, lo hizo mucho más despacio y, enseguida, sus pasos estuvieron sincronizados–. ¿Estás bien? –le preguntó.

–Sí. Bueno, no. Quiero decir... ¿Qué voy a decirle a mi hermana? ¿Y a mis padres?

Bahman pareció divertido.

–Puedes decirle a cualquiera que has salido a pasear con tu novio –contestó mientras le estrechaba la mano.

Iba a explotar. El corazón iba a estallarle. Le encantaba sentir su mano sobre la suya. Y sus palabras. «Tu novio».

Cuando doblaron otra esquina y accedieron a una de las principales plazas de la ciudad, los gritos inundaron el aire.

Otra concentración. Otra manifestación política en la que la gente no dejaba de gritar. En la parte frontal de la plaza habían montado barricadas. Mientras un megáfono atronaba, la gente cantaba consignas a favor de Mossadegh. Roya aflojó el agarre de la mano de Bahman y la sangre empezó a palpitarle en los oídos. Su respuesta instintiva e inmediata era huir y evitar a la escandalosa multitud.

–Bahman, tenemos que salir de aquí.

–¿No quieres ver lo que está pasando?

–No; es peligroso.

–No va a pasarnos nada.

–Zari dice que la policía sigue la pista de los manifestantes; que tienen espías infiltrados entre la multitud.

–No tengas miedo.

Le estrechó la mano con fuerza y, en lugar de alejarla de la muchedumbre, la condujo al centro de la acción. Gritos de «*Ya marg ya Mossadegh!*» resonaban por toda la plaza. «¡Dame a Mossadegh o dame la muerte!». El cuerpo se le tensó. ¿De verdad los partidarios del primer ministro estaban dispuestos a morir por él? ¿Lo estaba Bahman?

–Así es como ocurre –le susurró al oído mientras la cacofonía del gentío se volvía más fuerte–. Así es como aseguramos la democracia. No podemos quedarnos en casa de brazos cruzados sin decir nada y permitir que el rey y las empresas extranjeras se hagan con más poder. Aquí es donde nos hacemos escuchar.

Tiró de ella hacia dentro, conduciéndola entre filas y filas de gente hasta la parte delantera, cerca de las barricadas. Mientras se abrían paso, Roya se sorprendió al ver cuánta gente parecía reconocer a Bahman. Se apartaban para dejarle pasar. Un par de los manifestantes jóvenes le dieron palmaditas en la espalda y un caballero más mayor le guiñó el ojo. ¿Acaso había recorrido toda la ciudad repartiendo propaganda y panfletos? A pesar de su temor, se sintió orgullosa de ser su acompañante. No cabía duda del respeto que los demás sentían por él. Cuando llegaron al frente, él la acomodó contra la barricada, escudándola del resto de la multitud todo lo posible. Le apoyó el brazo con fuerza contra la espalda.

En el aire crepitaba una corriente eléctrica, una sensación de camaradería y resolución. Jamás habría acudido a un lugar así sin él. Era demasiado tímida y habría estado demasiado asustada. Tal vez Bahman estuviese en lo cierto; tal vez tendría que dejar de preocuparse y permitirse escuchar y alzar la voz. ¿Era posible siquiera? Él hacía que lo pareciera.

Allí, el chico estaba en su salsa. Se mostraba fascinado por completo y resplandecía. Abrió la boca y Roya pensó que iba a decirle algo así como «¿No te parece increíble?». Había empezado a predecir lo que iba a decirle. ¡Imagina! Como si de verdad lo conociera tan bien. Pero sí lo conocía bien. Era emocionante e impredecible, pero también era... simplemente él.

–Podemos tenerlo todo –le dijo Bahman.

–Pero los comunistas están contra Mossadegh y tal vez...

–Me refiero a ti. Y a mí. A nosotros. Podemos tenerlo todo.

Allí, de pie con él en medio de una multitud, sintió que el futuro era mucho más grande e ilimitado de lo que jamás se había atrevido a imaginar. Se apoyó contra la barricada y se unió a las consignas. Había algo extrañamente excitante en el hecho de estar allí. Sintió una oleada en cada parte de su cuerpo, una promesa. Conforme su seguridad aumentaba, comenzó a gritar cada vez más fuerte. El sol le quemaba la cara y las trenzas le rebotaban contra el pecho cuando daba golpes en el aire con el puño. El sudor le corría por la espalda y, al final, le empapó el cuello estilo babero. Llevaba demasiado tiempo escondiéndose. ¿Por qué? Bahman tenía razón. Ninguna de aquellas personas parecía asustada. Todos tenían que luchar, manifestarse y organizar marchas para que Mossadegh pudiera sacar adelante sus planes y su país pudiera disfrutar de la auténtica libertad. Mientras se apoyaba en la madera astillada de la barricada con Bahman, todo le parecía posible de verdad. Eran uno mismo con el otro y con la multitud unificada que no dejaba de aumentar. Iban a luchar. Ambos cambiarían el mundo.

–¡Pareces estar disfrutándolo! –le dijo él. Ella sonrió y siguió gritando las consignas–. No tenemos por qué quedarnos mucho tiempo. Tan solo quería que vieras y experimentaras lo que se siente al estar aquí. No quiero que pienses que es algo que debe asustarte. Tan solo son personas. Personas como nosotros. Es todo lo que tenemos, ¿sabes?

El sonido fue como el silbido de una espada. Cuando lo recordara una y otra vez en las semanas, meses y años venideros, sabría que también había oído un pequeño sonido metálico, como el de una campana rota. De pronto, Bahman estaba encogido sobre sí mismo, jadeando. Se inclinó hacia él, que estaba esforzándose por respirar. Cuando se dio la vuelta, tres hombres que había tras ellos le lanzaron una sonrisa de satisfacción. Todos iban vestidos con pantalones negros, camisas blancas y bombines oscuros. El que estaba en el centro llevaba una porra adornada con una cadena dentada. Bahman seguía boqueando, intentando tomar aire. Un gran corte en la nuca empezó a sangrarle. ¿Habían estado aquellos hombres detrás de ellos todo el tiempo o se habían abierto paso a empujones entre la multitud para llegar hasta Bahman? Él tosió mientras la sangre goteaba de la cadena de la porra. Durante lo que le pareció una eternidad, Roya le frotó la espalda gritando su nombre y, al fin, con mucho esfuerzo, se enderezó. Tenía el rostro contraído por el dolor. Una mancha rosa y rojiza se le estaba esparciendo por el cuello y la parte superior de la camisa.

–Solo es una pequeña advertencia, señor Aslan –dijo el hombre de la porra–. Deja de difundir tantas tonterías; no es bueno para ti.

Roya quiso abalanzarse sobre él. Quería buscar a la policía, gritar para que arrestaran a aquellos hombres y se los llevaran a rastras y esposados.

El que estaba en el centro se encogió de hombros.

–En mi opinión, todos los mossadeghis del Frente Nacional sois iguales. Ninguno de vosotros sirve para nada. Este país estaría mejor sin vosotros. –Sonaba perezoso; casi aburrido.

Bahman se tocó la nuca y se miró la mano manchada de sangre como si perteneciera a otra persona. Entonces, con la que tenía limpia, tomó la mano de Roya y, sin mediar palabra, pasó junto a los tres hombres con un empujón y salió de la multitud. Recorrieron las calles y se alejaron de la manifestación y de aquella plaza. Cuando se encontraron a salvo en una calle secundaria tranquila, se detuvo.

–¿Estás bien, joon Roya? ¿Estás bien?

–Tiene que verte un médico, Bahman.

–Lo siento. No tendría que haberte llevado allí.

La camisa manchada se le pegaba a la piel y la sangre le goteaba por el cuello.

–Te acompaño al hospital.

–No; déjame que te lleve a casa.

–¡Te han hecho un corte! Necesitas puntos. Tenemos que contárselo a la policía.

A él se le llenaron los ojos de lágrimas.

–Ellos son la policía.

–¿Qué?

–Trabajan para el sah.

Justo en ese momento, un joven más o menos de su edad los alcanzó corriendo y sin aliento. Habló entre resuellos y jadeos.

–He visto lo que ha ocurrido, jan Bahman. Lo he visto todo. Esa escoria plebeya... Sabandijas incultas... No sé cómo los que ostentan el poder pueden contratar a semejantes matones. Bueno, en realidad sí lo sé; y tú también. Hola, khanom, disculpa mis modales. –Se levantó el sombrero ante Roya–. Soy Jahangir. Es un placer conocerte.

Jahangir llevaba un chaleco verde muy a la moda y de aspecto caro sobre una camisa beis. Tenía el bigote lacado. Iba vestido para asistir a una velada, no a una manifestación.

–Soy Roya. Un placer.

–*Enchanté* –contesto Jahangir mientras volvía a llevarse la mano al sombrero. Ella nunca había oído aquella palabra–. Khanom Roya, ¿estarás bien si te dejamos sola? Tengo que llevar a este chico a un médico; está en mal estado. Estoy seguro de que estás de acuerdo.

Jahangir tocó el brazo de Bahman, evitando la sangre que llevaba en la camisa. Después, cruzó un tobillo frente al otro como si estuviera posando para una fotografía.

–Voy con vosotros al hospital –dijo ella.

–¿Quién ha dicho nada de un hospital? Voy a llevarlo a la clínica de mi padre.

–Oh... Pero puedo...

–No tienes que venir, joon Roya. Por hoy, ya te he expuesto a demasiados peligros –replicó Bahman.

–Sí, no te preocupes. Cuidaré muy bien de él. Siempre lo hago. –Jahangir sonrió. Sus dientes parecían los de una estrella de cine.

De pronto, Roya se sintió extraña y fuera de lugar junto a lo que parecían dos buenos amigos.

–Bien. Entonces supongo que...

–Antes te acompañamos a casa, Roya –dijo Bahman.

–¡Necesitas antiséptico, amigo mío! –exclamó Jahangir con una sonrisa tensa–. Estás sangrando. Tenemos que marcharnos antes de que se te infecte.

–Tenemos que acompañar a Roya a casa –insistió Bahman–. Nunca tendría que haberla llevado a la manifestación.

–No me va a pasar nada. Pero, por favor, cuídate, Bahman –dijo ella.

Jahangir volvió a quitarse el sombrero, Bahman asintió dolorido y Roya se alejó en dirección a la casa de sus padres.

Mientras caminaba, rememoró la escena de la manifestación. Habría estado justificado que Bahman devolviese el golpe, que contraatacara. Nadie le habría culpado por agarrar al hombre que lo había asaltado y lo había golpeado. Habría tenido todo el derecho a hacerlo. Pero no lo había hecho, por supuesto. Había sido consciente de que solo habría empeorado las cosas y, además, se había preocupado por ella. Tan solo había querido sacarla de allí y dejarla en su casa sana y salva. El joven que cambiaría el mundo seguía sorprendiéndola con su decencia.

Le preocupaba la herida. Le preocupaban la sangre y una posible infección. Le preocupaba un país en el que unos matones pagados por el Gobierno podían atacar a un adolescente en medio de una multitud.

Capítulo 5

Café Ghanadi

Para Nowruz, el Año Nuevo persa, habían limpiado la casa de arriba abajo. Maman se había pasado semanas acostándose tarde para coser vestidos nuevos para sus hijas. El primer día de primavera, se habían sentado en torno a la mesa *haft-sin*, dispuesta con los siete objetos tradicionales que comenzaban con la letra «S» en farsi. Roya y Zari habían ido vestidas de pies a cabeza con prendas nuevas, incluida la ropa interior. En el momento exacto del equinoccio vernal, cuando el invierno se convierte en primavera, todos habían saltado para abrazarse y darse besos. Entonces, Baba les había leído unos versos del Corán y algunos *gazales* del poeta Hafez. Había empezado un año nuevo.

Durante los trece días posteriores al primer día de primavera, era tradición visitar a los familiares. En primer lugar, se visitaba a los más ancianos y, a partir de ahí, procedían según la edad. Durante las vacaciones, todas las tiendas y restaurantes permanecían cerrados. El aroma de las galletas de garbanzo y pistacho y de los pastelillos de harina de arroz y agua de rosas de su madre había inundado la casa.

Dos semanas después, el primer martes en el que las tiendas volvieron a abrir, Roya fue a la papelería casi corriendo. La ciudad se había cubierto de un colorido caleidoscopio de flores. Nuevos capullos brotaban mientras recorría las calles a toda prisa y sin aliento.

Cuando abrió la puerta, la campanilla resonó de aquella manera tan familiar. Y ahí estaba él, frente al mostrador, hablando con el señor Fakhri, que estaba tomando notas en un bloc de papel. El sonido de su voz le ofreció una agradable sensación de estar cayendo.

—Khanom Roya, *saale no mobarak*. ¡Feliz año nuevo!

El librero la vio primero y dejó su pluma estilográfica.

—Feliz año nuevo. A ambos.

Bahman alzó la vista y su gesto se transformó en una enorme sonrisa.

—¡Hola! ¿Cómo estás? ¿Cómo está tu familia? ¿Has disfrutado de las celebraciones de Año Nuevo?

Se acercó más a él y no pudo evitar ahogar un grito. Lo que parecía una larga fila de hormigas negras le atravesaba la nuca. Puntos. Esos matones...

—No te preocupes —continuó él—; el padre de Jahangir me puso suficiente antiséptico como para esterilizar una ciénaga.

Entraron otros dos clientes y el señor Fakhri se dirigió a ellos.

Bahman estiró el brazo para tomar algo del mostrador y le tendió un paquete envuelto en papel rojo.

—Toma. Esto es para ti. Un *eidy* por el Año Nuevo.

—¡No tenías por qué regalarme nada!

—Quería hacerlo.

Roya sabía que era un libro. Quitó el envoltorio con cuidado, como si fuera a guardar el papel para siempre. Cuando terminó de quitarlo, le sorprendió encontrarse con un cuaderno.

—Para que escribas en él tus propios poemas —dijo él con timidez.

Roya abrió el cuaderno. En la primera página, Bahman había escrito: «Para joon Roya, mi amor. Que siempre seas feliz y todos tus días estén repletos de hermosas palabras». Debajo, de su puño y letra, había copiado un poema de Rumi.

En cuanto escuché mi primera historia de amor,
empecé a buscarte sin saber que estaba ciego.

Los amantes no se encuentran al final en algún sitio,
pues están el uno dentro del otro desde el principio.

—Espero que te guste —dijo él con inseguridad.

Quería tomarle la cara entre las manos, besarle y demostrarle lo mucho que le gustaba, pero el señor Fakhri y sus clientes estaban al otro lado de la tienda.

—Es perfecto. Gracias.

—¿Tienes tiempo ahora para venir conmigo? —preguntó él.

—La última vez que salimos juntos no acabó muy bien.

El joven se sonrojó.

—Odio que tuvieras que presenciar algo así, pero hoy no hay ninguna manifestación. Todo el mundo sigue con el espíritu de Nowruz. Te prometo que voy a llevarte a un lugar seguro. Y dulce.

Salieron juntos. En aquella ocasión él se adaptó a su ritmo desde el principio. Con la frescura del año nuevo, era más fácil olvidarse de los problemas políticos. Si había una festividad que hacía que todas las personas estuvieran contentas, era Nowruz. Todo el mundo parecía más rellenito y alegre tras haberse beneficiado de los días lejos del trabajo o la escuela.

Atravesaron la plaza Ferdowsi. En la fuente que se encontraba en el centro, había una anciana vestida de rojo de pies a cabeza. Llevaba un vestido rojo e incluso unos zapatos del mismo color. Miraba a su alrededor como si estuviera esperando algo o a alguien. Su mirada era expectante pero abatida.

—Dicen que tenía que reunirse aquí con su enamorado —dijo Bahman mientras le tomaba la mano.

—La he visto aquí mismo en otras ocasiones.

—Sí; pero él nunca apareció. Ocurrió hace muchos años. Hay un chico en mi clase que incluso escribió un poema sobre la pobre mujer.

–Qué triste –dijo Roya.

–Algunos días, no puedo soportar verla –replicó él mientras se alejaban con rapidez.

Tras varias manzanas, Bahman se detuvo frente a un escaparate. En el cristal, unas letras blancas y espumosas deletreaban las palabras «café Ghanadi». Roya había pasado frente a aquel lugar en muchas ocasiones, pero nunca había entrado. Por algún motivo, le parecía reservado a personas más sofisticadas y maduras, gente que tomaba café en lugar de té, chicas con prometidos y parejas elegantes que se vestían como si fueran estrellas de cine estadounidenses.

Bahman la llevó dentro.

Vitrinas de cristal con fila tras fila de pastelería, mesas pequeñas y redondas, sillas adornadas con cojines rosas, paredes de un tono ruborizado, flores en jarrones delgados y nata desparramándose del interior de los petisúes y los pastelitos. Todo aquello hacía que se sintiera mareada.

El aire olía a azúcar, a café y a canela. Bahman la condujo al fondo del local. La tomó del brazo como si fueran una pareja y, mientras se abrían paso entre las mesas, pegó el cuerpo al suyo. Olía a almizcle y a algo que no conseguía definir pero que ya había notado aquel séptimo martes en la papelería, cuando le había tomado la mano por primera vez. Tan solo podía pensar en ello como «ventoso»: una ráfaga rápida, fresca y emocionante. Roya se agarró a la parte superior de su brazo y el músculo le resultó reconfortante pero extraño. Tal vez fuese cosa del café y la canela que había en el ambiente, o tal vez fuese el hecho de que estaba en aquel café tan elegante con el apuesto Bahman Aslan, pero para cuando él apartó la silla para que se sentara, estaba segura de que todo aquel lugar rosa y azucarado estaba dando vueltas.

–¿Qué te apetece?

–Té, gracias.

–¿Alguna vez has tomado *shir ghahveh*?

–¿Perdón?

Apenas podía oírle. Las parejas que los rodeaban estaban charlando. Las chicas jóvenes y a la moda que se sentaban en las sillas con cojines con la melena cayéndoles en ondas perfectas (ondas que Zari se esforzaba en emular al recogerse el pelo con recortes de periódico todas las noches) se parecían a las actrices extranjeras que solo había visto en las portadas de las revistas. Aquellas señoritas charlaban con facilidad con los jóvenes que estaban sentados frente a ellas. El mundo irreal de aquellas parejas sofisticadas le resultaba tan embriagador como los diferentes pasteles que había en las vitrinas de cristal. ¿Estaban prometidos? ¿Qué dirían Maman y Baba si la vieran sentada frente a un chico en una silla con un delicado cojín rosa?

–Ahora mismo vuelvo.

Bahman desapareció en la parte frontal de la tienda.

Regresó varios minutos más tarde con una bandeja en la que llevaba dos tazas humeantes de café y un plato con dos pastas. Le tendió una de las tazas, dejó la bandeja en la mesa, se sentó y observó cómo daba un sorbo. El café quemó los labios de Roya. Estaba caliente y tenía un sabor fuerte e intenso.

–La oreja de elefante para ti, la lengua para mí.

Estuvo a punto de escupir la bebida.

–¿Perdona? –balbuceó.

–Las pastas. La oreja de elefante para ti y la lengua para mí. –Hizo una pausa y le sonrió. Roya miró el plato. Desde luego, una de las pastas se parecía a una oreja y la otra tenía una forma alargada: la lengua–. ¿Te gusta el *shir ghaveh*?

El café era intenso y no se parecía a nada que hubiera probado antes.

–Es... diferente.

–¡Es el mejor *espresso* italiano de todo Irán! –Bahman dio un golpecito a la mesa–. Aquí mismo. –Se inclinó hacia delante y le tomó la mano–. Tal vez este se pueda convertir en nuestro segundo lugar favorito, ¿no? –Roya soltó una risita y asintió–. Bueno, no es que no me gusten los sacapuntas y los libros de poesía de Rumi. O las manifestaciones. Pero, ya sabes...

Volvió a reírse. Se sentía como si aquello fuera el comienzo de todo. Le sorprendía que él la hubiera sacado de nuevo de la papelería y la hubiese colocado bajo el resplandor del mundo como si fuese cosa del destino que caminasen juntos, que les vieran juntos o que se sentaran a beber y comer algo juntos. ¿Comerían pastelitos, petisúes y *shirini* en el futuro? ¿Les darían bocados y se dejarían llevar sin más? ¿Se sentarían en sillas para beber *espresso* italiano? Roya estaba mareada pero, de pronto, estuvo segura de un modo absurdo de que estar con él era su destino para aquel año nuevo y más allá.

—Es absurdo que digas que vas a casarte con él —le dijo Zari en tono burlón mientras volvían a casa desde el colegio más tarde aquella semana—. Lo has visto un total de... ¿qué? ¿Seis veces?

—Llevamos viéndonos meses, gracias. De todos modos, ¡la cantidad de tiempo es irrelevante!

—¡Ay, hermana! —Zari se detuvo y la miró con lástima—. El tiempo es lo único relevante. No puedes depositar tus esperanzas en ese chico.

—¿Por qué no?

—Porque... —Su hermana hizo una pausa—. Es solo que no puedes confiar en él. Los chicos tan politiqueros no son lo que parecen.

—¿Cómo lo sabes?

—Lo sé y punto. Confía en mí.

Recorrieron el resto del camino sumidas en un silencio incómodo. Roya quería pensar que su hermana tan solo estaba celosa y no mostrando cierta clarividencia. Zari tenía que estar exagerando, como siempre. Simplemente no le gustaban los *siasi*, eso era todo. Trató de ahuyentar las dudas y la ansiedad que las palabras de su hermana habían hecho aflorar en su interior. Pensó en el cuaderno que Bahman le había regalado y en el poema que había escrito en el interior. «Los amantes no se encuentran al final en algún sitio, pues están el uno dentro del otro desde el principio».

Zari tenía que estar equivocada.

Capítulo 6

1953

Cielo amoratado

Como casi era verano, los arbustos y los árboles ya estaban exuberantes, era la hora del crepúsculo, tenían diecisiete años y el aire estaba impregnado del aroma del jazmín, aquel paseo por el bulevar fue uno que se quedó grabado en el corazón de Roya para los años venideros.

Antes habían ido al cine Metropole en la calle Lalehzar. El elegante vestíbulo con su sofá circular rojo, las arañas resplandecientes, todas las personas que iban vestidas con sus conjuntos más glamurosos, los retratos enmarcados de Clark Gable y Sophia Loren, los cigarrillos que se estaban fumando, las diminutas tazas de café en manos de señoras con sombrero y el romance absoluto que suponía todo el recinto habían hecho que Roya se sintiera como si ella misma estuviera dentro de una película. Después, había subido las escaleras hasta el palco para sentarse con Bahman en butacas de terciopelo granate y ver una película italiana dirigida por Vittorio De Sica: *Ladrón de bicicletas*.

–Me encanta su obra –le había susurrado Bahman mientras comenzaba la película–. Tengo curiosidad por saber lo que piensas.

Roya había estado demasiado distraída por lo cerca que tenía sus labios de la oreja como para hablar. Había tragado saliva con fuerza y había asentido. Había demasiadas cosas nuevas y fascinantes en el mundo que compartía con aquel chico.

Después de la película, habían abandonado el deslumbrante vestíbulo del cine Metropole y habían emergido en medio de un crepúsculo estival tan hermoso que resultaba doloroso. El cielo tenía un tono berenjena y las nubes eran del color de los moratones.

–La historia se puede relacionar con muchas de las cosas que están ocurriendo en Irán ahora mismo –dijo Roya mientras recorrían el bulevar–. Los pobres quieren una vida mejor pero están atrapados. Nuestros líderes tienen que ayudarlos. Lo único que quería el hombre de la película era una bicicleta para poder ir a trabajar. Eso es todo.

–Estoy de acuerdo. Nuestro propio pueblo también está atrapado del mismo modo. Están atrapados en su clase social y su destino –replicó Bahman de forma apasionada mientras le tomaba la mano–. Pero podemos cambiarlo. Con la democracia. Estamos en el camino correcto.

–Zari dice que no es realista creer que alguna vez tendremos el control total de nuestros recursos; que los británicos se juegan demasiado.

–Para ser alguien a quien no le gusta la política, tu hermana tiene opiniones buenas y fuertes –dijo Bahman. Roya se rio–. ¡Ahora solo tengo que convencerla de que no soy una persona horrible!

–No te preocupes por ella. Es un poco dramática, nada más.

Hacia el final del curso, Roya había comenzado a invitar a Bahman a las reuniones que ella y Zari solían organizar para sus amigos después de las clases. No era nada extraordinario: tan solo fruta cortada, unas cuantas risas y algo de conversación. Además, él no era el único chico presente; también había varios amigos y primos que formaban parte de su *équipe*, tal como a su hermana le gustaba llamar a su círculo de amistades. Había presentado a Bahman a sus padres y le resultaba increíble que pudiera estar en su casa, charlando con sus amigos, como uno más del grupo.

De pronto, Bahman se detuvo y se quedó en silencio.

–¿Qué ocurre?

–Esperaba saber... –Parecía nervioso–. Llevo un tiempo que-
riendo preguntarte... Roya... –Al pronunciar su nombre, la voz
se le quebró y le salió un gallo propio de un chico de trece años.

Con gentileza, la apartó del centro de la acera y la llevó a un
lateral, cerca de un arbusto tan grande que el follaje y las flores
se derramaban formando un recoveco. De pronto, se vieron
envueltos por el aroma arrollador del jazmín en flor, pleno y
embriagador.

La miró y a ella le sorprendió lo vulnerable que parecía ahí de
pie. No dejó que pronunciara las palabras. No era necesario, pues
no le gustaba jugar con los sentimientos de los demás. Mareada
por el jazmín, lo besó. Fue como aterrizar en un lugar en el que
debería haber estado todo el tiempo; en un plano diferente, suave
e increíblemente seductor; un lugar suyo por completo pero que
nunca se había atrevido a explorar.

Su sabor, sus brazos en torno a ella y su cuerpo contra el suyo
mientras seguían besándose le parecieron infinitos. Cuando al
fin se apartó, él estaba sonrojado y abrumado.

–Creo que eso es un sí. –Parecía a punto de desmayarse.

–Sí, así es.

Aquella nueva sensación de autoridad era liberadora y sorprendente. Hasta ese momento, no había sido consciente del poder
que ejercía sobre él.

–Iré a ver a tus padres, por supuesto.

Había supuesto que ya lo habrían besado en otras ocasiones.
Aunque, tal vez no fuese así. Desde luego, antes de aquel momento, ella no había besado a nadie y estaba atónita ante lo natural
que parecía, como si fuera algo que llevase haciendo toda la vida.

–Si tus padres me dan permiso, podemos casarnos al final del
verano. Tan solo quiero estar más unido a ti. No quiero nada más
que eso: que nuestros mundos sean uno solo.

Aquel tenía que ser el destino que llevaban grabado en la frente

con tinta invisible desde el principio. Había dicho que sí pero...
¿A qué? ¿Al beso? ¿Al matrimonio? El corazón se le aceleró y,
entonces, él se inclinó y la besó. Lo que al principio había sido
fuerte y sobrecogedor se transformó en algo tan tierno que incluso
las flores del arbusto podrían haberlo portado en sus exquisitos
estambres o haberlo soportado sobre los pétalos traslucidos y
diminutos. Se fundió con él. Se suponía que aquello no debía
ocurrir hasta después de haberse casado, pero allí estaban. Dios
mío, las chicas buenas no hacían cosas así. Sin embargo, a Roya
no le importaba. Podría devorarlo allí mismo. Aunque hicieran
aquello durante el resto de sus vidas, jamás sería suficiente.

—¿Porque te gusta su voz? ¿Has dicho que sí a casarte con una
persona porque se le quebró la voz?

—Me gusta todo de él —dijo Roya—. Estamos enamorados.

Más tarde, aquella noche, Zari y Roya estaban tumbadas en su
habitación, cuchicheando después de que hubieran apagado las
luces. Roya no dejaba de rememorar cada momento de la velada:
cómo a Bahman se le había quebrado la voz al preguntárselo, el
beso junto a los arbustos... Todo. Había compartido alguno de
los detalles con su hermana, pero ahora se estaba arrepintiendo
de haberlo hecho.

—Entonces, ¿se le quebró la voz y te pareció tan adorable que
estás pensando en casarte con alguien a quien podrían encarcelar
en cualquier momento por su activismo? Apenas conoces a sus
padres.

—Deja de convertir todo en una catástrofe, Zari. Le apasiona el
futuro de este país y apoya una causa que merece la pena. Eso es
digno de admiración.

—¿Y qué hay de su madre? Me dijiste que, el día que la conociste,
había sido maleducada contigo.

—No fue maleducada exactamente. Últimamente, no se ha

encontrado muy bien. Bahman dice que está un poco enferma, pero ya mejorará.

–¡No me puedo creer que le hayas dicho que sí!

–Mira, Zari, lo de estar enamorada es difícil de explicar. Cuando es la persona adecuada, lo sabes sin más. No hay forma de evitarlo. Es como... Es como si te hubiera caído un árbol sobre la cabeza.

–Suena encantador.

–Lo que quiero decir es que es imposible no darse cuenta. Así es la vida. Bahman es mi destino. Juntos, vamos a...

Era imposible plasmar en palabras la tierna red de la que Bahman y ella se habían visto suspendidos aquella noche y cada vez que estaban juntos. El mero hecho de intentar explicárselo a su hermana hacía que le pareciera que le estaba restando importancia.

–Buenas noches, hermana –dijo Zari con un suspiro. Roya se acurrucó junto a ella, agradecida de que hubiese acabado la conversación–. ¡Rezaré por ti! –añadió mientras le estrechaba la mano.

⌒

Cuando Bahman fue a pedir el permiso de sus padres, todos estaban nerviosos. A pesar de que había ido a casa varias veces al final de primavera y principios de verano, siempre había sido cuando el resto de sus amistades también estaban presentes. En aquella ocasión fue él solo. La tradición requería que el chico llevara a sus padres a pedir la mano de la chica, pero Bahman les dijo que su madre estaba bastante enferma y su padre se había tenido que quedar cuidando de ella, por lo que había tenido que presentarse él solo.

Durante todas aquellas reuniones con sus amigos en las que Bahman había hablado con pasión sobre las políticas del primer ministro, Baba se había mostrado como un hombre encandilado. Estaban de acuerdo en asuntos políticos, lo cual ya había causado que Bahman se ganase el favor de su padre. Aquello era una gran ventaja. Sin embargo, pedirle permiso formalmente para casarse con su hija era algo diferente y todos lo sabían.

Roya estaba tan ansiosa que derramó el té mientras se lo servía a Baba, a Maman y a Bahman, que estaba sentado en el salón frente a sus progenitores mientras se mordía los labios y movía los pies. Se sentía mal por él y quería ayudarle, pues todo aquello era muy poco convencional. El hecho de que estuviera allí sin sus propios padres hacía que todo fuera mucho más difícil. ¡Tendrían que haber estado allí! Como era costumbre, Roya salió de la estancia tras servir el té para que Bahman pudiera hablar con sus padres sin que ella estuviera presente. Sin embargo, dejó la puerta abierta un poquito y se unió de inmediato a Zari, que estaba esperando fuera del salón. Ambas miraron a través de la rendija.

—Jan Bahman, bienvenido a nuestro hogar —dijo Baba de manera bastante formal.

—¿Quieres un *noghl* para acompañar el té?

Desde su posición, Roya vio cómo Maman le tendía un cuenco de plata con dulces de almendra.

—Que las manos no le duelan, khanom Kayhani. Gracias. —Bahman usó las expresiones *tarof* persas que solían utilizarse para mostrar una educación exagerada durante una conversación. Después, obedientemente, tomó un *noghl*.

Intercambiaron unas cuantas formalidades más. Baba habló del tiempo. Maman dijo algo sobre la fruta, si le apetecería, que por favor tomase un plato y que los pepinos estaban muy frescos. Bahman sabía bien que no debía negarse. Entonces, se hizo el silencio. Roya contuvo la respiración y Zari se mordió el pulgar.

Bahman tosió.

—Agha y khanom Kayhani, como bien saben, durante los últimos siete meses, desde el invierno pasado, he disfrutado del placer de conocer a su hija, lo cual me convierte en una persona muy afortunada.

Zari ahogó una carcajada. Maman y Baba no dijeron ni una sola palabra. Bahman prosiguió.

–Quiero que sepan que me he esforzado mucho en el instituto y que, por suerte, voy a graduarme como *shagerd aval*, el primero de mi clase.

–Bueno, viniendo de un centro como el tuyo, ¡eso prácticamente te garantiza una posición entre la clase profesional! –dijo su padre.

–Gracias. Sí. –Bahman se aclaró la garganta–. Sin embargo, creo que deberían saber que, en otoño, me gustaría empezar a trabajar en un periódico progresista pro-Mossadegh.

Zari se dio un golpe en la frente con la palma de la mano. Maman se removió, incómoda. Roya sabía que trabajar en un periódico político no era lo que había imaginado para su futuro yerno. Contuvo la respiración como si el sonido de exhalar pudiera arruinarlo todo.

–Sería algo temporal. Solo hasta que las cosas se calmaran en el país. Tenemos que hacer todo lo que podamos para ayudar al Frente Nacional. Tengo amigos en el periódico –continuó él–. Sería un buen punto de partida. Espero que sepan que soy fiel a su hija y que haría cualquier cosa que estuviera en mis manos para asegurarnos una vida segura y feliz juntos. Cualquier cosa. No necesitaría nada. Sería un privilegio... Sería una suerte para mí poder empezar una nueva vida con ella. Mis padres no han podido venir hoy. Sé que deberían estar aquí, pero me aseguraría de traerlos si pudiéramos seguir adelante con este asunto. Si me dieran la oportunidad de disfrutar del honor de hacer de su hija...

–¿Te está cayendo un árbol sobre la cabeza ahora mismo? –susurró Zari.

Roya quería entrar corriendo en el salón y sentarse con Bahman. ¿Cuánto tiempo había practicado aquel discurso? ¿Cómo de nervioso debía estar? Sabía que a su madre no le gustaría la idea de que continuara con el activismo político, pero era difícil no quedar prendado por el encanto de Bahman, desear inhalar el aire que respiraba o desear que la mitad de su buen ánimo y optimismo los infectara a todos. Sin duda, sus padres lo aprobarían.

—Lo que intento decir, agha Kayhani y khanom Kayhani, es que me gustaría mucho... Bueno, que agradecería mucho el honor de... Que me gustaría pedirles permiso para casarme con su hija —dijo al fin.

—¡Querido muchacho! Por favor. ¡Mi muchacho! —resonó la voz de Baba—. *Albateh!* Sí, por supuesto.

Roya soltó un suspiro largo y profundo. Zari se quedó quieta y callada. Su madre se enjugó los ojos con los dedos.

—Que viváis una vida larga y feliz juntos —dijo Maman mientras sonreía al ver a Bahman sacudir la mano de Baba demasiadas veces.

Roya se apoyó en la puerta sintiendo una oleada de alivio y de nervios. Sus padres les habían dado su aprobación. Ahora tan solo tenían que conocer a los de él de manera oficial.

Unos días después, sentados en las sillas con cojines rosas del café Ghanadi, Roya estaba bebiendo aquel café tan fuerte con Bahman.

De pronto, tuvo la extraña sensación de que los estaban observando. El cuerpo se le tensó al pensar en encontrarse de nuevo con matones al acecho en busca de disidentes políticos. Atemorizada, miró en torno al local, pero no había hombres con porras. Entonces, se fijó en una mujer joven y alta que estaba sentada un par de mesas más allá. Llevaba un sombrero verde con plumas y un broche enorme. La estaba mirando fijamente. Era hermosa, con la piel bronceada, grandes ojos negros, labios carnosos pintados de color carmesí y una melena que le caía en ondas perfectas bajo el sombrero. Roya incluso podía distinguir un lunar oscuro encima de su labio superior, como el de una estrella de cine. La mujer siguió mirándola con un gesto que rozaba la repugnancia.

–Bahman –susurró–, no mires, pero hay una mujer en aquella mesa que no deja de observarnos.

–¿Quién? –preguntó él dándose la vuelta.

–¡No mires! –insistió ella en un susurro. Pero era demasiado tarde: Bahman había visto a la mujer. Volvió a girarse hacia ella con el rostro y las orejas sonrojadas–. No deja de observarnos, ¿verdad?

–Oh... Es solo... –masculló Bahman–. No te preocupes.

–¿La conoces?

–Es Shahla.

–¿Quién?

Él suspiró.

–Mi madre cree que es mi destino. –Roya se quedó sin palabras. Él se inclinó sobre la mesa y le tomó la mano–. Lo que importa es lo que piense yo; lo que pensemos nosotros –añadió con rapidez–. No estoy de acuerdo con esas tonterías pasadas de moda de los matrimonios concertados, ya lo sabes.

A Roya le palpitaban las sienes.

–No la habías mencionado nunca. No me habías dicho que ya habían escogido a alguien para ti.

–Mira, mi madre, como la mayoría de las madres, tiene o, más bien, tenía, una chica en mente para mí. Escogió a Shahla hace un tiempo. Créeme: no es en absoluto lo que quiero y tampoco es lo que va a ocurrir.

–¿Por qué no me lo habías contado? Tendrías que habérmelo contado. ¡Me hubiera gustado saberlo!

–Bueno, porque... Verás, Roya, mi madre tiene algunos... problemas. A veces, no se encuentra bien. A nivel emocional o mental. Puede que te hayas dado cuenta.

Roya había conocido a los padres de Bahman en primavera, cuando todavía se estaban cortejando. Habían ido a su casa con un grupo de amigos después de las clases. Su padre era amable y tranquilo, pero su madre la intimidaba. El primer día que se había presentado ante la señora Aslan (y en todas las ocasiones

71

desde entonces), había sido como si la hubiera estado evaluando de pies a cabeza. Cuando hablaba en presencia de la mujer, se sentía incómoda e infantil. Era obvio que no le gustaba. De hecho, se había opuesto a su compromiso. Sin embargo, al final, el padre de Bahman, tranquilo y reservado, había tenido la última palabra, ya que era un hombre.

—Tendrías que habérmelo dicho. —Roya apartó la taza de café y se puso en pie—. No me extraña que tu madre no me soporte. Había pensado en otra persona para ti. ¿Cómo es posible que no me hayas contado algo tan importante? ¿Pensabas que no me enteraría? ¿En esta ciudad? ¿De verdad creías que no lo descubriría cuando los estudiantes como nosotros conocen todos a las mismas personas y los chicos de tu escuela salen con chicas de la mía?

—Por favor, Roya. No siento nada por ella. Menos que nada. Mi madre tiene sus propias opiniones sobre todo. Tiene... Tiene problemas.

Volvió a sentarse porque no quería darle a la joven del sombrero el gusto de verla discutir con Bahman. Quería marcharse, pero no podía. Aunque estaba furiosa con él, ya estaba intentando mantener las apariencias por su culpa. Aquella era la red de formalidades sociales y de comportamientos esperados de las mujeres que a menudo la asfixiaban. Sin embargo, no tenía más remedio que soportarla e intentar abrirse paso a través de ella. Eso lo sabía.

—No te preocupes, mi madre entrará en razón. Dale un poco de tiempo para que te conozca mejor. ¿Cómo podría no ver en ti todas las cosas buenas que vemos el resto del mundo?

—Venga ya... Cree que podrías conseguir algo mejor.

—Eso es imposible, se equivoca. Mira, es cosa de sus nervios. Mi madre no controla del todo sus emociones. Tiene sus días malos. Pero entrará en razón, ya lo verás.

Claro que había otras contendientes; la señora Aslan habría pensado en otras chicas para Bahman. En la tienda del señor Fakhri, entre las estanterías y en los rincones oscuros con olor a humedad, Bahman le había parecido solo suyo. El chico de la camisa blanca y los pantalones caqui apenas iba allí con otras amistades. Sus conversaciones, sus bromas privadas y sus excursiones al café Ghanadi parecían encapsuladas en una esfera independiente. Como era activo políticamente, al principio había supuesto que su círculo de amistades consistía en nacionalistas empollones obsesionados con el primer ministro Mossadegh. Al pensar en Bahman socializando, se lo había imaginado teniendo debates políticos con jóvenes intelectuales mientras tomaban *espresso* en cafés. Sin embargo, Jahangir era uno de sus amigos más cercanos y ya había comprobado que aquel chico se movía en círculos muy elitistas. Era famoso por organizar las mejores fiestas. Estaba descubriendo que Bahman formaba parte de todo eso. Claro que había otras mujeres elegidas para él y que, además, lo deseaban.

Él se inclinó hacia ella para darle un beso en la mejilla. La boca le olía a café quemado. La tal Shahla tenía que haberlo visto. En público, en medio de un café, Bahman se había acercado a ella como si estuvieran solos en el mundo, como si no tuvieran nada que ocultar.

Roya tendría que haberlo apartado, pero en lugar de eso permitió que le diera el beso. Por el amor de Dios, estaban prometidos. Su destino estaba decidido. Ningún plan premeditado por ninguna madre podría arruinar aquello.

Por el rabillo de ojo, Roya vio cómo Shahla se levantaba y se abría paso entre las mesas para salir a toda prisa.

Capítulo 7

La señora Aslan

La señora Aslan tuvo que dar su visto bueno al compromiso en contra de su voluntad porque, como solía decir a menudo si la gente la escuchara, en aquel mundo infernal, bastaba con que el hombre diera su visto bueno. ¿Qué importancia tenían las opiniones de las mujeres? Al parecer, el inútil de su marido había dado su aprobación a la pareja y, ¡sorpresa!, el compromiso estaba hecho, cerrado con un sello de legitimidad. Como si ella, la madre, no hubiese sido la que había sacado a aquel chico a sacudidas de su cuerpo frágil; como si no se lo hubiese llevado al pecho día tras día mientras mamaba hasta dejarla seca; como si no hubiese sido ella la que le había cogido de la mano y lo había llevado de paseo por toda la ciudad para enseñarle el mundo; como si no se hubiese sentado con él noche tras noche, animándolo a enfrentarse a las poesías y los problemas de matemáticas que había en sus cuadernos; ¡como si no hubiera hecho todo lo que estaba en sus manos para que su hijo pudiera tener una vida mejor y ascender en aquel mundo! Desde el principio, había visto en aquel bebé el potencial para alcanzar la grandeza. Iba a librarse del yugo de la clase y el estancamiento; en aquel Irán nuevo y moderno podría alcanzar círculos sociales mejores.

¿Acaso no estaba cambiando el país? ¿No era eso lo que decía todo el mundo? ¿Acaso no había conseguido ella escapar de un destino de pobreza gracias a la voluntad de Dios y su propia determinación? Había sido una niña con zapatillas rotas y un pañuelo harapiento atado al cuello; una niña que no debería haber sido nada más que la hija de un hombre desposeído, una campesina o, tal vez, una sirvienta; una chica que había sufrido unas pérdidas inenarrables. Sin embargo, ahora tenía a Bahman.

Se había casado con el señor Aslan (no servía de nada regodearse en las miserias de un corazón roto; fuera lo que fuese lo que había ocurrido, las cosas habían salido así) y, a través de aquel matrimonio, había desafiado las ataduras de la clase social. ¡Se había casado con un ingeniero! Había criado a su niño. ¿Alguien en toda la ciudad dudaba de la energía, la inteligencia y los evidentes talentos de su hijo? ¿Acaso no era el sol y las estrellas? Quería que aquella tal Roya desapareciera de la vida de su hijo, pero en lugar de eso tenía que soportar verla riéndose, sentada en el sofá de su salón. (Sí, tenían un sofá. Eso es: tenían un sofá; un mueble de estilo occidental. En la habitación diminuta de su infancia no habían dispuesto de sillas, mesas o sofás elegantes. Se habían sentado con las piernas cruzadas y habían comido de los platos colocados sobre el mantel *sofreh* que había en el suelo). Ahora aquella chica se sentaba en su sofá. La ponía furiosa. Hacía que la enfermedad, un monstruo que, ya de por sí, era bastante impredecible y despiadado, la asaltase con más fuerza. A veces, un tsunami de aquella horrible enfermedad nerviosa la ahogaba sin previo aviso. Se hundía más allá del alcance de todos y, cuando eso ocurría, ni siquiera su niño podía sacarla de aquel estado anímico. Aunque sí lo intentaba.

Había sido durante un ciclo especialmente malo de su enfermedad que Bahman había anunciado con osadía que deseaba pedirle la mano a Roya y su marido, débil e inútil como era, ¡había aceptado! Incluso lo había animado. Cuando tenía el ánimo bajo, la señora Aslan tenía poca energía y apenas podía sobrevivir a un día entero o incluso a una hora. ¿Acaso no lo sabían? ¿Cómo habían podido soltarle aquella noticia en un momento así? Tal vez ese había sido exactamente el motivo por el que se la habían soltado en un momento así, los muy hijos de perra. Tan solo asistiría a la maldita fiesta de compromiso porque, como siempre, al final, una mujer tenía que ceder ante su esposo. Aunque fuera un esposo débil y patético como el suyo. Quería prevenir aquel emparejamiento catastrófico. Su espectacular hijo, que tenía tanto que ofrecer y que podría hacer tantas cosas maravillosas con su vida, iba a casarse con una chica del montón que disfrutaba de los libros, que pensaba que las novelas traducidas del ruso o el inglés eran algo que merecía la pena, que era bonita pero no de manera extraordinaria y cuyo padre tenía problemas para mantener una carrera estancada como funcionario. Lo peor de todo era que aquel padre mostraba la misma obsesión con el nacionalismo y el primer ministro que había infectado a su propio hijo en los últimos tiempos. No necesitaba que su niño se viese todavía más involucrado en un activismo político inútil. Quería que Bahman tuviese éxito, que se uniese a la compañía petrolera y ganase dinero. ¡Podía ganar tanto...! ¡Había tanto potencial para aquellos jóvenes...!

—¿Cómo se encuentra, señora Aslan? —Se atrevió a preguntarle la tal Roya, que estaba sentada en su sofá—. Bahman me ha dicho que ha tenido problemas para dormir esta noche. ¿Se encuentra mejor?

Pusilánime, arrogante y maleducada. Así era aquella chica.

—¿Cómo quieres que esté? —dijo ella—. Espera y verás, niña. La vida también te dará golpes y te tirará al suelo cuando menos te lo esperes. Ya lo verás. En este mundo no hay justicia. ¿Sabías que los bebés mueren?

La muchacha parecía estupefacta; totalmente desconcertada y sorprendida. Ni siquiera pudo decir nada.

—Así es. ¿No te lo dijo nadie cuando sedujiste a mi hijo y lo atrajiste a esa librería anticuada?

Mientras hablaba, el corazón le dio un vuelco y se le revolvió el estómago. De pronto, el cuerpo le ardía. Quería arrancarse la ropa y colocarse desnuda junto a la ventana para sentir el aire en la piel; para sentir cualquier cosa que no fuera aquel sofocante descenso hacia la pérdida.

—Madre, por favor. Por favor.

La voz de Bahman sonaba como si le llegara desde la cima de una montaña lejana. Estaba sufriendo un ataque de pánico sudoroso.

—El amor... —comenzó a decir el señor Aslan con voz sonora—. Como decía nuestro poeta Omar Jayam, el amor es...

—¡Ya basta! —dijo la señora Aslan—. ¡Cállate!

No podía soportarlo. Su marido siempre estaba fingiendo que no ocurría nada. Era un pelele, un cobarde y un tonto. Ni siquiera hablaba de las pérdidas. Se puso en pie y salió de la habitación para alejarse de sus clichés poéticos y de aquella niñata de Roya.

La puerta se cerró con un golpe.

Sentada en el sofá, Roya se limitó a mirarse las manos. Le temblaba todo el cuerpo. Bahman le había advertido y le había hablado de la enfermedad de su madre; de cómo sufría ataques de ira y no podía controlar su estado de ánimo. En las siguientes décadas, iba a tener que complacer a aquella suegra, pero, incluso en aquel momento, parecía que jamás sería capaz de hacer nada bien a ojos de la señora Aslan. Era como si un caballo le hubiera dado una patada al señor Aslan. Durante unos instantes, habían fingido que todo era normal, que estaban tomando el té y haciéndoles la visita tradicional. Sin embargo, la señora Aslan no había fingido en ningún momento que Roya le cayese bien, y ahora se había marchado, enfadada y presa del pánico. ¿Qué era aquella enfermedad, aquel «monstruo anímico que se apodera de ella», tal como Bahman lo había descrito en una ocasión? El señor Aslan intentaba constantemente compensar los malos modales de su esposa. En aquel momento, le ofreció a Roya otra taza de té y otro *baklava*. Cuando ella le dijo «no, gracias», el hombre cerró los ojos y se recostó, adoptando la pose que muchos iraníes adoptaban cuando estaban a punto de recitar a los antiguos poetas persas. Por un instante, permaneció en aquella posición, respirando hondo. Entonces, también se puso en pie.

–Disculpadme –dijo, haciendo una leve reverencia. Tenía los ojos acuosos–. Vuelvo enseguida.

Roya observó cómo salía de la habitación. Se quedó sentada en el sofá junto a Bahman; junto al hijo de aquellos padres que eran tan diferentes a cualquier otra pareja que hubiera conocido jamás y que parecía tan alicaído y solo.

Cuando su madre actuaba así, cuando su ira tomaba el control y abandonaba las formalidades de las convenciones sociales, Bahman cambiaba: se volvía silencioso y desanimado.

Los ruidos de los sollozos de la señora Aslan chocaron contra la puerta cerrada del dormitorio como si fueran balas. Roya estrechó la mano del joven.

–No me molesta –mintió–. No podemos hacer nada.

Oyeron el sonido amortiguado del señor Aslan consolando y lisonjeando a su esposa.

Bahman no dijo nada. Se limitó a quedarse mirando al frente. Tras varios minutos que parecieron interminables, apoyó la cabeza en el hombro de Roya en silencio. Sentía su mejilla incluso a través de las puntadas de la costura de la blusa que le había cosido Maman. Enterró la cara en ella, como si quisiera desaparecer. Roya le besó la cabeza y le acarició el cabello. Lo salvaría de aquella situación.

Cuando el señor Aslan regresó al fin, parecía agotado.

–¡Bien! –dijo con un tono de alegría forzada–. ¿Quién quiere más té?

La frase «Los bebés mueren» resonaba en los oídos de Roya.

Bahman se puso en pie y fue a la cocina a por más té. Aquella farsa de que las costuras no se estaban desgarrando, de mantener la puerta de la señora Aslan cerrada y fingir que no continuaba sollozando... Todo aquello lo hacía por su bien. El joven regresó con té recién hecho del samovar, manteniendo los vasos en equilibrio sobre una bandeja de plata. Estaba acostumbrado a aquello: a preparar el té, a moverse por la cocina, a servir e incluso posiblemente a cocinar. Es decir, al trabajo de las mujeres. Él y su padre hacían más que cualquier otro hombre que Roya hubiera conocido jamás. La mujer de la casa estaba enferma, así que padre e hijo recogían los fragmentos rotos y tomaban el relevo. Se aseguraban de que la casa funcionara.

Bahman le había contado que, con el tiempo, su madre acababa despidiendo a cualquier sirviente que contrataran, ya que no podía soportar su presencia y su descaro. No se llevaba bien con la servidumbre. Él decía que era mejor así. Eran una familia reservada y, de todos modos, era mejor que otros no se vieran expuestos a sus cambios de humor. Allí de pie, con la bandeja de té, era evidente que habría preferido proteger a Roya de aquellas emociones vergonzosas y aquella falta de control.

Con cuidado, Bahman dejó la bandeja sobre la mesa.

Merecería la pena. Aceptaría a su madre y se esforzaría por llevarse bien con ella. Por aquel chico, haría cualquier cosa.

Capítulo 8

1953

La fiesta de compromiso

Su fiesta de compromiso se celebró una noche de verano, en julio, varias semanas después de que tanto Roya como Bahman se hubieran graduado del instituto. Maman y Baba habían invitado a la familia y los amigos más cercanos para celebrarlo. Maman y las chicas estuvieron horas en la cocina, cocinando y preparando cosas. El día de la fiesta, Kazeb, una mujer que contrataban a veces para que les ayudara con las tareas de la casa, fue a comprar con Zari productos de última hora mientras Roya y Maman se centraban en el plato estrella: arroz enjoyado.

Junto al fregadero de la cocina, con el pelo castaño recogido en un moño, el rostro redondo y amable húmedo por el esfuerzo y las mangas remangadas de modo que se le veían los brazos regordetes, Maman estaba limpiando los *zereshk*. Cuando el plato estuviese terminado, aquellos bérberos pequeños y secos estarían mezclados con el arroz basmati. Roya se colocó junto a su madre e inhaló su familiar aroma a limón. La ayudó a quitar la suciedad y cualquier piedrecita que pudiera haber en los bérberos y, después, observó cómo los tomaba, los colocaba en un colador pequeño y los enjuagaba.

—¿Crees que las cosas serán diferentes, Maman? —preguntó Roya.

Maman dejó el colador en remojo dentro de un cuenco de agua fría.

–¿El qué?

–Nosotras. Tú y yo.

Por mucho que Roya anhelara una vida nueva con Bahman, le resultaba extraño pensar en los cambios que se avecinaban. ¿Dejaría de parecerle su hogar aquella casa con sus cortinas de encaje blanco y su cocina meticulosamente ordenada? ¿Cambiaría todo? ¿Seguiría pudiendo bromear con Zari y formar parte de la familia como antes? Maman suspiró.

–Las cosas estaban destinadas a acabar así, joon Roya. Las niñas crecen, se casan y se marchan. –Sacó el colador de bérberos del cuenco de agua y lo sacudió varias veces sobre el fregadero–. ¿Me gustaría que vivieras conmigo en esta casa hasta el día que me muera? No puedo mentir. ¡Hay momentos de egoísmo en los que la idea de que mis hijas no me abandonen nunca me parece bien! Pero tienes que comenzar tu propia vida, desde luego. Tienes tu propio futuro. Que Bahman y tú tengáis una vida larga y feliz. *Inshallah*, si Dios quiere.

Una vida larga y feliz. Cuando Bahman y ella se casaran al final del verano, el mundo cambiaría de formas muy emocionantes y terroríficas. Maman le tendió el colador y ella colocó los bérberos en un paño de cocina, los secó y los esparció sobre un plato grande. Con la guía de su madre, había dominado todos aquellos pasos a lo largo de los años. Sin embargo, en aquella ocasión era muy consciente de que, aunque estaba cocinando con Maman como siempre, era para un evento que la alejaría más de ella.

–Seguiremos estando cerca. ¡Vivirás a tan solo cuarenta minutos, joon Roya! –Maman se rio como si pudiera leerle la mente–. Podremos vernos todos los días si quieres y no acabas cansada de tu madre.

Roya y Bahman habían decidido alquilar varias habitaciones en una casa con pisos en alquiler que estaba convenientemente situada cerca del hogar de los padres de él. Así, Bahman podría seguir cuidando de su madre, que se encontraba en aquel estado tan volátil. El alojamiento nuevo estaba un poco lejos de las oficinas del periódico en el que iba a empezar a trabajar en otoño, pero podía tomar el autobús para ir hasta allí. Con el tiempo, podrían adquirir un lugar propio más grande, por supuesto, pero aquel era un buen punto de partida. Roya estaba muy aliviada de que Bahman se hubiera negado a quedarse en casa de sus propios padres. Era costumbre que los recién casados comenzaran su vida juntos en la casa de los padres del novio, pero él había insistido en que no quería que se sintiera como la cuidadora de su madre y en que él y su padre podrían encargarse de ese asunto siempre y cuando vivieran cerca.

Maman se secó la frente con el dorso de la mano.

—En esta nueva etapa de tu vida, con el consentimiento de tu marido, por supuesto, puedes decidir cuáles serán tus siguientes pasos. Muchos esperarán que te quedes en casa y tengas hijos, y esa es también una buena opción. O, si quieres, puedes intentar seguir esos estudios científicos que tu padre tanto valora. Al menos, durante un tiempo.

La mujer abrió un saco de arroz y vertió el contenido en un cuenco grande. Los granos repiquetearon contra los laterales y aterrizaron en el interior, formando un montículo. Baba y sus sermones. «¡Madame Curie!». Roya tomó el arroz y llenó el cuenco con agua para terminar de quitarle el almidón.

—Sé que se emocionó y se sintió muy orgulloso ante el mero hecho de que tuviéramos la oportunidad de estudiar ciencias, pero yo nunca he querido...

—¿Limitarte a estudiar? —Maman terminó la frase por ella. El pelo le brillaba con los rayos de sol que se colaban por la ventana de la cocina. Bajo aquella luz, podían verse algunos mechones canosos—. Mi hija, a la que le gustan las novelas y le encanta leer... Acabarás encontrando la solución para todo, joon Roya. Baba se alegra mucho por ti, ya lo sabes. —Le acarició la mejilla—. Siempre serás mi niñita. Cuarenta minutos no es nada.

Roya terminó de limpiar el arroz y dejó el cuenco. Juntas, saltearían un poco los bérberos en una sartén. Tomarían trozos de pollo, les echarían sal, pimienta y cúrcuma y, después, los asarían hasta que estuvieran dorados. Cocerían el arroz, le quitarían el agua y volverían a echarlo en la olla con un paño bajo la tapa para que atrapara todo el vapor. Juntas, Maman y ella verterían zumo de lima y azafrán disuelto sobre los trozos de pollo asado y los colocarían en platos. Picarían pistachos y almendras en láminas con un cuchillo y los añadirían al arroz cocido. Incorporarían unas cuantas pieles de naranja rizadas que su madre había dejado secándose al sol. Para su fiesta de compromiso, iban a servir un plato que, en realidad, era digno de una boda. Era un momento de alegría; de nuevos comienzos. Maman estaba en lo cierto: podía ir en cualquier momento a saludarla, pedirle consejo o a sentarse con ella en la cocina para tomar té.

Zari y Kazeb entraron hablando en voz alta y cargadas con grandes cajas rosas de pastas.

—Pesan mucho. ¡Tardaré un tiempo en recuperarme de la espalda! —Zari dejó caer las cajas sobre la mesa de la cocina con despreocupación y le lanzó una mirada a Roya—. ¿Qué te pasa? ¿Por qué tienes esa cara tan seria? ¿No estás emocionada? —El tono de su hermana era ligeramente burlón, pero también de preocupación.

—Claro que lo estoy. ¿Por qué no habría de estarlo?

—¿No estás nerviosa?

—Un poco, pero una madre siempre...

Pretendía decirle que Maman le había asegurado que seguirían estando unidas, pero aquello fue lo único que necesitaba su hermana para tomar el relevo.

—Es su madre la que te pone triste, ¿verdad? Piensa que no somos lo bastante buenos, ¡lo sé! Cree que su hijo puede encontrar algo mejor. No es más que una de esas mujeres avariciosas que quiere escalar en las jerarquías sociales. Quiere tener aún más dinero y una posición más alta, ¿verdad? Cree que el trabajo de Baba como funcionario está por debajo de su familia. ¡Nos desprecia!

—¡Zari, ya basta! —dijo Maman.

—No, de verdad, ¿cómo vas a soportarla? —le preguntó a Roya.

—Quiero a Bahman.

—¡Se oponía a vuestro compromiso! ¿Es que eso no te dice nada? ¿De verdad lo que quieres es estar casada con alguien cuya madre te odia?

—Ya basta de dramatismos, Zari, por favor —insistió su madre.

Ella se mordió el labio, pero continuó.

—¡Qué ingenua eres a veces, hermana! Su madre no ha hecho otra cosa más que sabotearte. Los hijos son como arcilla en manos de sus madres, y este más que la mayoría. «Ay, madre, ¿puedo traerte algo? ¿Quieres otra taza de té, madre? Deja que te lo traiga yo, madre».

—¡Eso es lo que hacen los buenos hijos! —exclamó Maman.

—¿Hasta ese punto?

—¡Sí! —contestó Roya—. Además, de todos modos, al final dio su consentimiento, ¿no? Así que no es como si ahora se opusiera a nuestra boda.

—Tan solo ten cuidado, *basheh*, ¿de acuerdo?

—Zari —dijo Roya mientras bajaba el tono de voz y miraba a su alrededor como si fuese a desvelar algún duro secreto—, la mujer no se encuentra bien.

Había tardado varias visitas a la señora Aslan en darse cuenta de que Bahman trataba de compensar el estado frágil de su madre intentando serlo todo para ella y la familia. Era como si sus habilidades, su amabilidad y su generosidad fueran una respuesta proporcional a la falta de dichas cualidades en su madre. Se enfrentaba al pozo de nervios de aquella mujer con firmeza. Cuando ella era cruel y grosera, él era generoso e indulgente. La fragilidad de su madre parecía crear en él la necesidad de absorber todo lo que pudiera de la vida y ser fuerte. ¿Era por eso por lo que el señor Fakhri decía que era el joven que cambiaría el mundo? Roya siempre había pensado que era por su activismo en defensa del primer ministro Mossadegh, pero tal vez se tratase de que el hecho de ver a su madre atrapada por los caprichos de su enfermedad, aislada en su hogar la mayor parte del tiempo e incapaz de conversar bien con los demás o navegar con eficiencia las situaciones sociales despertaba en él un deseo aún más fuerte de dejar su sello en el mundo, de navegar su propio barco, de corregir errores o de «cambiar el mundo», tal como decía el señor Fakhri.

—Mira, Zari, hay cosas sobre la señora Aslan que no sabes, así que, tal vez, podrías tener un poco más de consideración. Déjalo estar; no conoces toda la historia —susurró Roya en medio de la cocina.

—¡Sé que está loca! ¿Quién no? ¡Eso no es un secreto!

Vencida, Roya dejó la espátula.

Roya, Maman y Baba formaron una fila junto a la entrada, sonriendo y saludando a cada uno de los invitados que llegaba. Tíos y tías, amigos cercanos y familiares aparecían con flores y pasteles, felicitaban a Roya y a sus padres y se acomodaban en el salón. Las mujeres, sentadas, charlaban y tomaban té en una zona mientras los hombres, de pie, formaban grupos en otra con los vasos de té en las manos. Roya había esperado que Bahman y sus padres fueran los primeros en aparecer, pero llegaban tarde. ¿Dónde estaban?

Al fin, la puerta se abrió y dio paso a un Bahman de aspecto cansado que conducía a su madre del brazo. Su padre, que caminaba detrás de ellos, parecía devastado.

—Siento llegar tan tarde.

Bahman saludó a Maman y Baba y, después, le dio un beso en la mejilla a Roya, que se sorprendió por aquel gesto. Sí, estaban prometidos, pero seguía pareciéndole algo muy directo y atrevido. Las muestras de afecto como aquella frente a los ancianos eran una falta de respeto. Sin embargo, el cuerpo se le encendió gracias al beso y se ablandó.

–¿Va todo bien? –susurró.

–Solo hemos tenido algún… problema –masculló él.

Con «problema» se refería a su madre. La señora Aslan debía de estar sufriendo uno de sus cambios de humor. En una ocasión, Bahman la había descrito como «frágil y contundente».

Roya se tensó cuando su futura suegra se acercó, vestida con blusa y falda negras y unas medias tupidas del mismo color. ¡Y eso que era una preciosa noche de verano! La mayoría de las mujeres iban vestidas con colores claros: Maman resplandecía con un elegante vestido color turquesa; Zari iba vestida de rosa, como las estrellas de Hollywood que tanto admiraba y Roya se había puesto el vestido verde que su madre le había cosido para la ocasión. Sin embargo, la señora Aslan parecía estar vestida para asistir a un funeral. Incluso se aferraba a un chal oscuro que llevaba sobre los hombros. En sus mejillas resaltaban dos círculos de colorete y olía a un perfume empalagoso y floral.

A Maman no le gustaba el maquillaje. Se mofaba de las mujeres que necesitaban «pintura de combate» para demostrar su belleza. Mientras Zari se afanaba frente al espejo poniéndose tiras de periódico en el pelo para crear unas ondas perfectas, su madre solía sermonearla diciendo: «La belleza debería hablar por sí misma. No es necesario modificar la obra de Dios». «Algunas de nosotras necesitamos modificaciones, madre –replicaba Zari–. Algunas tenemos que echarle una mano».

–Querida señora Aslan, ¿no tiene calor con ese chal? –preguntó Maman con cautela mientras le daba un codazo a su hija–. Joon Roya, guarda el chal de la señora Aslan.

Antes de que pudiera hacerlo, la mujer ladeó una de las mejillas con colorete y después la otra para que Roya pudiera besarlas. El maquillaje pastoso de su futura suegra sabía a rosas marchitas. Después, apartó el rostro y extendió los brazos para tomar el chal, pero su mano fue recibida con un golpe seco e irritado.

–¡No! –espetó la señora Aslan.

–Ay, lo siento mucho.

Roya sintió cómo se le encendía el rostro. Con rapidez, Bahman tomó a su madre del brazo.

—Vamos a sentarte, madre. Necesitas tomar el aire.

El joven condujo a su madre hasta el rincón más apartado de la sala y colocó una silla contra la pared, lejos del resto de los invitados.

—¡Qué raro! —susurró Zari mientras se acercaba a Roya con una bandeja llena de frutos secos que había estado ofreciendo a los invitados—. ¡Fuera hace un calor abrasador! ¿Quién se viste así?

—Es probable que solo... ¡Da igual! ¡Sigue ofreciendo los frutos secos!

Su hermana arqueó las cejas, sacudió la cabeza y se alejó trotando.

—Mi niña, no te preocupes. La señora Aslan ha tenido algunas dificultades mientras se arreglaba para la ocasión festiva de esta noche; eso es todo —dijo el señor Aslan cuando se acercó a ella—. Algunos días son mejores que otros; debes perdonarla. Ver a la gente joven nos llena el corazón de alegría; es lo mejor del mundo.

Parecía estar hablando en serio. Roya sintió lástima por él. En ese momento, su futuro suegro le sonrió con una mirada amable. Ambos volvieron la vista hacia el rincón apartado del salón en el que Bahman había sentado a su madre. El muchacho se inclinaba hacia ella, sujetándole el bolso con una mano y colocándole bien la silla con la otra. La señora Aslan no dejaba de hablar. En respuesta a lo que estaba diciendo, Bahman sacudió la cabeza de forma obstinada, pero la mujer no se detuvo. Parecía estar suplicándole. Él bajó la vista al suelo en silencio. La mujer echaba chispas mientras señalaba su bolso. Al final, Bahman lo abrió y sacó algo del interior. Roya abrió los ojos de par en par. Era un abanico de bambú rectangular como los que se usan para avivar las llamas cuando se asa kebab. Haciendo equilibrios en cuclillas, el joven abanicó con lentitud el rostro de su madre. La señora Aslan dejó de hablar, cerró los ojos y se recostó en su silla.

Roya apartó la mirada.

–Si se quitara el chal... –dijo el señor Aslan con un tono de voz teñido de tristeza–. Pero no escucha, khanom Roya. No quiere desprenderse de su forma de hacer las cosas. Por favor, perdónala. Es solo que no está en sus manos.

En la cocina, las cajas rosas del café Ghanadi cubrían las encimeras. Kazeb y Zari sacaron las pastas con forma de oreja de elefante y de lengua que habían comprado aquel día y Maman las dispuso en platos con cuidado, como si ni una sola migaja pudiera estar fuera de sitio. Alzó la vista con el rostro encendido por estar trabajando en aquella cocina tan calurosa.

–¿Qué haces aquí, joon Roya? Vuelve al salón y relaciónate con los invitados. Deberías estar hablando con todo el mundo. ¡Vamos!

–Quiero ayudar.

–No. ¡Eres la futura novia! Por favor, sal a hablar con los invitados. Sobre todo con la señora Aslan. No debes ser maleducada ahora. Si quieres tener un matrimonio feliz, necesitas complacer a tu suegra. ¡Esa es la indisputable verdad de Dios que conocen todas las mujeres!

–Por eso, si algún día me caso, mi esperanza es encontrar a un esposo decente y huérfano, khanom –intervino Kazeb.

Zari soltó una carcajada de aprobación.

–¡Buen plan!

Maman sacudió la cabeza.

–Joon Roya, tienes que mostrar respeto. Ve a hablar con la señora Aslan; no puedes ignorarla.

Roya quería quedarse en la comodidad familiar de la cocina con su madre, su hermana y Kazeb, envuelta en el aroma del arroz basmati y el azafrán, colocando las pastas con forma de orejas y lenguas en los platos y debatiendo sobre lo tostado que se había quedado el arroz *tahdig* crujiente del fondo de la olla. Le resultaba extraño adoptar el papel de la futura novia. Mientras su madre disponía las pastas, se preguntó cómo había ocurrido todo tan rápido. Ella y Bahman habían salido de la papelería, habían ido al café Ghanadi, habían conocido a la familia del otro y se habían comprometido casi a cámara rápida, como en las películas antiguas de Charles Chaplin que no dejaban de poner en el cine.

—¡Fuera! —la despachó su madre.

Roya volvió a salir al salón a regañadientes.

Bahman ya no estaba abanicando a su madre. Ahora estaba con un grupo de hombres que incluía a Baba, siendo el centro de atención. Le gustaba verlo de nuevo siendo su antiguo y osado yo. Le había resultado duro observar al chico servil que abanicaba a su madre. Por encima del ruido de las voces, resonaron las carcajadas de su padre. Era evidente que estaba encantado con su futuro yerno. Roya sintió una oleada de gratitud hacia Bahman por su energía, su amabilidad y su capacidad de agradar a su audiencia. Sin duda, ella podría hablar con su madre.

Se abrió paso entre los grupos de invitados hasta el rincón del fondo en el que estaba sentada la señora Aslan. Se mostraría educada, no le replicaría y la escucharía con obediencia mientras se quejaba del calor que hacía en la habitación a pesar de que estaba ahí sentada con un chal de invierno.

Conforme se acercaba a la silla de la mujer, se sorprendió al descubrir que había un hombre inclinado sobre ella. No podía discernir de quién se trataba, ya que solo le veía la espalda. Vestía un traje de lino impecable. ¿Acaso era algún pariente? Bahman le había dicho que parte del motivo por el que su madre tenía tantos problemas era porque estaba muy sola. Todos sus familiares vivían en el sur y no los veía muy a menudo. La señora Aslan estaba aislada en Teherán y tan solo contaba con unos pocos vecinos y una red social que, a causa de sus propias dificultades personales y la timidez del señor Aslan, era escasa.

Se acercó a su futura suegra y al hombre sin identificar. En aquella ocasión parecía que las quejas de la mujer eran sobre algo mucho más importante que la temperatura de la habitación. Hablaba con el hombre con rapidez mientras se agarraba el chal con una mano y gesticulaba con la otra. Se detuvo al ver a Roya, frunció los labios y le hizo un gesto a su acompañante, que se dio la vuelta.

—¡Pero si es la joven novia!

Reconoció la voz antes que el rostro.

—¿Señor Fakhri?

Nunca lo había visto tan arreglado. En la tienda, solía vestir una camisa sencilla y pantalones cómodos, dando una imagen profesional. Sin embargo, aquella noche, iba muy elegante. Se había aseado muy bien.

—¡Ay, niña, no te sorprendas tanto! —La señora Aslan parecía molesta.

Roya se sonrojó. La fiesta de compromiso era solo para la familia y los amigos cercanos. No era un gran evento: lo celebraban en su casa y no era más que una oportunidad para compartir té y pastas con su círculo más cercano. Pero Maman, como era típico, no había sido capaz de resistirse a cocinar un festín. Al menú tradicional de té y pastas había añadido su famoso plato de kebab *jujeh* de pollo. Por supuesto, entonces, también había tenido que añadir arroz y había dicho que el arroz blanco no era suficiente, que tenía que preparar arroz enjoyado con bérberos, almendras en láminas, pistachos y pieles de naranja. «Joon Manijeh, ¡solo es una fiesta de compromiso, no una boda!», se había quejado Baba. «¡Solo voy a preparar unas tonterías!», le había prometido ella mientras iba corriendo de un lado a otro para dejarlo todo listo. «No queremos sobrepasarnos... ¡Podríamos gafarlo!», había insistido su padre, apelando a las supersticiones de su madre. «No te preocupes», había contestado ella mientras Baba se frotaba el rostro tal como hacía cuando estaba preocupado. Roya sabía que había estado calculando el coste de todo. Siempre estaba pensando en cómo podían ajustarse al presupuesto: pagar a Kazeb, comprar pollo y otras carnes, así como tela para que sus vestidos estuvieran a la altura de los de las otras chicas. «Piensa que no somos lo bastante buenos, ¡lo sé! Cree que su hijo puede encontrar algo mejor. No es más que una de esas mujeres avariciosas que quiere escalar en las jerarquías sociales. Quiere tener aún más dinero y una posición más alta».

—¡Ven, niña, te has puesto pálida! —La señora Aslan tenía el tono irritado de alguien que se dirige a un inferior.

—Es solo que... —tartamudeó Roya. Se giró hacia el señor Fakhri—. Es solo que me sorprende verle aquí.

—Le he invitado yo. Después de todo, es la fiesta de compromiso de mi hijo. ¿O acaso no tengo derecho a invitar a viejos amigos?

—¿Se conocen?

El librero se rio con nerviosismo.

—Querida mía, vuestro romance comenzó en mi tienda, bajo mi vigilancia, bajo mis estanterías y rodeados por mis páginas. Ya lo sabes. La señora Aslan tan solo se refiere a eso.

Roya recordó cómo aquel hombre le había dicho que procediera con «precaución extrema» cuando se trataba de Bahman aquella segunda vez que el chico había entrado en la tienda. ¿Lo había dicho por su madre, aquella mujer difícil que hacía que se sintiera indeseada y un segundo plato? ¿Sabía el señor Fakhri que habían pensado en Shahla para Bahman? ¿Cómo es que conocía a aquella mujer?

—¡Menuda obra maestra has dirigido, desde luego! Juntaste a mi niño y a esta chica, ¿no es así, señor Fakhri? ¡Bravo! ¡Menudo hacedor de milagros! —bufó la señora Aslan.

El librero tenía la frente perlada de sudor.

—Me otorgas demasiado mérito, señora Aslan —dijo en voz baja—. No tengo el poder de obrar los milagros que señalas.

—Ay, sí que eres modesto. ¡Un perfecto caballero! El tipo de hombre que no le haría daño a nadie, ni a una sola persona. Ni a un... solo... niño —dijo la mujer con lentitud.

El aroma del arroz con azafrán llegó flotando desde la cocina. Pronto comerían. Más tarde, los invitados se marcharían; la fiesta de compromiso llegaría a su fin; ella y Bahman se casarían al final del verano y la señora Aslan entraría en razón y se pondría bien. Tenía que ponerse bien.

–¡Haz una reverencia! –dijo su futura suegra de forma estridente–. ¡Haz una reverencia, señor Fakhri! ¡Mira lo que has logrado! –Movió el brazo sobre su cabeza, dibujando un círculo–. ¡Juntaste a dos jóvenes enamorados! ¡Qué absolutamente mágico por tu parte!

Roya se sentía débil y enferma. Le avergonzaba ver al librero tan incómodo y a la defensiva. Además, el tono sarcástico de la señora Aslan era repelente y perturbador.

Entonces, se produjo una pequeña brisa, una ráfaga de aire fresco. Las partículas de aire a su alrededor cambiaron. Bahman estaba a su lado. Se había acercado a ellos con grandes zancadas como un capitán que hubiera reconocido las señales de socorro de un barco hundiéndose. Le rodeó la cintura con un brazo y, de pronto, Roya se encontró en terreno más seguro. Justo frente al señor Fakhri y a su madre, la había acercado a él. Podía oler el aroma del jabón que impregnaba su piel y sentir el tacto de su camisa blanca contra el brazo.

–¿Va todo bien por aquí? –preguntó con énfasis–. ¿Madre? ¿Todo bien?

Era tanto una advertencia como una pregunta. Roya sabía que Bahman no quería que su madre estropeara la velada. Su torso rozaba el de ella de forma protectora y atrevida mientras juntos, como uno solo, se enfrentaban a la señora Aslan y al señor Fakhri. La mujer se desplomó sobre la silla. Sobre su piel pálida, las mejillas sonrojadas parecían más ridículas que nunca.

–Tan solo estaba felicitando al señor Fakhri, jan Bahman. ¡Sin duda, cambió el rumbo de tu vida! Podrías haber elegido entre todas las jovencitas bellas y ricas. Ya sabes que llevaba mucho tiempo con la vista puesta en una en particular... ¡Es la pareja perfecta para ti! Sin embargo, el señor Fakhri, con sus libros y sus papeles, llegó al rescate y te proporcionó amor. ¡Qué pintoresco!

Vosotros dos, como los personajes de esos libros que leéis, esas novelas occidentales... Un romance artificial...

—Madre, ¿puedo traerte algo? —la interrumpió Bahman. Tenía la voz tensa—. Madre, ¿puedo pedirte que pares?

—Tan solo estoy dándole las gracias al señor Fakhri por sus servicios —prosiguió la señora Aslan—. Se le da muy bien encontrar la pareja perfecta para que surja el amor. Para él, el amor es lo más importante y está por encima de todo lo demás. El señor Fakhri haría lo que fuera por amor. Tiene el corazón tan puro...

El librero se miró los zapatos fijamente y no pronunció una sola palabra.

—Me resulta difícil... —A la mujer le tembló la voz—. Me resulta difícil tolerar esto. No puedo soportarlo... —Miró a lo lejos—. Lo único que he hecho ha sido aguantar. —La voz se le quebró.

Bahman apartó el brazo de la cintura de Roya. Algo en la textura del aire volvió a cambiar. Se alejó de ella y se agachó junto a su madre. Al hablar, su voz sonó suave.

—Quizá pueda traerte más té. Déjame que te traiga más té.

La señora Aslan ladeó la cabeza y se cubrió el rostro con el chal. Después, soltó un sollozo.

—Madre —dijo él mientras le tomaba la mano—. Oh, madre...

La mayoría de los invitados estaban sumidos en sus propias conversaciones e inundaban la estancia con sus risas. Roya envidiaba lo ajenos que estaban a lo que estaba ocurriendo en aquel rincón. No tenían que soportar la ira de la señora Aslan y el drama que su presencia estaba causando. Bahman, el señor Fakhri y ella estaban solos a bordo de aquella nave que se hundía.

El muchacho se arrodilló frente a su madre y apoyó la cabeza de ella en su pecho. Roya y el librero se quedaron petrificados, espectadores de un momento dolorosamente privado mientras la madre sollozaba sobre el pecho de su hijo. Cuando Bahman se puso en pie, tenía la camisa blanca manchada de carmesí. El colorete que llevaba puesto su madre había dejado unos manchurrones cerca de su corazón.

Roya quería tomar aquella camisa y frotarla hasta dejarla limpia y quitarle los rastros de su madre, pero estaba paralizada, entumecida.

–Traeré más té –dijo al fin el señor Fakhri.

–No olvides lo que te he dicho –murmuró la señora Aslan.

–No lo haré –contestó él–. Te gusta que el té tenga un sabor fuerte.

Con pasos pequeños y nerviosos, el hombre se alejó.

La señora Aslan se apretó más el chal en torno a los hombros y miró a su hijo.

–Hace demasiado frío en este sitio y todas las luces están mal.

–Lo siento, madre –dijo Bahman en voz baja–. Lo siento mucho.

Todos se marcharon a casa y la fiesta de compromiso llegó a su fin. Después, Maman quemó incienso para deshacerse de cualquier energía envidiosa. Pasó los humos del incienso en torno a la cabeza de Roya y masculló para que el ojo de la envidia quedara ciego.

–Oh, no dejes que te echen mal de ojo, joon Roya –dijo Zari a pesar de que había dejado bastante claro desde el principio que no le gustaba la idea de que estuviera con Bahman–. No hay nada peor que el poder del mal de ojo. Los envidiosos ven que estás feliz y tienes éxito con ese chico y entonces, ¡pum! ¡Lo gafan todo! ¡Ten cuidado!

Capítulo 9

1953

Problemas de tango

La vida de Roya cada vez se hacía más grande y delirantemente estimulante. Justo cuando pensaba que había llegado a la cima de algo (como, por ejemplo, tras haber terminado de leer todas las traducciones de las novelas rusas que el señor Fakhri tenía en su tienda), encontraba una frontera nueva y emocionante. El país estaba despertando a nivel artístico con una nueva clase de intelectuales. La ciudad florecía con publicaciones, cine, teatro, literatura y arte.

Ahora que estaban prometidos, Bahman y ella podían reunirse sin acompañantes y salir abiertamente, incluso por las noches, sin tener que preocuparse.

Jahangir, el amigo de Bahman, tenía un gramófono auténtico y poseía discos procedentes tanto de Oriente como de Occidente. Empezaron a asistir a sus reuniones sociales como pareja. En aquellas fiestas Roya escuchó canciones en un lenguaje extranjero tan sexi y delicado que aliviaba todas las penas.

Los bailes de Jahangir se celebraban los jueves por las noches, en la víspera del viernes, el día de descanso. Sus padres tenían acceso a todos los aparatos de última generación, tal como el gramófono. Bahman le contó que, cuando su madre había descubierto que a la familia del chico le salía el dinero por las orejas, lo había animado de manera avariciosa a que fuera amigo suyo. Roya hizo una mueca al oír aquello; sin duda, la señora Aslan se había emocionado al pensar en las jóvenes ricas y sofisticadas como Shahla que habría en casa de Jahangir y que podrían ser candidatas para su hijo.

–Venga, venga, ¡pasad, pasad! –Jahangir los abrazó a ambos cuando llegaron–. ¡Mirad! –les gritó al resto de los invitados–. ¡Es la pareja perfecta! ¿Acaso conocemos a dos personas más guapas que ellos? ¡Solo miradlos! *Tabrik*. Felicidades.

El compromiso de Roya y Bahman era algo nuevo y resplandeciente; su emparejamiento, algo que celebrar. Y a juzgar por los gestos de unas cuantas mujeres de la multitud, sin duda algo que envidiar.

–¿Qué hay en el menú para esta noche? –preguntó Bahman.

–¡Tango, amigo mío!

Roya ni siquiera pudo llegar hasta la mesa en la que habían dispuesto copas con pulpa de melón y hielo. Bahman y ella estaban rodeados. Mientras todos se agolpaban a su alrededor, él deslumbraba con su encanto habitual. A pesar de que era Jahangir el que poseía el gramófono, la música y los conocimientos de baile, a quien todos querían era a Bahman. Con él practicaban sus primeros pasos y también flirteaban. En un idioma que no hablaba, Bahman se había aprendido las letras de las canciones de Sinatra y las baladas de Rosemary Clooney. Al haber asistido con él a otras reuniones después de su compromiso, Roya sabía que, si por un instante la sala se quedaba en silencio o, por un momento, la conversación se atascaba, Bahman lo pondría todo en marcha de nuevo. Era difícil no seguir con la mirada sus movimientos cuando bailaba. Era muy consciente de que no era la única que estaba encandilada con él. Cuando estaba cerca, las chicas se reían de forma estridente y se quedaban extasiadas cuando les contaba chistes.

–Ven conmigo.

Bahman la tomó del brazo y se abrió paso entre la gente. La condujo hasta el centro del salón. Había comenzado a sonar una canción con la que se podía bailar el vals. Eso podía hacerlo; era uno de los primeros bailes que Bahman le había enseñado y se había pasado semanas practicando con Zari. Su hermana la había llevado de un lado a otro de la habitación, regañándola cada vez que cometía un error. «Roya, recuerda que esto no es como la danza persa, donde dibujas círculos con las manos y sacudes la cadera. Esto es serio. ¡Concéntrate!». Con las instrucciones que le daba él cada semana y la práctica obligada a la que la sometía Zari, su confianza había aumentado, y ahora se deslizaba por la sala con Bahman, inhalando su aroma familiar.

—Necesito beber algo —dijo cuando terminaron.

Él la dejó marchar.

En la mesa de los refrigerios, tomó una copa de pulpa de melón con hielo y una cuchara. Se llenó la boca con aquel granizado dulce. De pronto, notó un golpecito en el hombro.

Esperaba que fuese Bahman, pero en su lugar se encontró con una joven alta, de pelo ondulado, piel bronceada y una peca como las de las estrellas de cine (si Zari estuviera allí sabría si era real o pintada) encima del labio. Era Shahla, la chica del café.

—¿Sedienta? —le preguntó. Tenía la voz ronca, rasposa.

—Sí —contestó Roya. Fue lo único que se le ocurrió decir. Nada de saludos, presentaciones o formalidades.

—Bueno, lanzaste la caña y lo pescaste. ¡Hurra! Siempre ha sido escurridizo, pero de algún modo... —la chica estudió su pelo y su vestido verde—, de algún modo, tú lo has conseguido. Es alucinante. —El sorbete de melón seguía en la boca de Roya, helado—. Y pensar que Jahangir no quería que viniese esta noche porque le preocupaba que os molestara a Bahman o... a ti. Jahangir y yo llevamos siendo amigos prácticamente toda la vida. ¿Por qué no iba a venir a su fiesta? Además, tenía que ver con mis propios ojos el motivo por el que Bahman está tan enamorado. Y ahora... —volvió a mirarla de arriba abajo—, ahora tengo la oportunidad de ver a qué viene tanto revuelo. –Shahla bajó la vista hacia los zapatos de Roya. No eran los de muñequita del uniforme, sino unos zuecos que habían pertenecido a su madre: verdes, de ante y con una pequeña hebilla cobriza en el lateral–. ¡Dios mío, mira! –La joven sacudió la cabeza, hizo un ruido de mofa y se alejó.

–¿Va todo bien?

Bahman se acercó a ella. Tenía el rostro encendido de tanto bailar. Roya ni siquiera se había fijado en quién lo había acompañado en la pista de baile después de su vals. No podía evitar que la gente se sintiera atraída hacia él. Tanto hombres como mujeres acudían a él en manada.

–Oye, ¿qué ocurre? –le preguntó.

Roya masticó con fuerza el hielo.

–Nada.

Bahman miró en dirección a la doble de una estrella de cine y de melena ondulada que se había escabullido hacia el otro extremo de la habitación.

–Por favor, no te preocupes por ella. He visto que hablaba contigo. No me puedo creer que haya tenido el descaro de aparecer esta noche. ¿Qué te ha dicho? –Roya no podía hablar. Él le quitó la copa de las manos y la dejó en la mesa. Después, la atrajo hacia él y le rozó el cuello–. Oye, Roya, venga; no significa nada para mí.

Entonces, le dio un beso en la frente, justo donde Maman decía que llevaba grabado su destino con tinta invisible. Shahla, con el cabello ondulado y un mohín en los labios, no había podido perderse aquel gesto.

–Puede verte. Para. Todos pueden verte.

–Bien. Déjalos. Quiero... –volvió a darle un beso–, quiero besarte delante de todo el puñetero mundo.

–*Basseh*, ya basta –dijo Roya.

Sin embargo, después del cuarto beso, después de que él estuviera tan cerca que pudo sentir la humedad de su camisa, casi se había olvidado de Shahla.

Las veladas, los bailes, la música, las mujeres mezcladas con los hombres, las canciones y los pasos de baile de Estados Unidos, las copas de granizado de melón que, a veces, estaban rociadas con lo que estaba segura de que debía de ser alcohol... Todo aquello formaba un escenario secreto e inesperado para ella. ¿Quién habría dicho que el joven que cambiaría el mundo sabía bailar y tenía aquel grupo de amigos? ¿O que tenía tanta amistad con el popular, rico y mujeriego Jahangir?

—Espero que se retuerzan de envidia —dijo Bahman mientras enterraba el rostro en su cuello.

—Creo que eres tú el que quiere retorcerse —contestó Roya con una risita.

—¿Contigo? Siempre. ¿Cuánto falta para que nos casemos? —Le besó el cuello con delicadeza.

—Oiga, señor, compórtese. Soy una chica virtuosa —contestó ella, bromeando. Sin embargo, dejó que le recorriera el contorno del cuello con los labios.

Entonces, él alzó la vista con los ojos oscuros y resplandecientes; esos ojos que, aquel primer día en la papelería, le habían parecido llenos de alegría.

—Cuento los días que faltan para que podamos estar juntos. Roya, te quiero tantísimo...

Se quedaron así, cara a cara. Él tenía el aliento cálido y a Roya el corazón le latía con fuerza contra el pecho.

—Bueno, te he atrapado, ¡vas a tener que conformarte conmigo! —dijo al fin.

—Tengo muchas ganas de estar atrapado contigo —gruñó él. Después, se rio.

Ella le quitó una pelusilla del cuello de la camisa.

—Bueno... Ahora, ya que eres el joven que cambiaría el mundo, ¿podrías actuar como un modelo de conducta delante de toda esta gente, por favor?

—*Bacheha!* ¡Chicos! —Jahangir alzó los brazos al aire y dibujó círculos con la cintura—. ¡Ha llegado la hora del taaaaaaaaaaango! —Puso un disco nuevo y los sensuales acordes de una guitarra inundaron la sala–. ¡Bahman, ven aquí! –le dijo, haciendo un gesto para que se acercara desde el otro lado de la estancia–. Quiero mostrarles cómo se hace contigo.

Bahman se acercó y se colocaron frente a frente y con las mejillas pegadas. Jahangir le rodeó la cintura con un brazo mientras extendía el otro al frente, tomándolo de la mano. Después, lo estrechó con fuerza y, lentamente, se pusieron en movimiento. La canción era sensual de un modo casi alarmante. Hacía que Roya anhelase algo que ni siquiera podía definir; algo prohibido y tentador. Observar a Bahman y Jahangir bailando era como observar a dos desconocidos; como contemplar lo que nunca había sabido que deseaba.

Después del tutorial, las carcajadas, las risitas de las chicas y el final de la canción, Bahman soltó la mano de su amigo y llevó a Roya al centro de la sala. A ellos se unieron varias parejas lo bastante valientes como para intentarlo. Cuando Jahangir volvió a poner la canción, Bahman y Roya se aferraron el uno al otro. Al principio, lo hicieron mal; se tambalearon y ella estuvo a punto de caerse al suelo. La pelusillas de la barbilla de Bahman se le clavaba en la mejilla. Estar tan cerca de él la llenaba de un deseo tan fuerte que tuvo que obligarse a centrarse en los pasos. Los movimientos eran los equivocados, pero no le importaba. Su cuerpo, pegado al de él, estaba encendido, el brazo extendido era uno con el suyo y tenían las manos entrelazadas. Bahman mantuvo el personaje, imitando el gesto serio y sexi que Jahangir había mostrado durante el tutorial. Aquello hizo que sonriera, pero él frunció el ceño como para regañarla, así que, con rapidez, imitó su gesto fingido de seriedad. Lo intentaron una y otra vez hasta que consiguieron recorrer la habitación sin que pareciera que estaban a punto de derrumbarse.

Si creyera en el destino, sabría que estaban destinados a conocerse, a enamorarse de aquel modo y a desear únicamente estar juntos. Su cuerpo encajaba tan bien con el de él que sentía como si hubiera encontrado su hogar. Había sido cosa del destino que hubiese estado en la papelería cuando él había entrado silbando.

Había sido cosa del destino compartir con él la poesía de Rumi y sentir aquella conexión. Todas aquellas cosas habían estado destinadas a ocurrir. Ahora le resultaba imposible pensar en una vida sin él.

Era suya; así de sencillo. Era algo más que el destino. Era la realidad, algo casi pragmático. No era un sueño; tan solo era un hecho.

—Oye, ¿en qué estás pensando? —le preguntó Bahman mientras se deslizaban por la sala.

—¿Qué?

—Nunca había visto a nadie tan sumido en sus pensamientos mientras baila. Lo estás haciendo muy bien; no tengas miedo.

—Ah —contestó Roya—, gracias.

La música sensual de la guitarra casi vibraba a través de ellos. Bahman estaba en lo cierto. ¿Por qué debía preocuparse? Nada tenía importancia. Estaban juntos y eso era lo único que importaba y lo único que importaría jamás.

—¿Dónde estás? Estás muy distante —dijo él mientras le besaba el cuello.

—¿Acaso podría estar más cerca de ti? ¡Estamos prácticamente pegados el uno al otro! ¡Tu sueño hecho realidad!

—No me quejo —replicó él con una sonrisa—. Pero me refiero a tus pensamientos. Parece como si estuvieses intentando arreglar el mundo.

—Sé que es mejor no intentarlo.

—Tenías el mismo gesto de concentración absoluta la primera vez que te vi.

—Silbabas como un tonto. Ni siquiera me miraste.

Creyó que el baile había terminado, pero la canción se fundió con otra y era evidente que Bahman no tenía intención de soltarla. Juntos, continuaron. No sabía si el resto de las parejas habían dejado de bailar. Tenían los rostros tan cerca que él debía de estar saboreando el melón de su aliento.

—El invierno pasado... La política, las manifestaciones... Me salvaste —dijo él.

–No lo creo.

–Lo hiciste; ni te lo imaginas.

Se preguntó a qué se refería. ¿A que lo había salvado de que se metiera todavía más en política? ¿A que lo había salvado de acabar casado con Shahla al final? ¿A que lo había salvado de la fuerza que era su madre? Quería preguntarle, pero tampoco quería inmiscuirse. Aquel invierno estimulado por la política se había derretido hasta convertirse en una primavera suave y dulce que quedaría grabada en su memoria para siempre con el sabor de los *shirini*, las pastas con sabor a mantequilla y el café amargo, intenso y cremoso.

–Ahora te metes menos en asuntos políticos –admitió.

–Porque ahora me importa menos. Pero estoy preocupado.

–¿Por nosotros?

–Quieren echar a Mossadegh.

Cuando oyó el nombre del primer ministro, aflojó la mano.

–Por supuesto. Pensaba que ahora todo eso no te importaba tanto. Acabas de decir que...

–En nuestro caso, no existe una vida sin política, joon Roya. Nos guste o no, la política está detrás de todo lo que ocurre en este país. Todo esto: los bailes, el gramófono, las chicas vestidas como si estuvieran en una película estadounidense... ¿Crees que existiría sin los esfuerzos de los activistas políticos?

Quería otro granizado de melón. Quería sentarse. Estaban unidos en un abrazo que era sexi pero también se había vuelto agobiante de pronto. Si intentara apartar el cuerpo del suyo en medio de aquel baile, probablemente sería imposible; algo que iba en contra de las leyes de la naturaleza y del destino.

–Estás preocupado por el primer ministro. –Suspiró–. Ya veo.

–Hay rumores de que quieren derrocarlo.

–¿Quiénes?

–Las fuerzas del sah. Los ingleses. Los estadounidenses. Todos juntos. He oído que...

–¡Está loco por ti! –De pronto, Jahangir pasó junto a ellos

bailando el tango con Shahla que, tensa entre sus brazos, tenía la mirada fija en el techo mientras observaba de forma estoica el candelabro colgante–. ¡Lo único que oigo a todas horas es «Roya, Roya, Roya»! –canturreó él.

Bahman la estrechó todavía más mientras los dos jóvenes se alejaban dando vueltas con furia. La mirada asesina de Shahla podría haber apagado las luces del candelabro. Bahman se inclinó hacia ella y le susurró:

–¿Sabías que la familia de Shahla trabaja para el sah? Su padre está aliado con la policía del rey.

–Ay, Dios. Por favor, no me digas que crees que es una espía del sah.

–Solo digo que ya nada me sorprendería.

El cinturón de Bahman se le clavó en la piel.

–¿Sabe que repartes panfletos con los discursos de Mossadegh por toda la ciudad? ¿Querría... vengarse por el hecho de que no hayas cumplido el acuerdo de tu madre para un matrimonio concertado?

Bahman apoyó la mejilla contra la suya y se quedó en silencio. Dejaron de hablar del primer ministro y se limitaron a bailar, aferrándose con fuerza, como si pudieran perderse el uno al otro allí, en medio del salón de Jahangir. ¡La pareja perfecta!

–¿Crees que Shahla y el resto de estas amistades tan elegantes nos maldecirá o nos echará mal de ojo? –preguntó Roya mientras atravesaban la sala, bailando–. A veces, su envidia resulta palpable, como si pudiera tocarla.

–¡Oh, venga ya! No creas en esas cosas del mal de ojo. Es basura supersticiosa. Ojalá nuestra cultura lo superara. Lo que tenemos no puede tocarlo nadie. Fuera como fuese, esto iba a ocurrir.

–Pensaba que no creías en las supersticiones.

–Y no lo hago.

–¿Acaso «iba a ocurrir» no es otra forma de decir «destino»?

Él sonrió.

–Nada puede interponerse entre nosotros. No pueden gafarlo. Nadie.

–Tu madre –se atrevió a susurrar. Él no dijo nada. Roya se miró los pies, avergonzada–. Lo siento.

–Mira... –De pronto, Bahman se puso serio–. Entrará en razón; ya lo verás. –Un *crescendo* se apoderó de la música y unas notas dramáticas la condujeron al clímax. Sin previo aviso, la echó hacia atrás. La sangre se le subió a la cabeza y la habitación le dio vueltas. Todo estaba bocabajo–. No vas a poder librarte de mí –dijo mientras volvía a tirar de ella hacia arriba–. No voy a irme a ninguna parte. Jamás.

Capítulo 10

1953

Cartas entre libros

El martes siguiente, Bahman desapareció. Cuando llamó a su casa, no contestó nadie. Cuando llamó a su puerta, nadie fue a abrirle. Ni una cansada y demacrada señora Aslan con colorete en las mejillas, ni un agradable y generoso señor Aslan preguntándole si quería té. Nadie. Los vecinos se encogían de hombros. Uno de ellos sugirió que quizá se hubieran marchado al norte, al mar, para escapar del calor. Tenía que ser eso.

Insinuaciones y suposiciones, nada claro.

Después de tres días sin recibir noticias suyas, Roya se sentía débil a causa de la preocupación. Al final, se derrumbó y se dirigió al lugar que había sido el centro de todo aquello: la papelería. Temía lo que pudiera descubrir y lo que el señor Fakhri pudiera saber sobre los arrestos políticos. Al principio, había evitado ir allí, pero ahora necesitaba saberlo.

—Mi querida niña, ¿acaso no lo sabes? El primer ministro Mossadegh tiene muchos enemigos. Quiere que nuestro país avance, pero las potencias extranjeras y nuestros propios traidores hipócritas están intentando derrocarlo a cualquier precio.

—Señor Fakhri, por favor, ¿dónde está?

—No puede estar contigo ahora mismo.

–Estamos prometidos. Mire, señor Fakhri, no paso por alto su amabilidad; siempre estaremos agradecidos por cómo nos ha ayudado y cómo nos permitía... encontrarnos. Pero antes, cuando veníamos en secreto, la cosa era diferente; ahora vamos a casarnos. ¡Al final del verano! Por favor, dígame lo que sepa. Uno de sus vecinos me dijo que puede que haya ido al norte, al mar, pero ¿por qué no me lo diría? Me lo habría contado, ¿verdad?

La avergonzaba mostrarse tan abierta y desesperada con el librero. Era algo impropio. Zari se enfadaría si supiera que estaba rogando con tanta insistencia, casi suplicando que le dieran información. Al fin, Roya le había contado a su familia que Bahman había desaparecido. Baba, que estaba convencido de que los matones del sah lo habrían arrestado, no podía dormir. Maman rezaba por su seguridad sujetando las cuentas de su *tasbih* y mascullando versos del Corán en susurros mientras pasaba cada cuenta al otro lado.

–Déjalo estar, mi niña –dijo el señor Fakhri.

–Ya sé que están llevando a cabo redadas por todas partes. Por favor, cuénteme lo que haya oído.

–No te preocupes, querida. Estas cosas son bastante complicadas. Necesitas descansar. No te preocupes...

–¿Descansar? ¡Está desaparecido! Dígame: en una ciudad como esta en la que todo el mundo se está metiendo en los asuntos de los demás a todas horas, ¿cómo es posible que no se sepa nada de él o de su padre o su madre?

El librero se tensó.

–¿De su madre?

–¡Ninguna de las personas con las que hablo sabe nada! ¿Cómo es posible que nadie sepa nada?

Aquella no era la forma en la que una joven debería comportarse frente a un hombre más mayor, alzando la voz y planteándole exigencias. Sin embargo, imaginarse a Bahman en la cárcel hacía que tuviera náuseas.

–Su... familia... –El señor Fakhri tenía el rostro pálido. Rápidamente, se aclaró la garganta–. ¿Están bien? ¿Qué es lo que has oído?

–¡Nada! ¡Por eso le estoy preguntando a usted! –Roya sintió la necesidad repentina de lanzarle el libro más cercano. ¿Por qué le estaba dando largas y actuando como si no tuviera ni idea de lo que le estaba preguntando? Habló de nuevo con un tono de voz más pausado y tranquilo–. Sé que muchos de los activistas políticos pasan por aquí, señor Fakhri. Todos sabemos que su tienda es un lugar seguro para los defensores de Mossadegh y que, desde aquí, difunde información para el Frente Nacional e incluso para algunos de los grupos comunistas *Tudehi*. Por favor, dígame lo que sepa. Puedo soportarlo. Puedo ser discreta.

–Muy bien, jovencita. –El dueño de la tienda se quedó en silencio un instante. Su gesto era difícil de interpretar–. Bien. ¿Sabías que la policía del Gobierno también pasa por aquí y que no se puede hablar de todo abiertamente? –Arqueó las cejas–. Te estoy diciendo que no deberías preocuparte. Solo... confía en Dios. Dios es grande.

Así era. La preocupación por Bahman la había cegado de tal manera que había pasado completamente por alto el peligro que aquello suponía para el señor Fakhri. Miró hacia atrás para asegurarse de que no había nadie presente durante aquella conversación. Los espías podrían estar en cualquier parte. ¿Acaso estaba el librero en una lista de personas bajo vigilancia? ¿Lo habían interrogado?

El hombre se inclinó hacia delante como si estuviera a punto de decir algo de gran importancia. Roya recordó su segundo encuentro con Bahman y cómo el librero se había inclinado para decirle que tuviera «precaución extrema». Se obligó a permanecer calmada; no podía perder su confianza.

–Mi querida niña –susurró él–, Bahman está... ocupado. Eso es todo. Además, ahora mismo no puede ser visto con una pareja.

–Soy su prometida –dijo con los dientes apretados.

El señor Fakhri resopló.

–Aun así, estoy seguro de que lo entiendes.

–No. En realidad, no.

Algo cambió en su aplomo y su intensidad se desvaneció. El señor Fakhri miró en torno a la tienda con miedo. Al final, suspiró.

–Bahman me dijo que, cualquier cosa que quieras decirle, puedes decírsela por carta.

–¿De verdad? –A Roya se le aceleró el corazón.

–Sí.

Empezó a darle vueltas a la cabeza a toda velocidad e intentó pensar en todas las posibilidades que podrían justificar un intercambio de cartas. ¿Por qué no podían hablar? Debía de estar escondiéndose para evitar que lo arrestaran.

–Muy bien. Entonces, le escribiré.

El librero se recolocó las gafas pero no dijo nada.

–¿Señor Fakhri? ¿Puede darme su dirección?

–¿Su dirección?

–Usted debe de saber cómo ponerse en contacto con él, ¿no?

Andaba con pies de plomo, ya que no quería sonar demasiado directa. Si retirara su oferta...

–Entrégame las cartas a mí y yo me aseguraré de que las reciba.

–¿Disculpe?

–Por favor, jovencita.

–Pero ¿cómo?

–Tal como lo hago en otros casos. Tengo mis métodos.

No pudo evitar preguntarle.

–¿Qué métodos?

–Khanom Roya, ¿cómo crees que se hacen llegar mensajes muchos de los jóvenes que no pueden verse o llamarse?

–¿Telegramas?

–Mi niña... Están en los libros. Ellos me dan sus notas y yo las coloco entre las páginas de los libros. Entonces, cuando la otra persona viene a «comprar» un libro, reciben el volumen que contiene dicha nota.

Roya echó un vistazo alrededor de la tienda a las estanterías repletas de los volúmenes que tanto le gustaban. No había sido consciente de que aquellos libros se usaban como medios de comunicación; de que la gente dejaba mensajes en ellos, utilizando al señor Fakhri como conducto. La tienda que tanto había adorado, aquella en la que había pasado tantas tardes de estudio y refugio, de pronto le pareció un poco siniestra. Entonces, ¿no solo era un lugar desde el que se difundía en secreto material político, sino también un centro de intercambio de correspondencia?

Como no quería perder el único posible medio de comunicación con Bahman, respiró hondo.

—Muy bien; se lo agradezco. Mañana le traeré una carta.

Cuando salió y se enfrentó a la dura luz del sol, la ciudad apestaba a calor y preocupación. Los rumores sobre un golpe de Estado llevaban circulando un tiempo, y ahora el temor de Bahman de que las fuerzas del sah pudieran aliarse con las potencias extranjeras para derrocar al primer ministro era compartido por muchos otros. Estuviera donde estuviese, Bahman debía de estar involucrado con activistas que intentaban evitar dicho golpe. Tal vez eso significara que no lo habían arrestado; tal vez solo se estaba escondiendo. Sin duda, el señor Fakhri no podría entregarle las cartas si de verdad estuviera en prisión. Desde luego, el librero sabía más de lo que dejaba ver. Estaba clarísimo. Pero, por algún motivo, se estaba conteniendo.

Pero, al menos, podía escribirle. Al menos, tenía eso.

Escribió su carta en una libreta que había comprado en la tienda del señor Fakhri y, con la tinta azul de su estilográfica, llenó la página con palabras de anhelo. Tenía un sinfín de preguntas. A veces, no podía evitar escribir con cierto ritmo; un ritmo que alguien amable (a diferencia de su profesora de literatura de último curso, la señora Dashti) podría llamar poético.

Al día siguiente, cuando le entregó al señor Fakhri la carta sellada dentro de un sobre, él le prometió que se la haría llegar a Bahman. Se lo dijo con un suspiro de preocupación, como si estuviera haciendo todo aquello en contra de su voluntad.

–Me responderá, ¿verdad? –No pudo evitar preguntarlo.

El señor Fakhri sacudió la cabeza y masculló algo sobre el amor juvenil y los «actos flagrantes de esperanza». Aun así, cogió el sobre.

Cuando regresó a la tienda varios días después, dentro del local había varios hombres con bombín y pantalones oscuros. Le preocupaba que fueran espías infiltrados contratados por las fuerzas del sah. El señor Fakhri le tendió una copia del libro de poesía de Rumi con una sonrisa formal. Ella lo tomó, salió y caminó varias manzanas con la sensación de que el corazón iba a estallarle. Entonces, y solo entonces, se atrevió a abrir el libro.

Entre sus páginas, bien arropado en su interior, había un sobre. Lo agarró con tanta fuerza que le hicieron daño los nudillos. Después, volvió a colocarlo dentro del volumen, pues no se atrevía a abrirlo en plena calle y leer su contenido en público, como si hacer algo así fuese ilegal. Tendría que esperar hasta estar a solas.

Durante todo el camino de vuelta a casa, llevó el libro pegado al corazón. Pero, como era de esperar, en cuanto llegó a casa, Zari empezó a quejarse de que tenía los dedos cansados tras haber pelado todas las berenjenas mientras ella merodeaba por las calles y de que nunca hacía la parte del trabajo que justamente le correspondía. Kazeb, la criada, le lanzó una mirada de desconfianza. Llevaba el pañuelo de la cabeza torcido y tenía el rostro sudoroso tras haber estado pelando las berenjenas, que, al parecer, era la tarea de la tarde. Maman hizo un gesto a Roya para que se sentara en la cocina sobre un cubo al que le habían dado la vuelta y, juntas, terminaron de pelar, cortar, salar, enjuagar, secar y freír dichas berenjenas. A Baba le encantaba aquel plato y, aquella noche, durante la cena, se maravilló de lo buenas cocineras que eran todas. Cuanto más hablaba sobre las berenjenas y solo sobre las berenjenas, más consciente era Roya de que estaba preocupado por Bahman e intentando ocultar su ansiedad. Ella esperaba con ganas a que se acabara la cena para poder ir a la habitación que compartía con Zari, esperar a que su hermana se durmiera y, al fin, abrir la carta del joven.

Una vez puesto el camisón y después de que Zari se hubiera enrollado partes de la melena con tiras de papel de periódico, Roya empezó a desear que su hermana empezara a roncar. Sin embargo, parecía estar de ánimo para charlar.

—Tanto pelar berenjenas me está destrozando las manos. Mírame la piel, Roya. Mírala. La tengo en carne viva y se me está poniendo áspera. No lo soporto.

—Tienes las manos bien —murmuró ella. Por favor, que su hermana se durmiera para que pudiera leer la carta.

—¡No gracias a ti, Roya! ¿Dónde estabas esta tarde? Kazeb y yo hemos tenido que pelar casi todo. No es justo; solo porque estés a punto de casarte... —Zari se detuvo—. Lo siento. Sé que estás preocupada por él. Esta noche, durante la cena, has estado muy callada. Sé que lo único que haces es pensar en Bahman, pero tienes que admitir que... Tienes que estar de acuerdo con que...

—¿Con qué, Zari? —le preguntó en un susurro.

—Con que, quizá, el hecho de que Bahman se haya largado sea cosa del destino. Tal vez no puedas esperar mucho más de alguien que está tan obsesionado con el primer ministro. Es probable que esté escondido, planeando alguna intriga política. ¿Quién sabe? Quizá fuimos todos unos tontos al pensar que se enfrentaría a su madre y se casaría contigo sin más. —Su hermana se cruzó de brazos—. Es posible que no haya podido hacerlo, Roya. Odio decirlo, pero podría ser. ¿Roya?

Roya no dijo mucho. Se limitó a escuchar el parloteo de su hermana. Cuando Zari se sumía en una de sus diatribas, lo mejor era ignorarla. No quería prolongar la conversación; tan solo quería leer la carta. ¡Su hermana no sabía que Bahman le había escrito!

—Cambiar el mundo... ¡Y un cuerno! Fue una absoluta estupidez creer que se enfrentaría a su madre de ese modo. Pero no

113

te preocupes, hermana. Al menos, ahora no tendrás a la señora Aslan destrozándote el alma durante el resto de tu vida, ¿no?

—Buenas noches, Zari.

Al fin, cuando la respiración de su hermana se relajó y estuvo segura de que se había dormido, salió de la cama y se sentó junto a la ventana para leer la misiva de Bahman bajo la luz de la luna. Abrió el sobre con mucho cuidado, como si las palabras que escondía pudieran romperse o desordenarse dando tumbos si no trataba la carta de la manera adecuada.

Mi queridísima Roya:

Cuando recibí tu carta, pensé que iba a morirme de felicidad. Dios, te echo mucho de menos. No puedo pensar y apenas puedo comer. Estos últimos días he querido arrancarme la piel. Siento como si llevara años sin verte. Siento haber tenido que marcharme de manera tan inesperada. Ojalá pudiera decirte el motivo... Algún día lo haré. Por ahora, por favor, has de saber que estoy bien y que no tienes de qué preocuparte. Volveré tan pronto como pueda. Es solo que ahora mismo las cosas están complicadas. Tengo que arreglarlo todo y encontrar la manera de hacerlo. Estoy ansioso por volver a tenerte otra vez entre mis brazos.

¡Me sentí muy aliviado al recibir tu carta! Diles a tus padres que no se preocupen por mí. Estoy bien, te lo prometo. Espero que Zari no te esté torturando demasiado.

Estás en todas las cosas que veo. Estás conmigo en todo momento, joon Roya.

Con la esperanza de volver a verte pronto (cuanto antes, mejor).

Eres mi amor,

Bahman

Pasó los dedos por la carta, anhelando que su olor se desprendiera del papel, deseando que una parte de él se le hundiera entre las yemas de los dedos. Tan solo había visto su letra en otra ocasión, en la inscripción que había hecho en el cuaderno que le había regalado por Año Nuevo. Volver a ver algo escrito de su puño y letra era como abrazar un fragmento de él. Podía sentirlo en cada trazo, en cada curva y cada punto de las palabras que había sobre la página. Y cuando leyó la carta una y otra y otra vez, su voz se coló en su interior.

Como es natural, su respuesta fue efusiva y llena de añoranza. Incluso cuando estaban juntos, tendía a ser más reservada con respecto a lo que decía. Sin embargo, de algún modo, sobre el papel era capaz de decir lo que le había costado decir en persona. Podía ser igual de cariñosa, pero también podía mostrarse directa y hacerle preguntas difíciles. «¿Dónde estás? –escribió–. ¿Por qué no puedo verte?».

Cuando le tendió la carta al señor Fakhri al día siguiente, se sintió desnuda. Sin embargo, el sobre estaba sellado. Además, el librero sin duda tendría mejores cosas que hacer que leer las tonterías amorosas de dos adolescentes. Pensó en sus palabras guardadas entre las páginas de un libro de poesía persa, rodeadas por los versos de los antiguos. Su amor estaba a salvo allí. En cierto sentido, pertenecía a aquel lugar. Se imaginó a alguno de los amigos de Bahman o a alguno de sus compañeros activistas entrando en la tienda, recogiendo el libro y, después, entregándoselo a su prometido, estuviera donde estuviese.

Hasta que llegaba la siguiente carta, estaba inquieta, distraída y preocupada. Chocaba con las paredes y se quedaba con la mirada perdida. Nada podía quitarle a Bahman de la cabeza. Tan solo cuando recibía una respuesta se sentía en paz durante un tiempo. Leer sus palabras y contemplar el fuerte trazo de su mano, la forma en que escribía la «n» del farsi con tanta intensidad y confianza, la manera en que las líneas se inclinaban ligeramente hacia arriba al final... Al sujetar entre las manos aquella fina hoja de papel se sentía como si pudiera escucharlo.

Cada vez con más frecuencia, la policía del Gobierno visitaba la papelería. A diferencia de lo que había ocurrido meses atrás, ya no era un santuario de privacidad. Uno o dos policías rondaban las pilas de libros. Al principio, lo hacían de forma aleatoria. pero al final pareció volverse algo constante. Observaban quién compraba cada cosa. Tomaban nota de los clientes que pedían obras a favor de Mossadegh y prestaban especial atención cuando alguien quería algo marxista.

El señor Fakhri parecía atribulado y cansado. Como cualquiera que estuviera vigilado por los agentes del Gobierno, sus movimientos eran medidos y sus palabras robóticas. Aun así, seguía escogiendo las obras de los mejores autores para Roya y asegurándose de que seguía recibiendo su dosis semanal de poesía. Sin embargo, ahora estaba preocupado y distraído.

Roya ya no se entretenía en la tienda. Tomaba el libro que le daba el tendero con toda la naturalidad posible y con cuidado de no mostrar que sabía que el volumen contenía no solo las palabras del autor sino las de Bahman, y, después, salía corriendo fuera y esperaba a que llegara el momento de estar completamente sola para leer sus frases.

Mi queridísima Roya:

Pienso en ti todo el tiempo; cada día y cada noche. Lo cierto es que no hay ningún momento en el que no te tenga en mente. Tampoco querría que fuese de otro modo. Algún día, rememoraremos esta separación y nos reiremos. No puedo esperar a que todo quede atrás. En todas partes veo tu hermoso rostro.

Si estás preocupada por mí, has de saber que estoy sano y salvo. Tan solo me faltas tú, lo que significa que me falta todo, por supuesto. Cuento los días, joon Roya. Es solo que ahora mismo las cosas están un poco difíciles. El primer ministro y su gobierno están en riesgo, pero seremos nosotros los que echaremos la vista atrás hacia este momento histórico con orgullo. Estamos cimentando el futuro de la democracia.

Ya empiezo de nuevo... Sé que no te gusta cuando hablo demasiado de política. Bueno, en tal caso, deja que te diga que estoy ansioso por que nos casemos.

Me atrevo a soñar con nuestros hijos. Lo tengo todo planeado. Debería volver en unas pocas semanas.

Con la esperanza de volver a verte pronto (cuanto antes, mejor).

Eres mi amor,

Bahman

Capítulo 11

1953

Ciruelas ácidas

–¡Hermana, por el amor de Dios, deja esa basura de una vez y ven a la cama!

Roya permaneció sentada a los pies de la cama.

–¿Las has leído? Dime que no las has leído.

–En realidad, preferiría pelar diez kilos de berenjenas con Kazeb antes que leer las palabras efusivas y empalagosas del activista de tu novio.

–Entonces, ¿cómo lo sabes?

–Venga ya, Roya; no tenemos secretos. Las hermanas tienen que confiar las unas en las otras, ¿no? Ven a la cama. Lees las cartas todas las noches. ¿Crees que no oigo cómo sacas la caja de debajo de la cama, cómo pasas las hojas y cómo las olisqueas como una idiota? Si me preguntas, me parece una tontería. –Hizo una pausa y, después, preguntó–: ¿Por qué se marchó? ¿Dónde está?

A Roya le daba vergüenza que Zari hubiera sabido lo de las cartas todo aquel tiempo. Además, tras recibir tantas misivas de Bahman, la mortificaba seguir sin poder responder a la pregunta de dónde estaba y por qué se había marchado.

–No importa –masculló.

–¿Lo han arrestado? ¿Está en prisión?

De pronto, Zari se incorporó en medio de la oscuridad. Aunque era difícil adivinar el gesto de su rostro bajo la luz plateada de la luna, Roya sintió en su hermana cierta emoción al imaginarse a Bahman en la cárcel.

–Vuelve a dormirte, Zari. De todos modos, no espero que lo entiendas.

–¿Por qué?

–Es difícil describirte el poder que tiene porque, no te ofendas, pero tú no tienes ni idea de lo que se siente al estar enamorado.

En cuanto lo dijo, se arrepintió. De la cama, surgió un ruidito parecido a un gemido. ¿Fue un sollozo ahogado? Aunque, desde luego, lo más probable era que Zari se estuviera riendo de ella. Seguramente se trataba de una carcajada reprimida a costa de Bahman. Roya volvió a dejar las cartas en la caja y las colocó en su sitio. Después, se metió en la cama que compartían.

–Buenas noches, Zari –dijo, dándole la espalda.

–Estás pensando en él, ¿no es así? –La voz de su hermana ni siquiera sonaba soñolienta.

–¿Qué?

–Piensas en él todo el tiempo, ¿verdad? Es la primera persona en la que piensas nada más levantarte y, además, aparece en tus sueños. Desearías no pensar en él todo el tiempo, pero no puedes evitarlo. No puedes parar. Es como si siempre estuviera contigo. ¿No?

–¿Tú también has estado leyendo novelas extranjeras?

Roya se incorporó, apoyándose en el codo, y se giró hacia ella. ¿Cómo era posible que supiera tan bien cómo se sentía? No era posible que su egocéntrica hermana estuviera enamorada, ¿verdad? La figura de Zari bajo la suave sábana de algodón era un bulto pequeño. Estaba callada. Entonces, dijo:

–Buenas noches, hermana.

Roya volvió a darse la vuelta y se quedaron tumbadas, espalda contra espalda, acurrucadas en posición fetal con solo los traseros tocándose. Siempre habían dormido así desde que Zari había sido lo bastante mayor como para abandonar la habitación de sus padres cuando era un bebé.

–Buenas noches, Zari.

Para Roya, las frases de sus cartas se volvieron tan familiares como los versos de poemas famosos o las letras de canciones populares. Pasaron a estar guardadas de forma permanente en su memoria. Aquel verano, se las recitaba a sí misma mientras esperaba a que regresara. «Pienso en ti todo el tiempo; cada día y cada noche. En todas partes veo tu hermoso rostro». Recordaba una frase de una línea de una de sus cartas mientras ayudaba a Maman en la cocina, mientras bordaba flores pequeñas en una blusa con Zari o mientras tomaba granizado de melón para desprenderse del calor. Recordaba sus palabras mientras, en el exterior, aumentaban las manifestaciones y las facciones políticas se dividían todavía más.

Había escogido una caja pequeña de metal para guardar las cartas de Bahman porque volvería en cualquier momento y no pensó que fuesen a necesitar intercambiar demasiadas. Pero, para su sorpresa, la pila que había en la caja aumentó. No regresó tan pronto como ella había esperado. Con su ausencia, se sentía más pequeña. Con él lejos, estaba perdida. Cada carta que recibía la nutría y le daba una razón para seguir adelante. Sin embargo, sus preocupaciones no cesaban. Tantas preguntas, la soledad y la añoranza la enfermaban.

¿Era posible que, a través de las cartas, su amor por él creciera? Lo era. Se reforzaba y se volvía más sólido. Cuanto más leía aquellas palabras y trazaba su letra sobre las páginas, más unida se sentía a él. La comida no le sabía igual desde que se había marchado, el sol le resultaba indiferente y un manto lo cubría todo. Pero sus cartas la sustentaban y aliviaban el sentimiento de vacío. Al menos, de manera temporal. Oía su voz en cada sílaba y se convencía a sí misma de que su aroma almizclado se desprendía de la fibra del papel que utilizaba para escribirle.

«Ojalá no tuviera que seguir lejos ahora mismo. Desearía estar contigo, pero tendremos el resto de nuestras vidas para estar juntos. Te lo compensaré, joon Roya. Muy pronto lo verás y lo entenderás».

Aunque estaba desesperada por saber adónde había ido, confiaba en él. Era imposible terminar de leer una de sus cartas sin estar convencida de que ningún hombre había amado a alguien jamás tanto como Bahman la amaba a ella. Debía de tener sus motivos y se los contaría más adelante. Tenía fe en él. Cada vez que sentía la llamada de la duda, siempre que se sentía demasiado perdida, sacaba la caja de las cartas de debajo de la cama y sus palabras se convertían en un antídoto. Las misivas eran emocionantes y reconfortantes al mismo tiempo. La convencían de que nunca había existido un hombre más dulce o más romántico.

«No quiero nada más que estar más cerca de ti, joon Roya. No deseo otra cosa».

Bahman siempre le respondía; nunca la hacía esperar. La penúltima carta estaba insertada en la página del poema de Rumi que había estado leyendo aquel día de primavera en que el señor Fakhri había salido corriendo hacia el banco y ella y Bahman se habían quedado a solas por primera vez. Aquel gesto la conmovió. ¿Acaso el librero la había visto leer aquel poema? ¿De verdad le había prestado tanta atención como para colocar la carta ahí para ella? Olisqueó el papel, tal como hacía siempre en busca del aroma de Bahman.

La carta comenzaba diciendo lo mucho que echaba de menos poder verla, pero después se convertía en párrafos y párrafos sobre el miedo que tenía a que derrocaran al primer ministro y los peligros de las influencias extranjeras. Le escribía que tener petróleo era su maldición y que imaginara lo diferente que sería todo si otros no fueran siempre tan avariciosos con aquel combustible. Le escribía sobre cómo los británicos y los rusos se disputaban la influencia sobre su país. «La amenaza de un golpe de Estado, de una invasión o de una guerra está presente, joon Roya. ¡Pero lucharemos!». Firmaba la carta con un «*Ya marg ya Mossadegh!*». «¡Dame a Mossadegh o dame la muerte!».

Más tarde aquella noche, Roya se quedó sentada en la oscuridad a los pies de la cama con la carta en el regazo hasta que Zari le gritó.

–¡Por Dios, ven a la cama, tonta enamorada!

La primavera de citas en tiendas de dulces y paseos juntos y el inicio estival con su compromiso y las veladas bailando se convirtieron en un verano compuesto tan solo por cartas escondidas en libros. Sin embargo, las misivas más recientes de Bahman parecían tanto un discurso político como una carta de amor.

Conforme Teherán bullía con manifestaciones y tensiones políticas, Roya se sentía cada vez más y más sola. En medio de tanta agitación, se preocupaba por su seguridad más que nunca. ¿Estaba participando en actividades encubiertas contra el sah? ¿Estaba en prisión en realidad? En su última carta, había expresado su devoción hacia ella y hacia el primer ministro casi en la misma línea.

Para escapar del calor, Roya y Zari subían a menudo a la azotea de su casa a última hora de la tarde y por la noche. Maman había colocado alfombras sobre la superficie plana, por lo que algunas noches incluso dormían allí. Una tarde, tras una larga siesta y después de que el resto de la casa, incluida Kazeb, se hubiese puesto en marcha, ambas hermanas subieron a la azotea a pesar del calor. Subir allí en medio del día era como alejarse de todo. Se sentaron en una de las alfombras con un cuenco de ciruelas verdes ácidas entre ellas. El sol les daba de lleno mientras los vendedores ambulantes anunciaban a gritos sus productos en la calle de abajo.

—Hermana, tienes que animarte. Han pasado semanas desde que se marchó y siempre estás con la misma cara larga. Tienes sus cartas, ¿no? Pensaba que eso te hacía sentir mejor.

Roya no sabía hasta qué punto podía confiar en Zari, pero su hermana era lo único que tenía.

—Su última carta era un poco extraña —le confesó al fin.

—¿Sí? —Zari tomó una de las ciruelas y la mordió.

—Solo hablaba de lo preocupado que estaba de que fueran a derrocar al primer ministro Mossadegh con un golpe de Estado.

—Pero qué romántico...

Roya se tumbó sobre la alfombra con las manos detrás de la cabeza. Le gustaba sentir el sol en la cara, aunque Maman odiaría que estuviera exponiendo la piel a los rayos. El sol era la némesis de su madre, que se preocupaba por las pecas y los bronceados. Creía que sus hijas debían mantener la tez lo más blanca posible. A Roya la volvía loca que se considerara que las iraníes eran más guapas cuanto más clara tuvieran la piel.

Los ojos se le llenaron de lágrimas. Quería estar con Bahman. Ya fuera la biología, la estupidez o la juventud lo que se escondiera entre las raíces de aquel sentimiento, nada podía hacer que aquel deseo que lo abarcaba todo desapareciera.

De pronto, los dedos cubiertos de zumo de ciruela de Zari estaban acariciándole las mejillas y enjugándole las lágrimas.

—Vamos, ya basta. Estoy segura de que está bien. Es probable que solo esté fuera por un... buen motivo. Me apuesto algo a que se han ido al norte, a la playa. Sabe Dios que su madre no dejaba de presumir y de restregarnos por la cara la residencia vacacional que tienen allí. Hermana, estoy segura de que está bien.

—Me lo habría dicho —dijo Roya mientras los dedos pegajosos y con olor a ciruela de su hermana seguían acariciándole el rostro—. Es probable que lo hayan arrestado. O que esté escondiéndose en algún sitio por algún mal motivo. Si tan solo iban a marcharse al norte, a la casa de la playa, me lo habría dicho.

Los gritos del vendedor de melones que empujaba su carretilla en la calle de abajo parecían los de alguien de luto, casi como una llamada a la oración. En medio del calor extremo e implacable del verano, sonaban a lamento.

—Levántate, hermana. Recupera la compostura y ve a la tienda. Me apuesto algo a que tienes una carta esperándote.

Cuando Roya llegó a la papelería, el señor Fakhri estaba atendiendo a otros clientes. Esperó con paciencia a que terminara con aquellas transacciones y observó a esas personas con cautela. Ya nadie sabía quién podía ser un espía anti-Mossadegh.

—Lo siento, khanom Roya, pero tengo que rellenar algunos pedidos. Es día de inventario y tengo que hacer cálculos —le dijo el librero cuando se hubo marchado el último cliente.

—Por supuesto. —La desconcertó lo directo que había sido, pero tal vez solo estuviera ocupado—. Solo me preguntaba si... había algo para mí.

La campanilla sonó y ambos miraron en dirección a la puerta. Una mujer se dio la vuelta rápidamente para darles la espalda. Roya no pudo verle la cara.

El señor Fakhri parecía sobrecogido.

—Dame un minuto —le dijo de forma distraída.

Desapareció en la parte trasera de la tienda durante más tiempo de lo habitual y regresó con un sobre. La alarmó que no lo hubiera metido entre las páginas de un libro. En las manos del señor Fakhri, la carta parecía vulnerable y peligrosa. Roya deseó que la hubiera escondido.

Como si le hubiera leído la mente, él dijo:

—Cuando no hay nadie alrededor, puedo darte las cartas sin más. No es necesario ocultarla ahora mismo.

Roya miró en torno a la tienda. La mujer no estaba por ninguna parte.

–Oh –dijo–. Tan solo pensaba que… Bueno, no importa. Gracias.

Extendió el brazo para coger el sobre, pero el librero se aferró a él. Por un segundo, pareció como si hubiera cambiado de opinión y Roya se preguntó si algún policía o tal vez la mujer que había visto antes había vuelto a entrar en la tienda sin que oyera la campanilla o si alguien sospechoso había salido de entre las estanterías.

–¿Señor Fakhri?

Él la miró con gesto de gran preocupación. Después, soltó el sobre.

–Ahí tienes, jovencita. Ahí tienes. Solo… –Tomó aliento–. Ten cuidado.

–Por supuesto –contestó Roya, perpleja ante su tono de voz.

La carta era corta, pero lo era todo.

No puedo seguir soportando esto. Voy a volver. Te lo explicaré todo. Por favor, perdóname, joon Roya. Sé que esto no ha debido de ser fácil para ti. No quiero que tengamos que volver a separarnos nunca más. Estoy ansioso por estar contigo; por estar contigo de verdad. Sé que la boda está planificada para finales de verano y sé que tu madre ha hecho preparativos, pero tengo una idea. ¿Vendrás conmigo a la Oficina de Matrimonio y Divorcio? Allí, podemos participar en una pequeña ceremonia oficial; podemos casarnos legalmente. Para mí, lo significaría todo. Si estás de acuerdo, por favor, contéstame y dale la carta al señor Fakhri lo antes posible. Podemos hacerlo. Te lo prometo, amor mío. Reúnete conmigo en la plaza Sepah, en el centro… El miércoles 28 de *mordad* a las doce del mediodía. O un poco más tarde, si no llego a tiempo. Reúnete allí conmigo y, de una vez por todas, seremos uno. La emoción de verte hará que pueda seguir adelante los próximos días.

Con la esperanza de verte de nuevo... ¡Muy pronto!

Eres mi amor,

Bahman

Capítulo 12

19 de agosto de 1953

Golpe de Estado

La noche del 15 de agosto de 1953, un tal coronel Nassiri y sus hombres fueron a casa de Mossadegh con un decreto del sah exigiendo que el primer ministro renunciase. Sin embargo, tal como descubrió Roya más tarde, Mossadegh se había enterado del intento de golpe de Estado y, cuando llegaron las fuerzas del coronel, estaba listo. El hombre fue arrestado y declarado traidor.

A la mañana siguiente, Baba, que siempre escuchaba Radio Teherán a las seis de la mañana exactamente, golpeó el aparato en repetidas ocasiones, ya que estaba asombrosamente silencioso. Al fin, como una hora después, una música militar inundó la casa. Baba debía de haber subido el volumen al máximo con la esperanza de recibir alguna noticia. El presentador puso al día a todo el país sobre aquel intento golpista tan traicionero. El primer ministro intervino en directo y explicó que el sah y las fuerzas extranjeras habían intentado un golpe de Estado, pero que había fracasado. Todo estaba bien. Baba no pudo moverse durante al menos quince minutos.

–No pasa nada, Baba. Han fracasado –le aseguró Roya.

–No me puedo creer que lo hayan intentado de verdad –dijo él. Tenía el rostro pálido.

–Pero no han tenido éxito. Mossadegh está a salvo y todo volverá a la normalidad –insistió ella.

Quería apaciguarlo a él tanto como a sí misma. Iba a encontrarse con Bahman en unos pocos días y nada podía salir mal.

En las noticas escucharon que el sah había tomado a su esposa y unas pocas pertenencias y había subido a un avión para escapar a Bagdad en medio de la noche. Baba estaba furioso.

–Debería darle vergüenza –dijo–. ¡Intentar derrocar al buen primer ministro y salir huyendo cuando no funciona...! Esto es lo que ocurre cuando permites que países avariciosos e imperialistas te influencien. Los británicos están detrás de todo, ya lo verás. Y posiblemente los estadounidenses.

–¿Los estadounidenses? Nunca harían algo así. No son tan astutos –replicó Maman.

Roya estaba aliviada y asustada a la vez. Bahman había estado en lo cierto: la gente confabulaba contra Mossadegh y, en el decreto, el sah incluso había escogido a un tal general Zahedi como sustituto del primer ministro. Gracias a Dios, Mossadegh lo había impedido.

A lo largo de los días siguientes, mientras arrestaban a más y más golpistas, Roya contaba los días y, después, las horas. Apenas podía contener las ganas de que llegara el miércoles. Quería volver a ver a Bahman más que cualquier otra cosa. ¿Seguía estando a salvo? ¿Había tenido algo que ver con todo aquello? Si no era así y tan solo estaba escondiéndose, ¿qué debía de estar pensando sobre aquella locura de acontecimientos?

El día después del intento de golpe de Estado, Roya y Zari salieron a pasear, pero no se alejaron mucho. En cada rincón había policías. En las calles, por todas partes había fotocopias del decreto del sah diciendo que el primer ministro Mossadegh debía ser sustituido por el general Zahedi.

–¿Cómo es posible que hagan tantas copias de una hoja de papel tan rápido? –preguntó Zari.

Roya se encogió de hombros.

–En Estados Unidos, las máquinas pueden hacer copias así de rápido.

–¿Tú también crees en esa teoría de la conspiración?

–Jaleh Tabatabayi me dijo que...

–Jaleh Tabatabayi es una comunista amante de los rusos y lo sabes. Estados Unidos no tiene nada que ver con esto.

Roya quería que su hermana estuviera en lo cierto. Gracias a las películas del cine Metropole, las novelas traducidas que había en la tienda del señor Fakhri y las canciones de Sinatra que sonaban en el gramófono de Jahangir, Estados Unidos parecía un lugar resplandeciente y lleno de gente glamurosa que se besaba mucho. Ese era el país que quería, no el que podía conspirar para derrocar al Gobierno del suyo.

El lunes, cuando Baba volvió del trabajo, les contó que una manifestación había salido del sur de la ciudad hasta la plaza Baharestan y que, allí, habían derribado una estatua del sah Reza. Habían saqueado edificios, desvalijado oficinas e incluso habían prendido fuego a algunas cosas.

–¿Por qué están ahora tan violentos los defensores de Mossadegh? –preguntó Maman–. Ha ganado el Frente Nacional. ¿Por qué instigar nada sin un buen motivo?

Baba se frotó la cara.

–Ni siquiera sé si son auténticos defensores de Mossadegh. Podrían ser manifestantes pagados.

–¿Quién iba a pagarles? El sah está fuera del país y sus seguidores desmoralizados. ¿Quién les pagaría para destruir cosas y crear disturbios? –El tono de voz de Maman era escéptico.

Su padre no contestó, pero Roya sabía que estaba pensando en los poderes extranjeros que se escondían detrás de todo aquello; sabía que estaba pensando en Estados Unidos, pero tenía que estar equivocado. Quería creer en los Estados Unidos de las películas románticas, no en los de la pesadilla de su padre.

Al final del tercer día de manifestaciones violentas tras el intento de golpe de Estado, el primer ministro Mossadegh pidió que sus defensores se quedaran en casa. Dijo que ya era suficiente. Nada de tomar las calles ni manifestaciones.

El miércoles por la mañana, cuando Roya fue hasta los baños *hammam* locales, las calles estaban más tranquilas de lo que habían estado en días. Gracias a Dios, la gente había escuchado a Mossadegh y se había quedado en casa. Incluso el *hammam* estaba casi vacío. Cinco horas; en solo cinco horas volvería a ver a Bahman. Lo abrazaría, se fundiría con él y hablarían. Cada uno de los días de sufrir su ausencia en las últimas semanas había sido insoportable. Sin él, se había sentido al mismo tiempo abrumada y sin ataduras. Tan solo las frases de sus cartas habían logrado que siguiera adelante. Sus palabras la propulsaban a poner un pie delante del otro incluso en aquel momento, en medio del enorme vestíbulo de los baños.

Se quitó la ropa en el vestuario. En el interior de la sala abovedada principal llena de vapor, se metió en una de las piscinas calientes. Mientras una asistente de mediana edad le lavaba el cabello y le masajeaba con suavidad el cuero cabelludo, cerró los ojos y respiró hondo. Tras varios momentos dichosos en silencio, la mujer espetó:

—Señorita, déjeme que le diga que si el primer ministro Mossadegh no hubiera disuelto el Parlamento hace unas semanas, no habría tenido problemas para empezar, ¿no? Lo que estaba intentando hacer era acaparar demasiado poder. Mossadegh estaba dejando de lado a la monarquía, pero tenemos miles de años de sahs, ¿no es así? Somos un país de reyes, y Mossadegh no debería jugar con eso.

—¿Cree que podríamos...?

—Con el debido respeto, khanom, el sah ha hecho tantas cosas buenas por este país que el primer ministro debería dar las gracias a su suerte por el hecho de que tengamos un rey como él. La falta de gratitud hacia el sah será la muerte de este país, de verdad.

Roya cerró los ojos con fuerza y no dijo nada.

En la siguiente parada de los baños, una chica joven que parecía tener más o menos su edad, le exfolió la piel con una toalla *keeseh* áspera. Las pieles muertas se desprendieron de sus extremidades como si fueran las migajas de una goma de borrar comprada en la tienda del señor Fakhri. Se sintió bien al desprenderse de las toxinas y el estrés no deseado de las últimas semanas. Resultaba liberador, como aligerar el peso con el que cargaba. Pero entonces la chica dijo que Rusia era un país amigo y que como mejor se podría servir a Irán sería siguiendo sus pasos con un sistema político que acabase con las diferencias de clase, la esclavitud sin fin de las masas y los restos de un sistema feudal que envenenaba a la gente. Mossadegh tenía que hacer que Irán fuese un país comunista, ¿no?

La joven siguió frotándola con fuerza y dijo que podía contarle todo aquello sin meterse en problemas porque no parecía una de esas espías hipócritas y soplonas del sah. Para cuando hubo terminado, Roya tenía la piel rosa y en carne viva. No contestó con ninguna de las posibles respuestas de su padre sobre cómo Mossadegh quería democracia, no comunismo.

En la última parada de los baños, una mujer mayor le lavó cada centímetro del cuerpo con jabón y, después, la enjuagó con agua caliente y humeante. Gracias a Dios, aquella asistenta se mantuvo en silencio. Tras la limpieza, Roya se tumbó y la mujer le frotó un aceite esencial que olía a jazmín por las piernas, el vientre y los brazos. Con cada profunda pasada de las manos de la mujer, se iba despertando poco a poco. Ya solo faltaban dos horas y media. En dos horas y media, vería a Bahman.

Cada parte de ella había cobrado vida. No podía esperar más.

–*Vay!* ¿Por qué has vuelto a casa con el pelo mojado? –exclamó Maman cuando Roya entró en la casa–. ¿Es que quieres resfriarte?

–Hace mucho calor. ¿Cómo iba a resfriarme en pleno verano?

El cabello mojado le había empapado la parte superior de la

blusa, dibujándole un cerco en torno a los hombros. En realidad, eso la había refrescado en medio del calor. Maman parecía preocupada.

–Solo espero que sea seguro salir hoy...

Tras darle muchas vueltas, Roya había decidido contarle a su familia que Bahman iba a regresar y que habían acordado encontrarse en la plaza. Durante semanas, Baba había estado muy preocupado por la seguridad del joven y Maman había rezado todas las noches por su regreso con las cuentas de su *tasbih*. Era justo que les hiciera saber que estaba bien y emprendiendo el camino de vuelta.

–Vengo de la calle, Maman. Todo está tranquilo. La gente hace caso y se queda en casa. Es probable que hoy sea más seguro que cualquier otro día. –Su madre no parecía convencida–. Tengo que arreglarme.

Roya salió de la habitación antes de que su madre pudiera decir nada más.

En el dormitorio, se recogió el pelo con unos pasadores para realzar las ondas de la melena. Hacía un par de semanas que había dejado de llevar trenzas, y ahora le parecía un alivio en lugar de algo extraño. Se puso agua de rosas en las muñecas y el cuello. Se vistió con la falda rosa que había seleccionado con cuidado para ponerse aquel día y, después, se metió por dentro la blusa. Mientras pasaba los dedos por el grupo de flores bordadas que llevaba en el cuello, recordó cómo Zari y ella se habían pasado días y días con las cabezas muy juntas, cosiendo aquellas flores diminutas. Al final, tomó los calcetines blancos tobilleros. Tras buscar en todas las tiendas elegantes del centro de la ciudad, había encontrado los codiciados calcetines en el puesto de un mercader en el antiguo bazar. «¡Procedentes de *Amrika*! –había declarado el tendero de rostro arrugado, dedicándole una sonrisa desdentada–. ¡Señorita! ¡Procedentes de *Amrika*!». Los calcetines, suaves y de un blanco níveo, eran perfectos para aquel día, así que se los puso.

–¡Al menos come algo antes de marcharte, por favor! –le gritó Maman desde el salón.

–¡No tengo hambre!

Estaba demasiado emocionada y nerviosa como para comer.

Cuando entró en el salón, Baba, Maman y Zari estaban sentados en fila, como si estuvieran esperando para hacerle una inspección. O para detenerla.

–¿Estás segura de que no quieres comer nada?

Su madre parecía más preocupada que nunca.

–¿Ha vuelto a la ciudad así, de repente? –preguntó Zari con suspicacia.

–De verdad, joon Maman, no tengo hambre –contestó ella.

–¿Por qué no te ha propuesto que os encontrarais aquí? ¿O en vuestra querida papelería? –insistió Zari.

¡Imagina si, en realidad, les hubiera contado todo! Como que Bahman le había escrito en su última carta que no solo debían reunirse en la plaza Sepah, sino que, después, irían a la Oficina de Matrimonio y Divorcio para conseguir una licencia de matrimonio. Maman podía preparar la boda para principios de septiembre a su antojo y sus amigos y familiares podrían ir a celebrarlo con ellos entonces. Pero, durante varias semanas muy emocionantes, ella y Bahman serían marido y mujer en dulce secreto. Sería un secreto tan delicioso y peligroso que apenas podía creerlo ella misma. Era probable que Bahman hubiese escogido la plaza Sepah porque estaba cerca de la Oficina de Matrimonio y Divorcio, por lo que si quedaban a mediodía podrían ir allí rápidamente antes de la hora de comer y de la siesta. Él nunca la pondría en peligro. Aunque era cierto que había escrito la carta antes de que hubiera ocurrido el intento de golpe de Estado. Pero quizá alguien lo estaba siguiendo. Tal vez no quería ir a su casa para no exponer a su familia. Tal vez una plaza pública fuese más segura. Fuese lo que fuese, a esas alturas, caminaría entre llamas para verle.

Baba se puso en pie, se acercó al perchero y tomó su sombrero.

–Iré contigo hasta la plaza. No deberías ir sola. Por lo que sabemos, podría haber manifestaciones de nuevo.

–No debería ir y punto –dijo Zari.

–¡No, jan Baba! Gracias pero, de verdad, no es necesario. Es todo lo seguro que puede ser cualquier cosa hoy en día. Estaré bien.

Su padre miró el sombrero y después se frotó la cara repetidamente como si estuviera intentando resolver un problema de matemáticas difícil.

–Lo saludaré de vuestra parte.

Les dio un beso en la mejilla a los tres y se apresuró a salir.

Sin embargo, su hermana salió corriendo tras ella desde el *andaruni*, atravesando las estancias exteriores de la casa hasta el jardín.

–Hermana, iré contigo.

–¡No seas tonta!

–Es una locura salir ahí fuera hoy con todo lo que está pasando. ¡Esta semana entre todas las semanas posibles! Intentaron dar un golpe de Estado hace tres días. ¡He de decir que sois muy oportunos!

–Detuvieron el golpe y no pudieron derrocar al primer ministro. Sigue estando en el poder. ¡Estamos bien! –gritó Roya.

–Hablas como él –dijo Zari.

Se despidió de su hermana con la mano y salió por la puerta del jardín. Mientras caminaba por el callejón, el corazón le latía tan rápido que esperaba que no se le parara antes de llegar a la plaza. Cuando se trataba de encontrarse con Bahman, nunca podría ser lo bastante rápida. Claro que iba a estar bien. ¡Su familia no sabía hacer otra cosa más que preocuparse! Además, de todos modos, ¿qué sabía su hermana pequeña sobre el amor verdadero? No era capaz de entender que Roya se sentía empoderada, llena de fuerza y decisión ante la mera idea de volver a verle o que atravesaría incendios para llegar hasta él.

Había más gente en las calles que por la mañana, pero era evidente que iba a ser así. Después de todo, tendrían que encargarse de los asuntos que tuvieran en la ciudad. Mientras no fueran a una manifestación...

Todo comenzó con consignas y el sonido de cadenas y golpes. De pronto, el suelo se sacudió bajo sus pies. Roya se dio la vuelta y vio un grupo de lo que debían ser varios cientos de hombres que se acercaban desde el final de la calle inclinada mientras marchaban gritando. Cuando estuvieron más cerca, reconoció sus consignas como frases de los gimnasios *zurkhaneh* donde los aficionados practicaban los rituales tradicionales de entrenamiento físico. A veces, cuando levantaba algo pesado o hacía estiramientos, Baba imitaba aquellas frases bromeando. La multitud se componía de cientos de levantadores de peso y atletas vestidos con la ajustada ropa de hacer ejercicio. Algunos levantaban bloques de madera con forma cónica y pesas sobre la cabeza. Un hombre con bigote y el pelo engrasado hacía malabares en el aire con barras de metal. Al final, aquella extraña turba se hizo con el control absoluto de la calle y los automóviles tuvieron que apartarse para abrirles paso.

Para asombro de Roya, pequeños montones de hombres y mujeres se unieron a aquel grupo casi cómico de atletas, levantadores de peso y malabaristas. Y conforme lo hacían y la multitud en marcha se volvía más grande, los cánticos empezaron a volverse más políticos.

–*Zendeh bad Shah!* ¡Larga vida al sah!

Con el corazón latiéndole con fuerza, Roya se encaminó hacia el norte, en la misma dirección que aquella enorme masa de gente, porque tenía que llegar hasta la plaza Sepah. Podía oír a su padre preguntándose: «¿Quién ha pagado a estos gamberros para que salgan hoy?». ¿Qué tipo de nueva broma loca era aquella? Tal vez Bahman habría oído hablar de algún intento temerario que hubiese resucitado por desesperación. Tenía muchas ganas de compartir con él aquel espectáculo. Cuando se hubieran vuelto a encontrar, se reirían de aquello; tenían que hacerlo.

Caminaba justo al borde de la multitud, cerca de un pequeño grupo de mujeres que no se habían unido al tumulto. «*Faghat eeno kam dashteem.* Solo nos faltaba esto», dijo una de ellas en tono sarcástico. Las demás se rieron. Escuchar la cháchara de aquellas jóvenes era reconfortante.

Sin embargo, conforme se encaminaban hacia el centro de la ciudad, una sensación de nerviosismo acalló incluso los comentarios alegres de las mujeres. Tal vez solo fuesen las propias expectativas de Roya las que estuvieran alimentando sus miedos.

Más hombres se unieron a la muchedumbre. Algunos de ellos tomados del brazo.

–*Marg bar Mossadegh!*

Roya se detuvo de golpe. Aquello no era un eslogan que gritase «¡Dame a Mossadegh o dame la muerte!». Lo que decía era: «¡Muerte a Mossadegh!». Los grupos de hombres contrarios al primer ministro que seguían llegando para unirse al variopinto equipo de atletas y malabaristas llenaban las calles y las aceras hasta tal punto que resultaba imposible caminar sin formar parte de la turba.

Por un segundo, pensó en dar la vuelta, pero se dijo a sí misma que no, que iba a estar bien. Bahman estaba esperándola. Puso un pie delante del otro, tal como hacía siempre que se sentía atrapada, y siguió adelante. No tenía que aflojar. Solo así llegaría a la plaza.

Cuando al fin llegó a su destino, la plaza Sepah rebosaba con una multitud aún más grande de manifestantes que hacían que el grupo de atletas pareciera pequeño. No podía moverse sin abrirse paso a empujones entre la gente. Era difícil llegar hasta el punto del centro en el que Bahman y ella habían acordado encontrarse. Hacía calor, pero una brisa hizo que la falda rosa se le pegara a los muslos. Tres hombres la miraron con desprecio y uno de ellos le silbó. Se acordó de los matones que habían golpeado a Bahman con una cadena y una porra. El calor le subió al rostro y se tiró de la falda hacia abajo con fuerza.

El contingente de personas contrarias al primer ministro gritaba con más fuerza. Odiaba tener que estar a su lado. Tan solo quería que Bahman llegara para poder aferrarse el uno al otro y salir de allí. Intentó centrarse en cómo se sentiría al verlo de nuevo al fin y al tenerlo cerca una vez más.

Veinte minutos después, la multitud casi se había duplicado. Las consignas sonaban más fuertes y agresivas. El sudor le empapaba las axilas. Estiró el cuello para buscar a Bahman, pero evidentemente no estaba allí. Claro, ¿cómo podría estarlo? Tendría que abrirse paso a la fuerza a través de aquel tumulto y apartar a los manifestantes para llegar hasta ella. Era del todo comprensible que llegase tarde. Nadie podría haber predicho aquel desastre.

«¡Esta semana entre todas las semanas posibles! Intentaron dar un golpe de Estado hace tres días. ¡He de decir que sois muy oportunos!». Las palabras de Zari le taladraban la cabeza. Pero si el primer ministro había conseguido evitar un golpe de Estado apenas unos días atrás, sin duda nadie sería lo bastante idiota como para volver a intentar hacer algo similar tan pronto, ¿no?

—*Marg bar Tudeh!* ¡Muerte a los comunistas!

—*Marg bar Mossadegh!*

Más y más gente llegaba a la plaza y, pronto, el fuerte olor del sudor y la ira le resultaron sofocantes. La multitud tenía una misión: no solo se estaban reuniendo, sino que intentaban moverse y ponerse en marcha hacia algún destino; era evidente que aquella plaza no era su objetivo final. Mientras reprimía una oleada de náuseas, Roya se dio cuenta de que se encaminaban hacia la casa del primer ministro. Los gritos pidiendo su muerte continuaron. A Bahman se le rompería el corazón ante semejante concurrencia de matones contrarios a Mossadegh. ¿Dónde estaba?

El tiempo pasaba, pero seguía sin verle. Estaba sedienta, débil y mareada. La blusa se le pegaba al pecho y la plaza le daba vueltas. Maman había estado en lo cierto: tendría que haber comido algo. Ahora que había tanta gente a su alrededor y a lo largo de toda la plaza, apenas podía moverse. Estaba atrapada.

Al fin, llegó la policía armada y Roya sintió una ola de alivio. Gracias a Dios. Sin embargo, para su sorpresa, ni siquiera trataron de disolver la multitud. Sencillamente, se unieron a ella.

Perdió hasta la última gota de energía cuando se dio cuenta de que las unidades policiales estaban metidas en el asunto. Todo lo que Bahman había temido se estaba haciendo realidad. La policía estaba conspirando con los manifestantes contrarios a Mossadegh para intentar otro golpe de Estado y derrocar al fin al primer ministro. Aquel primer ministro al que Bahman, Baba y muchos otros querían tanto; aquel primer ministro que creían que era su líder democrático, el que tenía el valor de enfrentarse a las potencias extranjeras que querían su petróleo y al que la gente había elegido con la esperanza de alcanzar la democracia. Bahman se pondría enfermo al contemplar aquella escena. ¿Dónde estaba? Rezó a Dios para que estuviera a salvo.

El tiempo pasaba y no había ni rastro de él. Tenía que moverse del lugar que había ocupado en el centro; no podía quedarse acorralada por la turba. Tal vez pudiera ir a un lateral, donde había menos gente. Tal vez Bahman acabase de llegar y estuviera atascado, incapaz de abrirse paso hasta ella. Quería salir de allí, pero el gentío la mantenía atrapada. Empujaba y empujaba, avanzando centímetro a centímetro pero sin hacer ningún verdadero avance. El pánico se apoderó de ella. Quería gritar y salir corriendo.

De pronto, alguien la agarró del hombro.

–¡Roya!

Se dio la vuelta para ver quién la había llamado por su nombre. Tenía el pelo pegado a la cabeza por el sudor. Jadeaba y parecía extenuado por la ansiedad. La visión se le nubló, pero cuando se le aclaró, se dio cuenta de que se trataba del señor Fakhri. Tenía los ojos irritados por una desesperación que Roya no había visto nunca.

–¡Ay, gracias a Dios, señor Fakhri! ¿Ha visto a...?

–Khanom Roya, por favor, escúchame...

La agarró por los hombros con ambas manos y con una urgencia feroz que la asustó. Nunca lo había visto fuera de la tranquila e impoluta tienda excepto la noche de su fiesta de compromiso, en la que ambos habían presenciado el ataque que había sufrido la señora Aslan. Allí, bajo el sol ardiente y en medio de la muchedumbre, parecía casi salvaje, una versión enloquecida del hombre calmado que le había tendido libros de poesía y había sido cómplice de la correspondencia que había mantenido con el enamorado que tanto anhelaba ver en ese preciso momento.

–Solo necesito encontrar a Bahman –gritó por encima del ruido.

–Khanom Roya, por favor, necesito que sepas algo...

Su voz se vio ahogada por el ruido de unos disparos. Los gritos inundaron el aire y el olor a azufre hizo que le picara la nariz. Por el rabillo del ojo vio dos tanques situados al borde de la plaza. No era posible. Se libró del señor Fakhri y se hizo a un lado para poder ver mejor. Aquellos malditos... En los tanques había soldados apuntando rifles. Y con ellos, había varias personas sacudiendo trozos de papel que parecían billetes.

¿Había girado su cuerpo a cámara lenta? ¿O lo había hecho con rapidez? ¿Se había quedado contemplando a los soldados un segundo más de la cuenta? ¿Qué la había impulsado a deshacerse de él y darse la vuelta para contemplar a los soldados jóvenes y uniformados que había sobre los tanques y que estaban rodeados por hombres y mujeres que sacudían dinero? ¿Por qué se había soltado del agarre del señor Fakhri? ¿Por qué se había dado la vuelta? ¿Por qué se había librado de él?

¿Por qué lo había empujado para apartarse?

Sintió cómo, a su lado, algo se movía, se caía y se desplomaba sobre el suelo.

–¡Señor Fakhri! –El hombre yacía en el suelo, retorciéndose. La sangre se le extendía por el pecho. Se agachó a su lado, le agarró los brazos y gritó–: ¡Le han disparado! ¡Le han disparado!

Unas pocas personas formaron un círculo en torno a ella y al librero. Estaba observando a una chica arrodillada junto a un hombre al que habían disparado en medio de la multitud. Aquello le estaba ocurriendo a otras personas; no podía estar pasándoles a ellos.

A su alrededor, todo eran gritos, advertencias y ruido. Dos riachuelos de sangre surgían de los ojos del librero y le corrían por el rostro. Le tocó la camisa empapada y el torso ensangrentado.

De pronto, la apartaron a un lado. Un hombre se puso a horcajadas sobre el cuerpo del señor Fakhri y empezó a presionarle el corazón con ambas manos mientras otros hombres y mujeres revoloteaban a su alrededor, afanándose por ayudar. En medio de todo aquel estruendo, que era tan fuerte que se tragó todo el ruido y se convirtió en una especie de silencio, tan solo oyó un sonido claro y nítido: el de la tela rasgada. Habían envuelto la parte superior del pecho del señor Fakhri, su corazón, con un trozo de tela color melón de la ropa de alguien. Pronto estuvo teñida de rojo.

El librero tan solo movía los ojos. A pesar de la sangre que brotaba de ellos, estaba mirando algo. No a ella, no al hombre que estaba inclinado sobre él intentando salvarle la vida, no al grupo de personas que lo aferraban, rezando por él. El señor Fakhri tenía la vista puesta en el lado izquierdo de la plaza, en dirección a las embajadas y la calle en la que se encontraba su tienda.

Roya siguió su mirada. Tal vez fuese cosa de la pólvora o de su visión nublada por las lágrimas, pero creyó ver una nube de humo alzarse desde aquella dirección. Antes de que pudiera asegurarse, el hombre que estaba haciéndole el masaje cardíaco se derrumbó sobre él.

—¡Ha muerto! —gritó.

Un anciano que estaba cerca de ellos se mecía adelante y atrás mientras entonaba una oración. Tras varios minutos, varios hombres tomaron al librero en silencio y lo levantaron por los aires, por encima de sus cabezas.

De aquel modo, Roya y un pequeño grupo de personas que transportaban al señor Fakhri con el corazón envuelto en tela color melón abandonaron la multitud. Conmocionados y en silencio, los demás les abrieron paso. En otros lugares de la plaza, la turba se abría para otros a los que estaban sacando de allí del mismo modo. Lo que había empezado como una broma, un juego, un espectáculo bullicioso y una actuación de malabaristas, había acabado así: una manifestación, una revuelta. Había atraído a la policía y a los soldados. Y había matado al dueño de la papelería.

–¡Llevadlo al hospital! –exclamó una mujer mientras Roya seguía a la pequeña comitiva hacia fuera de la muchedumbre–. ¡Que cada una de estas muertes injustas quede registrada!

Quedar registrada. Con pluma y tinta. En folios de papel en blanco.

Intentó no vomitar.

Las sirenas atronaban y la policía se abría paso a empujones. A pesar del caos, el centro de la turba se movió hacia el norte.

Cuando su pequeño grupo salió de la plaza y giró a la derecha para dirigirse al hospital, Roya se detuvo. Ya le había dado el nombre del señor Fakhri y su ocupación al hombre que había intentado salvarle la vida. Los demás habían insistido en que se fuera a casa, diciéndole que aquel no era lugar para una joven. «Gracias por la información; nos aseguraremos de que la registren adecuadamente. Se informará a la familia, nos aseguraremos de ello. Ahora, jovencita, tienes que marcharte a casa. Este no es lugar para una señorita. Ya has visto suficiente».

Cubos de basura en llamas flanqueaban las calles secundarias mientras se dirigía hacia la esquina de la calle Churchill con la avenida Hafez. Las ventanas rotas en los edificios de oficinas y los fragmentos de cristal que había en el suelo eran un horror caleidoscópico. Con ganas de vomitar, Roya se obligó a seguir la dirección de la mirada del señor Fakhri durante sus últimos minutos de vida.

Cuando llegó a la calle en la que se encontraba la papelería, los ventanales del pequeño mercado cercano, que estaban junto al lugar donde el vendedor de remolacha solía poner la esterilla para rezar a mediodía, eran como agujeros negros. El tejado de un quiosco de prensa cercano a la tienda estaba cubierto de humo. Y en torno al propio edificio que albergaba la papelería danzaban unas llamas tan altas que parecía que pudieran tragarse el cielo.

Roya se quedó de pie frente a la tienda, paralizada por el fuego. Las llamas, que lo destruían todo, seguían danzando y creciendo. Se había quedado sin fuerzas para moverse, sin energía y sin sentimientos. Era demasiado tarde. No podían hacer nada. En la distancia, oyó la sirena de un camión de bomberos. Vendrían. Lo intentarían.

Pero las llamas consumieron las paredes, las ventanas, el tejado y las vigas de apoyo.

Páginas arrugadas y ennegrecidas de libros salían despedidas de entre las llamas. Flotaban en el aire, suspendidas durante un instante, y después se deshacían en ceniza negra cuando rozaban el suelo.

Algún día, tal vez se le olvidara la impotencia de permanecer allí de pie mientras las palabras ardían. Algún día, tal vez acabara lejos de aquel terror. Pero el olor del papel quemado pegado a su piel siempre formaría parte de ella. De pie frente a la tienda en llamas, recordó las hogueras que tradicionalmente se encendían antes del Año Nuevo persa y cómo Zari y ella solían saltar por encima de las llamas, dando gritos de alegría con los rostros enrojecidos por el calor y los corazones henchidos.

Pronto no quedaría nada.

Las palabras que había amado, los libros de poesía en los que se habían intercambiado cartas, los cuadernos, los botes de tinta, las plumas estilográficas y los sacapuntas... Todo quemado hasta convertirse en nada. Los panfletos políticos escondidos en la trastienda, los lápices de colores atados con lazos como si fueran ramos, el refugio y los secretos que albergaba el interior... La vida del señor Fakhri reducida a la nada con un simple crepitar.

Se preguntó si la campanilla que había sobre la puerta soportaría el fuego. Si la encontraba, la alzaba y la sacudía, ¿seguiría sonando?

Atravesó la verja hasta el patio, pasó por el estanque de peces *koi* y entró en el santuario fresco que era su hogar.

En el interior, su familia seguía sumida en el sueño de mediodía. El cuenco grande de Maman, aquel en el que siempre servía el guiso *khoresh* de pollo y ciruelas pasas, estaba en el fregadero. Zari estaba tumbada en la cama, envuelta con la sábana estilo *shamad* de algodón. En la habitación contigua, Baba roncaba y Maman estaba acostada a su lado. Sus zapatillas estaban colocadas a la perfección en el suelo.

Todos estaban sanos y salvos. Su familia no tenía ni idea de lo que estaba ocurriendo en las plazas de Teherán, de la fuerza que se abría paso hacia el norte o del peligro que suponía aquella multitud. No conocían cuál había sido el destino del señor Fakhri y no podían oler el humo que surgía de la papelería. Habían comido el guiso de pollo y ciruelas pasas con arroz y se habían echado la siesta como si fuera un día cualquiera. No había encontrado a Bahman por ninguna parte. ¿De verdad había ido a la plaza esperando verlo con una rosa en la mano, vestido con su camisa limpia y blanca, listo para escaparse con ella para que pudieran obtener los papeles del matrimonio? Ahora le resultaba ligeramente divertido pensar que había podido albergar tales expectativas.

Cuando su familia se despertara y encendiera la radio, descubrirían que una turba se había abierto paso hasta la casa del primer ministro, que la gente había escalado los muros y había entrado dentro, que Mossadegh había conseguido escapar por una ventana y había trepado por una escalera de mano hasta la casa del vecino. Cuando su familia despertara de la siesta de mediodía, cuando Zari abriera los ojos y se estirara, cuando Maman entrase a la cocina para poner té en el samovar y cuando Baba encendiera la radio a las dos de la tarde, descubrirían que los golpistas habían tomado el control de la estación de radio de la avenida Shemiran y que la muchedumbre había asaltado y saqueado la casa del primer ministro, había quemado algunas de las cosas que había en el interior y había huido con el resto; descubrirían que la habían destruido.

En aquella ocasión el golpe de Estado había sido un éxito. En aquella ocasión el mundo había cambiado para siempre.

Pero antes, mientras su familia seguía durmiendo, Roya dio vueltas por la casa con sus calcetines tobilleros. Sola, lloró por el señor Fakhri, por Bahman y por aquel nuevo país. Ni siquiera se dio cuenta (y tampoco le habría dado importancia) de que sus calcetines blancos, aquellos que había comprado para reunirse con Bahman de nuevo, conseguir los papeles de matrimonio y ser marido y mujer, estaban salpicados de rojo y ennegrecidos de humo, manchados con la sangre de un hombre que había muerto a sus pies mientras ella intentaba encontrar al hombre al que amaba.

Capítulo 13

Destino soñado

Zari le llevó té caliente mezclado con *nabat*, el azúcar cristalizado que se suponía que podía curar casi cualquier mal: un estómago revuelto, la gripe, los calambres de la menstruación y posiblemente el desamor, aunque nunca la pena. Su hermana se sentó al borde de la cama y le puso la taza en las manos.

–Bebe.

Roya alzó la barbilla para indicar que no. No quería té y no necesitaba a Zari. Sin embargo, incluso aquel pequeño movimiento hizo que sintiera como si fuera a estallarle la cabeza.

–Venga, incorpórate; llevas todo el día en la cama. Mira, ayer era el peor día de toda la historia para quedar en una plaza del centro de Teherán. Probablemente, tan solo se perdiera. Estoy segura de que está bien. Y en cuanto al señor Fakhri... –Zari hizo una pausa y, después, susurró–: Que Dios bendiga su alma. Estaba... en el lugar equivocado en el momento equivocado.

Se quedaron en silencio durante lo que parecieron horas. Roya ya no podía percibir el paso del tiempo.

–Ahora bebe –insistió su hermana al fin.

A regañadientes, Roya tomó la taza y dio un sorbo. Un nervio le palpitó por encima del ojo derecho. ¿Sabía Bahman siquiera que el señor Fakhri había muerto? ¿Había estado involucrado en algún intento de detener el golpe? ¿Estaba en prisión junto con otros activistas pro-Mossadegh?

—Es probable que Bahman esté arrestado. Incluso puede que muerto —dijo.

—No sabes si eso es cierto.

De nuevo, Roya había llamado una y otra vez a su casa, pero seguía sin recibir respuesta.

—No quiero ser pesada, pero, hermana, es probable que nunca tuviera intención de encontrarse contigo. Lo que quiero decir es... ¿Dónde demonios ha estado las últimas semanas? ¿Quién escribe una carta diciendo: «Reúnete conmigo en esta plaza en el centro de la ciudad» cuando están ocurriendo todas estas ridiculeces políticas? Yo sabía que era mala idea, ya te lo dije.

—Era imposible que supiera que habría otro intento de golpe de Estado cuando me escribió la carta. Tan solo quería verme.

—Aquello fue lo único que consiguió decir.

—Si es tan activista, tan caballeroso y protector, se supone que debería tener suficiente cabeza para no pedirle a una chica de diecisiete años que se plante en el centro de una plaza en momentos como este, ¡por el amor de Dios! ¡Están disparando a la gente! ¡No me puedo creer que Baba te dejase ir! —Zari bajó la vista hacia sus manos—. Si quieres saber lo que pienso, a veces Baba se esfuerza demasiado por ser moderno y progresista. Hay ocasiones en que las mujeres sí que necesitan protección.

Incluso en su agitado estado, Roya era capaz de ver que su hermana hablaba desde la preocupación y el dolor por el señor Fakhri; un dolor que ni siquiera estaba preparada para expresar. Dejó que su hermana echara humo, se desahogara con respecto a Bahman y dijera que la peor cosa del mundo era enamorarse de alguien que estaba enamorado de la política.

Roya esperó todo el día a recibir noticias suyas. Las horas pasaron y, aun así, nada. Todas las personas a las que preguntaba estaban conmocionadas por el golpe de Estado. Cuando se puso en contacto con los amigos de Bahman, todos le dijeron cosas diferentes. Sus antiguos compañeros de clase le aseguraron que todavía no sabían nada de él, pero insistieron en que nunca se habría involucrado en ningún plan callejero. Otro amigo le dijo que tal vez Bahman hubiese estado en alguna de las plazas durante el golpe y lo hubiesen arrestado, por lo que deberían contactar con todas las cárceles para encontrarlo. Cuando le preguntó, Jahangir tan solo soltó una maldición y dijo que no existía un hombre más noble que el señor Fakhri, por el amor de Dios, que cómo era posible que los soldados dispararan de forma aleatoria hacia la multitud y que esperaba que Bahman estuviera luchando todos los días para devolver el poder al primer ministro Mossadegh.

Roya no tenía ni idea de en quién podía confiar. Siempre había supuesto que los amigos de Bahman estaban de su parte, que le cubrían las espaldas. Sin embargo, cuando Jahangir se puso a despotricar contra el sah, empezó a sentir la semilla de la duda. ¿Podría estar el joven incitándola para que le dijera algo contrario al rey? Tal vez fuese un espía. Le daba asco pensar que ahora sospechaba de todo el mundo. Ni siquiera podía confiar del todo en Jahangir.

El rumor de que a la hora de derrocar al primer ministro habían intervenido agentes extranjeros ya se estaba discutiendo en los puestos del bazar, en los cafés mientras la gente bebía *espresso* y en los salones de toda la ciudad. Zari respondía a todas las teorías de la conspiración de la siguiente manera: «Muy bien, ¿y qué pasa si les pagaron con dinero extranjero? ¿Qué pasa con nuestra propia gente? Tenemos matones que están más que conformes con salir a la calle y repetir la consigna que toque ese día. ¡Y de tomar el dinero de los estadounidenses para hacer lo que se les antoja!».

Roya no podía dormir. Cuando lo lograba, lo hacía dando cabezadas a ratos y, además, en esos momentos tenía sueños vívidos y detallados.

En el sueño que más la perseguía, entraba en la tienda del señor Fakhri y la campanilla sonaba como siempre. En el interior, olía a tinta y a libros, y el reconfortante frescor tan familiar la envolvía. Al principio, no veía al librero, pero después ahí estaba, detrás del mostrador. Escribía en el libro de registros, deslizando la estilográfica por la página. Volvía a tener el mismo aspecto de siempre: limpio y calmado, con las gafas rectas. No había ni rastro del aspecto salvaje que recordaba de aquel funesto día en la plaza.

Alzaba la vista y, por un instante, el pánico se apoderaba de su rostro, pero enseguida volvía a dibujar su sonrisa habitual. Con el tono de voz educado al que Roya estaba acostumbrada, le preguntaba cómo estaban sus padres, qué tal le iba a su hermana, khanom Zari, por el resto de la familia y si las cosas iban bien en el vecindario. Después, le deseaba que todos estuvieran sanos y que vivieran largas vidas. Además, añadía cierta cantidad adicional de *tarof* persa, las formalidades que se requerían en todas las interacciones sociales.

—¿Sabe algo de Bahman? —le preguntaba ella.

—No, khanom Roya.

—¿Nada de nada?

—Nada de nada.

—Pero le entregaba sus cartas a usted hace apenas unos días, ¿no es así?

El señor Fakhri suspiraba y miraba al techo.

—Mi consejo, jovencita, es que te olvides de ese muchacho. Sigue adelante con tu vida. Cásate. Ten hijos. Sé buena.

—¿Disculpe? —El corazón le martilleaba contra el pecho—. Precisamente, lo que voy a hacer es casarme; estoy prometida con él.

—Sí, bueno, a veces los compromisos no salen adelante. ¿Lo sabías?

Pronunciaba aquellas palabras con delicadeza, como si pudiera romperla si las decía sin cuidado.

–Quiero saber si está bien. Nadie sabe nada de él. Tan solo pensé que quizá usted sí, dado que...

El señor Fakhri alzaba la mano.

–No siempre conseguimos lo que queremos, khanom Roya. Las cosas no siempre salen como las habíamos planeado. Los jóvenes tienden a pensar que, de algún modo, esquivarán las tragedias de la vida, sus miserias y sus balas; que pueden mantenerse a flote con sus esperanzas ingenuas y su energía. Creen erróneamente que, de algún modo, la juventud, el deseo o incluso el amor pueden superar a los designios del destino. –Tomaba aire–. La verdad es, jovencita, que la fortuna te ha escrito en la frente el destino desde el principio. No podemos verlo, pero está ahí. Y los jóvenes, que aman con tanta pasión, no tienen ni idea de lo horrible que es este mundo. –Apoyaba ambas manos en el mostrador–. Este mundo no tiene compasión. –De pronto, Roya sentía como si la hubieran cubierto de hielo–. Harías bien en recordarlo –decía el señor Fakhri con un silbido grave y chirriante pasándole entre los dientes. Se quitaba las gafas, se frotaba los ojos y, al fin, decía–: A mí me parece que nunca te amó. Para él, todo ha sido un juego.

Entonces, Roya se despertaba sobresaltada y empapada en sudor frío.

Incluso despierta, podía sentir al señor Fakhri en la papelería, tal como solía ser, haciendo el inventario de las existencias y organizando las traducciones de autores procedentes de todo el mundo. Podía verlo junto a la mesa que albergaba los volúmenes de poesía, incluyendo aquellos en los que Bahman y ella se habían pasado las notas. Él le había abierto un mundo de posibilidades y le había ofrecido un lugar en el que sus sueños habían formado un camino viable, en el que había escapado de los tumultos políticos y había encontrado refugio. Un lugar en el que se había enamorado.

Todavía podía sentir las estanterías clavándosele allí donde se había apoyado mientras Bahman se apretaba contra ella, susurrándole al oído.

Sin embargo, en sus sueños, el señor Fakhri siempre le decía que Bahman nunca la había amado. Le instaba a comenzar un nuevo capítulo de su vida a pesar de que en aquel todavía quedaban muchas preguntas sin responder.

El hombre había sido su aliado, su alentador acompañante; un hombre de mediana edad que quitaba el polvo de los libros y colocaba productos de papelería escolar en una tienda mientras hablaba con los jóvenes y los ayudaba a acceder en secreto a materiales políticos y a intercambiar cartas de amor.

Ya no estaba. Se había marchado y, si no hubiera sido por la gracia de Dios, podría haber sido ella. Probablemente, tendría que haber sido ella. Era algo que siempre arrastraría consigo, como si fuera una cicatriz o una cruel verdad, como si las brasas chisporroteantes de los restos de la tienda se le hubieran incrustado en la piel y como si fuera a cargar sobre sus brazos con el cuerpo invisible del señor Fakhri para siempre.

Ahora que el librero ya no estaba, pensaba en él más que nunca. Desconocía por completo las penas con las que había cargado en su interior.

Parte II

Capítulo 14

La hija del vendedor de melones

Un hombre serpentea por las sinuosas calles del bazar del centro. Desde que nació, se concertó su matrimonio con su prima segunda, Atieh. Atieh significa «futuro», pero ella no es el futuro que desea. Está enamorado de una jovencita que trabaja en el bazar, que todas las mañanas amontona melones en cajas y que, altiva, se queda junto a su padre mientras él regatea con los clientes. Ali no puede dejar de pensar en la pobre chica. Acude al bazar solo para verla quitando las pepitas de los melones y para disfrutar de un atisbo de ella.

En medio de la cacofonía y el caos de los diferentes puestos, él la observa. Ella siempre lleva puesto un pequeño pañuelo en la cabeza. Su ropa está raída, pero su rostro es como la luna. Es joven, tal vez demasiado, pero deslumbrante. Con un cuchillo que parece una espada, el padre de la chica extrae mágicamente la suave pulpa interior de la fruta y vende rajas o trocitos a sus sedientos clientes. Algunos se llevan melones enteros y los depositan en sus cestas; otros quieren la dulzura inmediata y el alivio refrescante del granizado de melón. El hielo es tan especial como la fruta y el vendedor de melones viene al bazar todas las mañanas cargado con un codiciado bloque. La chica vigila el hielo con atención, de pie junto a él con las manos en las caderas.

La madre de Ali planifica los artículos para el *sofreh* de su boda.

–¿Acaso no he sido paciente al esperar hasta que sea más mayor? –dice–. Tu prima tiene dieciséis años, así que ya ha madurado y está lista para ti. Estabais destinados el uno para el otro desde que nacisteis. Todos lo sabíamos.

Su madre suelta una risita, como si estuviera ganando algo con un valor único. Les dice a las doncellas que se aseguren de que el postre *sholeh zard* tenga suficiente canela el día de la boda.

–Al final del verano, jan Ali. ¿Se te ocurre un mejor regalo por tu decimoctavo cumpleaños?

Ali piensa que Atieh parece un yogur acuoso e imagina que es igual de insulsa e insípida. En sus sueños, la chica harapienta del bazar le da trozos de melón y el zumo le moja los labios.

Un viernes, se dirige como siempre al centro de la ciudad para observarla. Se queda medio escondido tras un poste del puesto de especias mientras la chica coloca los melones enteros formando varios montones con forma de pirámide. Analiza cómo trocea la fruta en pedazos irregulares.

–¡Badri, *bia*, ven! –A su padre le faltan los dientes y tiene la piel curtida por pasar demasiado tiempo bajo un sol implacable.

«Badri». «Badri». «Badri». Ali repite el nombre en susurros, como si fuera posible que se le olvidara y como si no fuera a sufrir durante años cada vez que lo oiga.

Los clientes se abren paso a empujones, mujeres vestidas con chador portan sus cestas llenas de verduras y berenjenas, los bebés lloran y los vendedores ambulantes anuncian a gritos sus mercancías. «Badri, Badri, Badri». Pronto, como hijo de uno de los eruditos más estimados de Teherán, enviarán a Ali a Qom para que estudie tanto religión como a los clásicos. Esta chica no debería estar en su mente. Trabaja en el mercado con su padre. Es una *dahati*, una aldeana; una chica que no tiene nada y que procede de la misma clase social que la sirvienta que le lava la ropa.

Cuando la llamada a rezar de mediodía flota por las calles del bazar, la gente sale de los puestos y toma las esterillas. El mercado se vacía metódicamente y tanto compradores como vendedores se dispersan. Uno a uno, los hombres abandonan su posición y se alejan. En el patio de la mezquita que está al fondo del bazar, harán sus abluciones del mediodía. Allí, se mojarán los codos y las muñecas con el agua que hay en las jofainas de cemento. Para el rezo, se arrodillarán, tocarán el suelo con las frentes y se perderán en la meditación. Se incorporarán y volverán a inclinarse como uno solo.

¿Badri va a ir a rezar? Ali siente una punzada de decepción cuando abandona el puesto. Por supuesto, no podrá seguirla a la sección femenina de la mezquita. Lo máximo que puede hacer es observar cómo se quita los zapatos junto a la entrada (en realidad, son zapatillas confeccionadas con tela, desgastadas y andrajosas). Entonces, la entrada destinada a las mujeres, inaccesible, se la tragará.

Cuando se marcha, Ali se queda solo en el bazar. De pronto, se siente desnudo en su poste junto al puesto de especias. Ahora que la multitud se ha marchado, llama la atención, por lo que se siente vulnerable e incómodo sin el escudo de la gente ocultando su puesto de vigilancia.

Pasos. El lento deslizar de unas zapatillas sobre la tierra. Alza la vista y apenas puede creerlo. Ha regresado. Con la esperanza de que no lo vea, observa cómo Badri cambia de sitio algunas de las cosas del puesto de melones de su padre. Levanta un balde grande de hojalata. Durante un instante, tiene problemas con el peso, pero después se lo apoya en la cadera. Enseguida lo tiene en perfecto equilibrio, como si formase parte de su anatomía y siempre lo hubiese llevado apoyado allí.

Sale del puesto y, cuando está seguro de que no pueden verlo, la sigue. Hay algo extrañamente seductor en ella: tiene mucha confianza y se contonea a pesar de que es joven y pobre. En lugar de girar a la derecha en dirección a la mezquita, Badri dobla hacia la izquierda. Ali la sigue por un camino estrecho que conduce a la parte trasera del bazar, donde una plaza cuadrada resguardada por árboles sirve de muelle de descarga y de recogida de basuras. Debe de ser allí donde, cada mañana, se descargan los burros que portan las mercancías y los hombres vacían las cajas que contienen sus productos. El muelle está lleno de contenedores grandes donde se deposita en montones la basura del día. Las moscas revolotean sobre los receptáculos. Con calma, la chica se abre paso entre los contenedores repletos y apestosos hasta que llega a uno que no está rebosante. Mientras camina, sigue con el balde apoyado en la cadera. A Ali le maravilla la forma en que carga con aquel pesado balde como si llevara haciéndolo toda la vida. Entonces, piensa que es probable que sí lleve haciendo cosas así toda la vida. ¿No son así las cosas con esa gente? Trabajan. Hacen trabajos manuales de continuo. Ali resopla para sí mismo. Las mujeres incluso van al campo y a los mercados desde muy pequeñas. Son resistentes; son duras.

Piensa en Atieh y en su piel blanca como el papel; piensa en los dedos largos de su prima y en sus labios que parecen transparentes. Cuando estén casados, los familiares, emocionados, profesarán su alegría ante la idea de que pueda contemplar la perfección que es Atieh. Ha visto a su prima sin el velo, pues de niños les decían que jugaran juntos. Ahora el rostro de la joven siempre está escudado del sol para evitar que su piel se oscurezca y que siga siendo pálida y pura.

Badri se pone de puntillas junto al contenedor, se levanta un poco más el balde sobre la cadera y, entonces, con un movimiento rápido, lo vuelca con pulcritud y pericia hasta vaciar su contenido. Las cáscaras del melón y las pepitas resbaladizas caen dibujando un arco y el aire se llena de un olor dulzón. El aroma se le atasca en la garganta. Casi puede saborear la fruta azucarada en la boca y sentir la pulpa fresca entre los dedos. Badri sacude el balde un par de veces para deshacerse de los últimos restos. Entonces, se da la vuelta.

–¿Por qué me estás siguiendo?

Su tono de voz es más adulto y mandón de lo que había esperado. Se dirige a él de forma informal, en singular, no con el plural que una plebeya debería usar para tratar con un joven que procede de forma tan evidente de una clase social mucho más alta que la suya. ¿Tan inculta es como para no saberlo? Hay algo en su mirada altiva que hace que Ali dude que sea así. Parece que sabe exactamente lo que está haciendo.

–Puedes hablar, ¿no? ¿O acaso eres mudo? –Vuelve a colocarse el balde contra un lado de la cadera y se apoya la otra mano en el costado contrario. Tiene los pies separados, adoptando una pose que Atieh y las chicas de su clase no se atreverían a adoptar en compañía de hombres desconocidos–. ¡Oye! –exclama la chica–. Te he preguntado por qué me estás siguiendo.

–No te estoy siguiendo.

Su voz es un susurro. Ahí está ella, la hija del vendedor de melones, una niña en realidad y, por algún motivo, Ali siente que se le aflojan las rodillas. Se trata de su rostro redondeado, de esos ojos con los que se atreve a mirarle directamente y de esos labios que parecen un capullo de rosa.

–¡Le diré a mi padre que te corte el pescuezo! No te acerques a mí. Me da igual que seas un pijo presuntuoso o lo que sea. Sé lo que piensan los tipos como tú de las chicas como yo. Bien, si te acercas a mí, gritaré tanto que te sangrarán los oídos. ¡Te daré una patada bien fuerte! –Levanta el balde con ambas manos por encima de la cabeza–. Te romperé la cabeza con este balde. Estoy harta de los hombres como tú que creen que, como soy pobre, pueden probarme. Pues bien, no puedes. Si te acercas a mí, mi padre te rebanará el pescuezo con un cuchillo. ¿Entendido?

Ali se ha quedado sin palabras. Nadie le ha hablado así nunca. En su hogar, su madre siempre le da la razón, pues es el príncipe de la casa. Las doncellas ni siquiera se atreven a dirigirse a él y los sirvientes tan solo lo hacen para decirle lo que quiere oír. Su padre es la única persona que es honesta y directa con él. Ninguna chica le ha hablado así jamás. Aquel comentario le divierte y, a la vez, le mortifica. Debe de parecer un pervertido, poco más que un patán con ínfulas acechando a una campesina.

–No, no, me temo que te equivocas. No estoy aquí por motivos indecorosos. Por favor, no pretendía asustarte.

Una oleada de calor impregna el aire y es como si alguien hubiese rociado cada partícula de polvo con el sofocante aroma del melón. Muy a su pesar, Ali se acerca más a ella. Tiene que tranquilizarla. Quiere demostrarle que se equivoca; siente una extraña necesidad de demostrarle que no es eso en absoluto lo que va buscando. Cuanto más se acerca a ella, más se llenan sus pulmones de ese aroma dulce. Cada jirón de tela que cubre su cuerpo, cada mechón de pelo que se le escapa del pañuelo e incluso las borlas de sus zapatillas destrozadas deben de estar impregnadas de ese aroma frutal.

Ahora que está más cerca, ve que tiene el rostro bronceado y notablemente sano, como si hubiera recibido una nutrición inaccesible para el resto de las chicas que conoce; aquellas a las que sus madres les han advertido que eviten el sol; aquellas a las que les enseñan a bordar, a estudiar, a leer y a escribir; las chicas jóvenes que son entrenadas para colocar rosas en jarrones de cristal de forma inmaculada. Con el balde todavía sobre la cabeza, Badri lo fulmina con la mirada mientras se acerca.

–Baja el balde.

Ali vuelve a recuperar la voz de tono regular y tranquilo, la que usa para hablarles a los sirvientes, la que está acostumbrada a dar órdenes y ser obedecida.

–¡El cuchillo para el melón! –Conforme se acerca, la voz de ella se vuelve más aguda y menos segura–. ¡Te rajará con él!

Ahora sí suena como la chica joven que es, vulnerable a pesar de que se esté esforzando tanto por ser fuerte. Ali se siente más atraído por ella que nunca; por su pose amplia, su forma de hablar maleducada, sus labios de rosa, su cara redondeada como la luna con la barbilla alzada y temblorosa, y por el aroma dulce del melón que siempre asociará a ella.

—Baja el balde —repite él. En esta ocasión, suena más calmado.

Ella lo suelta y el balde rebota varias veces sobre la tierra con un sonido sordo que casi resulta cómico. Debería haber aterrizado con un estruendo; tendría que haberse producido un ruido enorme, pero el balde rebota con suavidad y cae a cierta distancia de ellos, deteniéndose en un lateral. En la lejanía, nadie lo habría oído caer. De hecho, Ali se da cuenta de que la chica no tiene motivos para estar asustada. La plaza está resguardada por árboles, por lo que no pueden verlos y nadie sabe que están allí. Todo el mundo está rezando en la mezquita con las palmas frente al rostro, susurrando los versos de la fe.

Volverá a decirle que no está allí para hacerle daño. Le asegurará que solo está allí para... ¿Qué está haciendo exactamente? Seguirla. Desde luego, no puede evitar sentirse atraído por ella, pero se lo explicará y la tranquilizará. Tiene que darse cuenta de que es un caballero. Ali está desconcertado y enfadado ante el hecho de que aquella chica pueda confundirlo. Ella no es nada; está por debajo de él. Va a hacerle saber que, después de casarse, va a estudiar tanto religión como a los clásicos en Qom y...

Antes de que pueda decidir cuál es la mejor forma de expresar todo aquello, el sabor dulce del melón lo envuelve. Bajo el sol de mediodía, Ali queda cegado por un instante. Debe de estar alucinando. Algo pegajoso y cálido se ha posado en su mejilla y, durante un instante, es incapaz de identificarlo. Entonces, se da cuenta de que la chica está a su lado, que se ha acercado hasta él y le ha dado un beso. Se queda ahí de pie, haciendo equilibrios de puntillas, durante lo que parece una franja de tiempo separada de todo lo demás. Durante varios segundos (segundos que quedarán en su memoria hasta el día que muera), durante un instante contenido en una esfera y aislado del resto de su vida, aquellos labios cálidos y pegajosos permanecen en su rostro.

Ella es como un ráfaga de fuego.

Cuando vuelve a apoyar los talones en el suelo tras casi tropezar, cuando sus labios ya no están sobre su piel, Ali es incapaz de moverse. Está paralizado, transformado. Las agallas de esa chica, el estallido cálido de su tacto... El beso lo ha dejado mudo y helado.

–¡Ahí tienes! –Ahora la voz de la joven suena suave–. Ya tienes lo que querías. –Él no se atreve a mirarla–. ¿No es así?

Se toca la marca del beso con aroma a melón que tiene en la mejilla y, sin pensarlo, se lleva los dedos a la nariz. La inhala. Nunca jamás olvidará ese sabor. Ni cuando se case con Atieh, ni cuando sea el padre de cuatro hijos, ni cuando les hable de las grandes obras de los clásicos y los escritores extranjeros a los jóvenes que frecuentarán la papelería que será suya algún día. Qué decepcionado se sentirá su padre ante aquella decisión de no seguir una carrera más prestigiosa. «Tienes los medios para convertirte en un erudito religioso –le suplicará–. ¿De verdad quieres ser el propietario de una tienda? ¿Como un *bazaari*? ¿Como un mercader?».

–Bueno –dice Badri mientras él sigue de pie bajo el sol, incapaz de moverse y asustado ante su reacción al beso que resulta evidente por cómo está respirando–, te he dicho que si mi padre descubre en algún momento que has intentado besarme, te cortará el pescuezo con un cuchillo. La gente cree que es un cuchillo, pero en realidad es una espada: la espada de su abuelo. Su abuelo era un bandido que mataba a los hombres que lo molestaban. –Se detiene y le clava la mirada–. Con esa espada. –Ali sigue quieto bajo el sol y se obliga a apartar la vista–. Los mataba sin más. Si Baba se enterara de que me has seguido hasta aquí, detrás del bazar, para robarme un beso...

–No he hecho eso –la interrumpe Ali, mirándola de nuevo al fin.

–Te cortaría la cabeza. Es bueno con ese cuchillo suyo. Lo has visto cortar los melones, ¿verdad? No creas que no te veo ahí de pie día tras día, espiándome en el mercado. ¿Acaso un estirado como tú no tiene que asistir al colegio o algo así?

–Es verano –masculla Ali.

–¡Claro! ¡Ya sé que las escuelas cierran en verano! –Un gesto de vergüenza le atraviesa el rostro–. Crees que soy ignorante y facilona, ¿verdad? Solo porque mi padre vende melones en el mercado y tu padre... ¿Qué hace? ¿Dirige el país? ¿Nos roba nuestro dinero? ¿Fuma cigarrillos? No lo sé. Solo te digo que si mi padre se entera de esto, te cortará el cuello. –Ali asiente–. Así que, si quieres... –Se acerca hasta el balde que está en el suelo, lo recoge y se lo vuelve a apoyar en la cadera–. Si quieres, ya sabes dónde encontrarme. Vacío el balde bastante a menudo. Cuando Baba va a rezar a mediodía.

–¿Disculpa? –susurra él.

–Todos van a rezar, ¿no es así? En ese momento, esto se queda muy tranquilo. –Alza la vista hacia el cielo y sonríe–. Resulta agradable, tranquilo y pacífico. Solo nosotros y las moscas.

–¿A mediodía?

–Sí.

Ali presiona la puntera del zapato abrillantado contra la tierra mientras el corazón le late con rapidez. Después, observa cómo se aleja con el balde rebotándole contra la cadera.

Lo que ocurrió otros días junto a los contenedores de basura bajo el sol veraniego fueron cosas que no deberían haber ocurrido entre un joven educado y rico y una muchacha cuyo padre corta melones en el mercado. El dulzor del melón que desprendía ella se le pegó a los pantalones y a la garganta. Estaba en todas partes con él y sobre él.

Tomaron las medidas de Atieh para el vestido y cosieron joyas diminutas en el dobladillo del velo para la boda. Ali inhalaba a Badri junto a los contenedores a mediodía y saboreaba más partes de ella de las que debería. Después, volvía a casa caminando, mareado y exhausto.

¿En qué momento su lujuria se convirtió en amor? ¿Fue cuando

Badri le susurraba al oído mientras él intentaba con todas sus fuerzas no explotar, a pesar de que explotaba todas y cada una de las veces? ¿Fue cuando las imágenes de ella ocupaban sus pensamientos antes de dormir? ¿Fue cuando la posibilidad de no estar con ella le hizo sentirse vacío o incluso enfermo? ¿En qué momento dejó Ali de inhalar los aromas y los sonidos de una hermosa campesina de catorce años y empezó a desear que aquella chica fuera suya? Suya por derecho, ridículamente suya, suya de una manera que resultaba imposible. Aquellas cosas no deberían ocurrir nunca jamás; no cuando las vidas ya están planificadas; no cuando las madres ya han hecho planes; no cuando el destino ya se ha decidido; no cuando un emparejamiento es perfecto. El futuro estaba organizado, pensado y planeado con cuidado. Atieh era su futuro. Badri era la chica de los melones junto a una montaña de basura.

Badri era su corazón. Badri le impregnaba la piel. Deambulaba por ahí oliéndola, saboreándola y deseándola. La deseaba. Y aunque ella le dejaba tomarla de manera milagrosa, absurda, peligrosa y descuidada, no era suficiente. Una vez que la hubo probado, quiso más. Y ella le dio más. Una vez que tuvo más, lo quiso más a menudo. Y ella apareció más a menudo. Una vez que lo tuvo más a menudo, lo quiso de forma consistente. Y ella empezó a entregarse a él todos los días. Una vez que lo tuvo todos los días, lo quiso para siempre.

El deseo que sentía por ella era insaciable hasta el punto de que no importaba si se trataba de lujuria o amor. Ya no había límites; no para Ali. Tan solo quería tenerla siempre, a todas horas. Y tampoco quería imaginar un momento o un futuro sin ella.

Los planes se trazan por diferentes motivos. Motivos financieros, lógicos y sociales. Sus padres navegaban por sus vidas con sensatez, poder y cuidado. Atieh era la adecuada para Ali. Ambas familias habían deseado aquella boda desde siempre. La gente de su clase transitaba caminos óptimos en los que generaban más riqueza y perseguían el sentido común. La gente de su clase no suspiraba por chicas pobres que trabajaban en el bazar, y si lo hacían, tomaban lo que les correspondía, les robaban los besos, las acariciaban y las manoseaban y, después, seguían adelante como si no hubiera pasado nada.

Sin embargo, Ali no desea a la novia empolvada e inmaculada que su madre escogió para él al nacer. Su casa está llena de libros y el suelo de su salón está cubierto por las mejores alfombras persas. A ojos de su familia, una *dahati*, una campesina, sería una broma de mal gusto. Cuando entra en el estudio de su padre y se atreve a decirle que no quiere casarse con Atieh, su padre se limita a preguntarle «¿Por qué?» de tal modo que deja claro que su afirmación es una molestia. Cuando, tras mucho aclararse la garganta, mucha inquietud y dificultad, Ali le menciona a una joven que es dulce, hermosa, deslumbrante y con el rostro como la luna, su padre le pregunta con impaciencia: «¿Y bien? ¿De quién se trata?». Al oír que la joven es la hija del vendedor de melones, el rostro de su padre se congela por un instante y, entonces, se dobla con una risa gutural, fuerte y rasposa. Con una repugnancia rastrera, Ali se da cuenta de que es la risa más profunda que jamás le ha oído a aquel hombre.

Sale de la habitación mientras él sigue aclarándose las flemas con carcajadas.

Atieh y él se casan a finales de ese verano. Ali piensa en la chica del bazar, en su belleza y su determinación. Nada de ella lo abandona. Se coloca sobre Atieh, la chica con la que se ha casado, pensando en el aroma a melón de Badri. Al año siguiente, nace su primer hijo. En su parte de la ciudad, en los círculos interiores más ricos, la comunidad lo celebra. Atieh está encantada con el niño. Pronto lo siguen tres hijos más y ninguno de ellos muere. Todo el mundo se maravilla de lo bendecidos que están Atieh y él, pues toda su descendencia está sana. Su esposa acepta la maternidad y la vida doméstica. Borda y teje jerséis con diseños perfectos. Cría a sus hijos para que sean obedientes y considerados. Hace caso omiso de la frialdad de Ali y del hecho de que siempre esté escondido entre libros y, sencillamente, se limita a llevarle té al estudio todas las noches. No se queja cuando él dedica toda su energía a abrir una tienda y no expresa ni vergüenza ni decepción ante el hecho de que se convierta en un simple mercader en lugar de en el erudito que estaba destinado a ser. Atieh permanece fiel a él y envejece de forma maravillosa. Su piel sigue sin verse dañada por el sol.

En sus sueños, la chica de los melones es enérgica y peleona, le besa junto a los contenedores de la parte trasera del bazar y tiene un olor dulce y embriagador. Se despierta deseándola.

A lo largo de los años, de vez en cuando, cuando va al centro, Ali busca a la hija del vendedor de melones. Debe de haberse casado con algún campesino *dahati* y, a aquellas alturas, debe de tener doce hijos. A veces, en las afueras de la ciudad, ve a mujeres caminando por la calle, sujetándose el chador florido con los dientes, con las cestas llenas de verduras que se están poniendo malas y, si tienen suerte, de los peores cortes de la carne. Busca entre ellas a la hija del vendedor de melones convertida en toda una mujer adulta, pero no la ve.

Cuando abre la papelería en la esquina de la avenida Hafez, es uno de los primeros en importar libros extranjeros. Hoy en día, los estudiantes jóvenes están locos por la lectura, obsesionados con novelas e historias de otras partes del mundo, así como con leer toda la literatura persa tanto antigua como moderna.

Un día, mientras Ali Fakhri está en la tienda, sacando las traducciones al farsi recién impresas de Dostoievski y Dickens de una caja y colocándolos con los lomos bien alineados, suena la campanilla que hay sobre la puerta y alguien entra en la tienda. Una fragancia intensa inunda la habitación.

Es alta y elegante y va vestida como la estrella de una película occidental. Es evidente que ha adoptado las reformas del sah Reza en cuanto a la vestimenta. Algunas mujeres se resisten y creen que quitarse el velo es algo traumático. Cuando la policía del sah empieza a arrancar el velo de las cabezas de las mujeres y las obliga a modernizarse, las mujeres religiosas se resisten. Sin embargo, otras reciben la tradición occidental de no cubrirse de buen grado. Es evidente que aquella es una de esas mujeres que no echa en falta el velo. Incluso lleva colorete en las mejillas y su rostro parece la luna. Una luna resplandeciente, redonda y hermosa.

Por un instante, Ali se queda confundido. Sabe que no puede estar mirando a la hija del vendedor de melones. La mujer que está frente a él no puede ser la chica pobre que vaciaba las pieles de la fruta de su padre en el contenedor de basura.

–Buenos días, agha Ali. –Su voz es clara y decidida–. Qué tienda tan encantadora tienes. –Tras el mostrador, Ali Fakhri permanece petrificado–. ¿Pensabas que no iba a encontrarte? No es tan difícil. No hace falta que parezcas tan asustado. ¿Creías que me encontrarías ganándome la vida en las esquinas de las calles? Ahora soy la esposa de un ingeniero, ¿no lo sabías? Mi marido me enseñó a leer y escribir. Se tomó la molestia de hacerlo. Y ahora aquí estoy, en esta tienda de libros tan encantadora.

Antes de que Ali pueda hablar, la campanilla suena de nuevo y entra un chico. Tendrá unos quince años, las mejillas sonrojadas, una melena espesa y oscura sobre la cabeza y una mirada alegre y llena de esperanza.

–Este es mi hijo –dice la mujer–. He pensado que te gustaría conocerlo. Le encanta leer. Lo he traído porque he oído que tienes las últimas novedades y los mejores libros. Dicen que eres muy buen librero.

Ali se aclara la garganta e intenta decir algo.

–Buenos días. –El chico se acerca, lo saluda con un gesto de la cabeza y sonríe. Su confianza pilla a Ali Fakhri por sorpresa–. Mi madre me ha hablado mucho de usted. Me ha dicho que incluso tiene autores estadounidenses como Henry David Thoreau. Me encantaría leer libros así.

Al oír aquello, su madre pone los ojos en blanco.

–¡Siempre está con la política y la filosofía! Yo le digo que el futuro del país está en el petróleo; que estudie mucho y que aprenda economía y a manejar las finanzas. ¡Le digo que haga algo útil! Pero ¿qué puedo hacer? –Revuelve el pelo del muchacho con una mezcla de frustración y orgullo–. ¡La juventud de hoy en día, siempre con la política! Agha Ali, quiere los libros más sofisticados.

Su forma de hablar es ligeramente falsa, con el tono tenso de una mujer pobre que ahora es rica. Por un instante, mira al librero a los ojos y el cuerpo de Ali Fakhri se tensa. Es el padre de cuatro hijos sanos. La gente dice que su esposa, Atieh, es una mujer maravillosa; un ángel. Ha abierto una tienda donde vende libros y material de papelería que se ha ganado fama en toda la ciudad como un refugio para los intelectuales. Ha conducido a muchos estudiantes hasta su pareja intelectual entre las estanterías. Ha importado obras y productos de todo el mundo. Es admirado y exitoso a pesar de que sus padres sigan decepcionados por el hecho de que no se convirtiera en un erudito religioso. La hija plebeya de un vendedor de melones no merece su atención, sus pensamientos o su energía. Años atrás, tal vez hubiese sido atrevida y descarada con él en el bazar, pero hoy por hoy es un hombre que está por encima de todo eso.

Y aun así, cuando la tiene frente a él, le resulta difícil no recordar los encuentros dulces y pegajosos que habían mantenido a escondidas. Le cuesta no recordar cada detalle. Había sido suya por completo. Recuerda su piel imposiblemente suave y su risa segura. Le había prometido que se casarían, y al hablarle de la reacción de su padre y de cómo en realidad iba a ser imposible e impensable, Badri había llorado como si el corazón fuera a rompérsele.

Durante años, la ha llevado consigo. Ahora, mientras lo mira fijamente, Ali siente que todas las páginas de los libros de ese refugio construido con cuidado que es su tienda podrían salir volando por los aires, flotar en el cielo como trozos de papel y no le importaría. Cuando la ve frente a él, vuelve a inundarlo el deseo; vuelve a perderse en ella. Su voz no ha cambiado. Siempre había resultado demasiado adulta y segura para una joven. La voz al fin encaja con su aspecto.

Tras los contenedores del bazar, Ali había hecho cosas que no se hubiera atrevido a hacer con chicas de su misma clase social: jamás habría deshonrado a una chica procedente de una familia respetable. Pero, con ella, las pasiones adolescentes se habían apoderado de él. Ella no se había resistido, lo que le había sorprendido. Le había dicho que se casaría con ella, e incluso lo había dicho en serio. Una parte de él había tenido la esperanza de que pudiera ocurrir a pesar de ser consciente de que, por supuesto, era imposible. No había deseado a Atieh, sino a ella. ¿Habría sido posible negociar las elecciones de sus padres? No, claro que no. Una chica que ayudaba a su padre a vender melones en el bazar no era objeto de matrimonio. No podía tener hijos con ella.

–Mi esposo es ingeniero –dice Badri en ese momento con cierto énfasis–. Su familia son los Aslan de Isfahán. ¿Has oído hablar de ellos? Son de la más alta clase; descendientes de la realeza. Llevamos casados más de veinticinco años –continúa–. Ay, ¡menuda boda tuvimos! Y, ahora, mi hijo. Como te he dicho, le encanta leer. Ya sabes cómo son las cosas ahora con los estudiantes más inteligentes. Todo el mundo quiere lo último en filosofía. Al menos en nuestra parte de la ciudad.

Deja caer el nombre de la calle en la que vive. Está en un barrio del norte, donde se ha trasladado la nueva clase burguesa, que construye casas enormes y las llena de muebles extravagantes, cortinas con encajes y platos con los bordes dorados. Le está restregando la dirección en la cara, atacándolo con las noticias sobre su marido ingeniero y presumiendo frente a él de aquel hijo joven y educado. Archiva el nombre de la calle en la mente. Sabe que será incapaz de resistirse a pasar por allí y buscar su casa, su ventana y su silueta.

–Muéstrale a mi hijo a los filósofos más osados. Quiere leer a hombres con agallas. Quiere aprender de aquellos que son valientes; de los hombres que forjan su propio destino. Ya ves... Esos son los hombres auténticos; no los que obedecen reglas anticuadas sobre la clase social y el matrimonio. ¿No estás de acuerdo?

Sus palabras lo atraviesan como si fueran dardos. Tras decir aquello, ella le sostiene la mirada un momento más sin pestañear.

Sí, había cedido y había aceptado las exigencias de sus padres. Casarse con una chica *dahati* habría sido absurdo, una broma de mal gusto. La gente de su clase no hacía eso. No se hacía y punto. Que ella albergue cualquier tipo de rencor es ridículo.

Ali Fakhri llevará al chico hasta la sección de filosofía. Le enseñará la edición recién publicada de *Walden* de Henry David Thoreau que le ha llegado y que es una traducción nueva al farsi. Guiará al joven entre los gigantes que habitan sus estanterías y ayudará a su mente joven a descubrir cosas y a crecer. ¿A cuántos estudiantes había ayudado en esa misma tienda? Es la enciclopedia de la ciudad, la referencia literaria *de facto*, la fuente de la sabiduría que desborda conocimientos sobre literatura, filosofía y poesía. A eso se dedica. Eso es lo que se le da bien. Tomará al chico de la mano y lo ayudará. Compensará a su madre. Guiará al muchacho con la esperanza de que Badri lo perdone.

Hará cualquier cosa para que ella lo perdone.

Ella está quieta, desafiante, burlándose de él con su vestido ajustado, la mano en la cadera y colorete en las mejillas. ¿Cómo se atreve? No es más que la hija de un vendedor de melones que, mágicamente, ha conseguido un marido ingeniero y que exhibe todo lo que Ali odia de los nuevos ricos.

–Conozco bien esa calle –dice él en referencia a su dirección–. Voy allí a menudo.

–Nuestra casa es la que está justo al fondo de la calle; la que tiene delante un enorme sicomoro. ¡Menudas vistas tan preciosas tenemos de los montes Elburz! Bien, Bahman. –Se da la vuelta hacia su hijo y lo empuja hacia el señor Fakhri–. Jan Bahman, ve a ver qué puedes encontrar entre los libros.

Ali Fakhri lleva al joven Bahman al rincón de la tienda que alberga los libros de filosofía y le muestra los contenidos de su colección mientras Badri se arregla el pelo. Le enseñará a este chico todo lo que sabe. Le mostrará todo lo que ha aprendido. Lo ayudará a alcanzar lo que sea que su corazón anhele, sea cual sea su destino. Es lo menos que puede hacer.

Capítulo 15

El destino en la frente

Zari entró en la casa con un sobre.

–Esto ha llegado hoy por correo –dijo.

A Roya, el corazón le dio un vuelco. Cogió el sobre. ¡Era su letra! ¿Sabría al fin por qué no había aparecido por la plaza, si se encontraba bien y dónde había estado todo aquel tiempo? Llevaba mucho tiempo con el corazón roto. Lo único que había deseado era tener noticias suyas para saber que estaba bien. Sujetó el sobre con todas sus fuerzas y se sintió delirante solo con ver de nuevo su letra.

Sacó el papel de cebolla para carta que tan bien conocía y empezó a leer con desesperación.

Khanom Roya:

Espero que tú y tu familia os encontréis bien y estéis sanos. Me disculpo por la preocupación y la tristeza que te he causado. Sé que hablamos de matrimonio y cosas así, pero has de saber que ahora mi prioridad es ayudar a este país. Haré todo lo que esté en mis manos para asegurarme de que esto sea así. Si te he engañado con palabras de amor, lo siento. Si te he hecho creer que teníamos la oportunidad de disfrutar de un futuro juntos, ahora me doy cuenta de que me equivocaba. Había amor entre nosotros porque teníamos la esperanza de un buen porvenir juntos, pero hemos sido unos ingenuos. Yo he sido un ingenuo. No estoy preparado. Nos hemos precipitado y hemos sido imprudentes. Necesito tiempo y espacio. Por favor, no te pongas en contacto conmigo. De hecho, hacerlo sería peligroso y me estarías perjudicando. Debo perseguir mi causa en secreto. Debo ayudar al Frente Nacional. Este verano, me he dejado llevar por el amor adolescente. Ahora tengo preocupaciones más importantes. Tienes que creerme. Eres una joven inteligente y hermosa a cuya puerta llamarán muchos hombres.

Te deseo un futuro próspero, felicidad y buena salud.

Atentamente,

Bahman

Los dedos le temblaban. La nota estaba escrita con la letra de Bahman y en el mismo papel en el que le había escrito las cartas anteriores. Sin embargo, las palabras que contenía eran basura. Bahman jamás escribiría algo así.

Roya dejó la carta. Vaya sarta de tonterías; no conseguía encontrarle sentido.

—¿Dónde la has encontrado, Zari?

—Ya te lo he dicho: ha llegado por correo.

—Pero nunca me mandaba las cartas por correo. Todas me llegaron a través de la papelería.

Zari se cruzó de brazos y la miró fijamente.

—¿Y cómo iba a entregártelas ahora?

—Pero esta carta no tiene ningún sentido. Para que llegara hoy, tendrían que haberla enviado hace varios días; antes del golpe de Estado y de que destruyeran la tienda.

—Si lo piensas bien, ¿tenía sentido alguna de sus cartas, hermana?

—¿Las leíste?

Zari se sonrojó.

—Claro que no —contestó con un tono de voz especialmente agudo—. Así que, dime, hermana: ¿qué tiene que decir en su defensa?

Roya sacudió la cabeza.

—No menciona por qué no vino a la plaza. Ni una sola vez.

—Bueno, para que la carta haya llegado hoy, debió de enviarla el día de antes de que os tuvierais que encontrar, ¿no? En tal caso, ¿cómo podría referirse a eso?

Sabía que su hermana tenía razón a pesar de que la enfermaba que aquella horrible misiva ni siquiera respondiera a dónde había estado cuando se suponía que tenían que encontrarse en la plaza. Roya cedió y le enseñó a Zari lo que le había escrito Bahman. Quería que alguien le confirmara que tenía que ser una broma.

Su hermana la leyó con rapidez, jadeó y dijo:

—Víbora. ¡Te dije que era una víbora, un burro con gusto por la política!

—Él nunca escribiría algo así.

—Hermana, es un *siasi*... Los tipos a los que les gusta la política están locos. Te está diciendo en el farsi más puro lo que es. ¿Por qué no puedes creerlo?

Aquella noche, Roya no dejó de dar vueltas en la cama. La carta debía de haber sido escrita bajo presión. Tenía que ser eso. Cuando al fin se quedó dormida, soñó que Bahman estaba cautivo en alguna parte, con los guardias respirándole en la nuca y tirándole del pelo mientras lo obligaban a escribir aquellas palabras insensibles y sin sentido.

—¡Es para ti, Roya!

Cuando entró en el salón, su madre le pasó el teléfono con un susurro de preocupación.

—Es la madre de Bahman.

Roya estaba tan sorprendida que apenas pudo llevarse el aparato a la oreja.

—*Salaam*, khanom Aslan.

—¿Roya?

Esperaba que no pudiera oír cómo le latía el corazón a través del teléfono. Por costumbre, por deferencia, por los códigos sociales que exigían mostrar respeto a los mayores, dijo:

—¿Cómo se encuentra, khanom Aslan? Me alegro mucho de oírla.

La señora Aslan le habló de forma precipitada y sin tomar aire.

—*Azizam*, querida mía, quiero decirte una cosa, aunque me resulte difícil. Por cierto, Bahman ha vuelto. Estábamos todos en el norte del país.

—¿Está bien? —Roya se sentía mareada.

—Muy bien, pero, de todos modos, no te preocupes por los detalles. No quiero preocuparte o confundirte. Lo cierto es, jan Roya, que Bahman ha estado bien todo este tiempo. Ya sabes que tenemos una residencia veraniega en el norte, igual que mucha gente. Bueno, vosotros no, pero ya sabes que nos encanta nuestra casa de la playa. Ha estado allí con nosotros y, bueno, ahora ha vuelto. La cuestión es, jan Roya... La cuestión es que te llamo porque no sé muy bien cómo decir esto. La boda es en dos meses. Bahman se va a casar. —Roya no estaba segura de si había oído bien a la mujer—. Querida, sé que para ti será difícil. ¿Cómo no iba a serlo? Dios mío, no he tenido el valor de decírselo a tu madre. ¡Perdóname! Tu pobre madre, que ha sido tan amable... Sois buena gente, no te lo tomes a mal. Sois buena gente y tu padre es un hombre decente. El hecho de que trabaje como funcionario del Gobierno no ha tenido nada que ver con todo esto. Bahman entiende que tu padre tiene que mantener su puesto y trabajar para el sah a pesar de todo lo que ha ocurrido.

—¿Disculpe?

—En cualquier caso, querida, estas cosas son difíciles. No me malinterpretes. Todos hemos atravesado los túneles del amor juvenil y puedo dar fe a nivel personal de que conozco todas sus vicisitudes y su veleidad. —Hizo una pausa y, entonces, añadió—: Conozco sus pérdidas. Así que me disculpo contigo por darte estas malas noticias, pero ahora es feliz, jan Roya. Seguro que lo entiendes. Además, eres joven. La vida es así. Nuestro destino no está en nuestras manos; no podemos cambiarlo. Si Dios quiere, tú también serás afortunada.

Roya no podía pronunciar ni una sola palabra. Tenía las manos sudorosas y sentía como si el aparato fuese a escurrírsele entre los dedos.

–Tengo que dejarte, ¡tenemos muchas cosas que planificar! Estoy segura de que comprendes por qué no os enviamos una invitación para la boda a ti y a tu familia. Ahora es feliz y sano. Espero que tú también lo estés, mi niña. Que Dios te proteja.

Durante mucho rato tras acabar la llamada, Roya se quedó sentada en el suelo, contemplando fijamente la pared.

Su madre se acercó a ella, preocupada, y le dijo palabras que no pudo oír. El tiempo debía de haber pasado porque Baba había vuelto del trabajo y estaba hablando con ella. Sin embargo, veía que movía la boca, pero no tenía ni idea de lo que estaba diciendo.

Al fin, la voz aguda de Zari consiguió atravesar la niebla. «Te lo dije», oyó que decía su hermana. Después, «hijo de perra» y «lunático mentiroso».

Zari la arrastró a la cama y le puso un paño frío en la frente. De vez en cuando, Roya oía frases como «menudo pelele de hombre» y «madre chiflada». Sin embargo, era como si estuviera sumergida bajo el agua. Todo ocurría a su alrededor sin que ocurriera en absoluto. No dejaba de oír las palabras que la señora Aslan le había dicho por teléfono con aquella voz seria y decidida. ¿Había estado en la residencia de verano todo aquel tiempo? Le había dicho que Bahman iba a casarse como si estuvieran hablando del precio de los pepinos. O de que se avecinaba lluvia. O del simple destino.

Aquella noche, Zari no se envolvió el pelo con trozos de periódicos. Insistió en lo mucho que odiaba a aquel perro mentiroso de Bahman Aslan y a la oportunista, lunática y obsesionada con el dinero de su madre.

Avergonzada y con el corazón hecho trizas, Roya tan solo dijo:

—Tenías razón, hermana.

Capítulo 16

Pioneras

—Te aceptarán, *inshallah* —dijo Baba durante el desayuno—. ¿Cuánto tiempo puede un padre soportar ver a su hija con el corazón roto? No puedes quedarte sentada sin hacer nada, joon Roya. Tú tampoco, Zari. Ninguna de las dos. En un país que ha perdido la esperanza y a su juventud, no podéis perder vuestro futuro. No permitiré que ocurra. Dios nos concedió dos niñas hermosas, inteligentes y prometedoras, ¿no es así, joon Manijeh? Dios solo nos dio a estas dos hijas; no estaba en nuestro destino tener más. No ha permitido que nuestro país sea democrático. ¿Por qué? Lo único que queríamos era poder escoger; que la gente tuviera voz y voto. ¿Verdad, joon Manijeh? —Maman se cruzó de brazos y miró por la ventana—. Mirad, a pesar de la tristeza, de que hayan derrocado a Mossadegh y de la pérdida de vidas, tenemos que seguir adelante.

Baba había insistido en que Roya empezase a asistir a clases de inglés para que pudiera plantearse presentar la solicitud para una universidad estadounidense. Incluso sugirió que Zari se apuntase también y comenzara a aprender el idioma. Tras resistirse al principio, Roya acabó aceptando y aquello se convirtió en lo único que la distraía del corazón roto y la pena.

179

–Esta es una oportunidad sin precedentes –prosiguió Baba.

–Es imposible pensar en cosas así. ¿Chicas marchándose al extranjero? ¿Para estudiar? Conozco casos de chicos. Muchachos ricos procedentes de familias adineradas. Nosotros solo somos... clase media. ¿Qué estamos haciendo? –Maman parecía a punto de llorar.

–Pero son tiempos modernos. Las mujeres pueden ir a estudiar al extranjero igual que los hombres. En Europa es así. En Estados Unidos es así. ¿Acaso nosotros somos unos retrógrados? Claro que no. ¿Y por qué solo deberían ser las señoritas pudientes? Ahora hay programas especiales y mi jefe está dispuesto a ayudar. De hecho, ya me ha ayudado mucho. Su hijo participó en este programa. ¡Seríais pioneras, niñas! Pensad en lo que eso significaría. ¡Menuda oportunidad! Una oportunidad nunca vista. Cuando vuestra madre y yo teníamos vuestra edad, si alguien nos hubiera dicho que las mujeres iraníes podrían estudiar en universidades de Estados Unidos, ¿sabéis lo que habríamos dicho?

–Que estaban locos de remate –masculló Maman.

–¡Sí! Bueno, no. Nos habríamos quedado asombrados. Creo que nos habríamos sentido orgullosos. –Zari suspiró. Kazeb se acercó y recogió algunos platos. Roya estaba sentada muy quieta–. Podemos decir lo que sea del sah, pero está haciendo que este tipo de cosas sean posibles. Está ayudando mucho a las mujeres, eso tengo que admitirlo. ¿Sabéis lo que seríais si os marchaseis a Estados Unidos? –preguntó Baba.

–Unas inconscientes –respondió Maman.

–¡No! ¡Unas inconscientes, no! Ya lo he dicho: ¡pioneras! Vuestra generación es la primera en permitir que las mujeres iraníes disfruten de este tipo de oportunidad. Es alucinante. –Baba se frotó el rostro–. Nuestros parientes hablan de mí. Dicen que es deshonroso enviar a tus propias hijas al extranjero. «¿Cómo puedes siquiera pensar en enviar a tus hijas solteras a un país extranjero?», insisten.

«Solteras». Roya hizo una mueca ante aquella palabra. Una

imagen indeseada de Bahman casándose con Shahla en un jardín al norte de Teherán apareció en su cabeza. Bahman llevaba dos meses casado. Según Jahangir, la boda había sido bastante glamurosa. Shahla había ido vestida como una estrella del cine y la señora Aslan se había superado.

—¡Solo digo que tenemos que hacer algo! Quedarte aquí sentada y enfurruñada solo allanará el camino para que te conviertas en una vieja solterona, agriada como los encurtidos. Te consumirías. Pero podrías ir a estudiar a una universidad estadounidense. Piénsalo: subirte a un avión y volar por el cielo.

—No somos ricos —dijo Maman.

—Somos más ricos que muchos. Podemos permitírnoslo.

Roya les había dicho a sus padres que jamás se casaría o volvería a acercarse a otro chico. Durante los cuatro meses que habían pasado desde que había estado en aquella plaza, esperando a Bahman, y había visto morir al señor Fakhri, se había quedado en casa la mayor parte del tiempo. Había llorado en su habitación con la puerta cerrada, apenas había comido y se había sentido vacía. De todos modos, el instituto había acabado y su plan había sido comenzar una nueva vida con Bahman, así que, sin eso, en realidad no tenía nada.

Con el tiempo, se había aventurado a salir con Zari y a veces la acompañaba a comprar. Siempre temía la posibilidad de ver a Bahman o a cualquiera de sus amigos en la ciudad. La vergüenza la inundaba; vergüenza y arrepentimiento por su propia falta de juicio, su estupidez y su ingenuidad. Los bailes en casa de Jahangir le parecían tan distantes y extraños como las películas extranjeras que había visto en el cine Metropole. ¿Había asistido siquiera a aquellos bailes? ¿Había bailado el tango entre los brazos de Bahman en alguna ocasión? ¿De verdad había ocurrido algo de todo aquello? Ahora lo único que podía hacer era estudiar inglés y ayudar a Zari a practicar las palabras nuevas. Roya encontraba cierto alivio en estudiar juntas. Como siempre, el trabajo mental salía al rescate.

Pensó en los días que había pasado en la papelería del señor Fakhri. Ahora evitaba aquella calle por completo. No soportaba acercarse a ella; no con todos los recuerdos que albergaba y tras haberla visto ardiendo. Seguía soñando que entraba en la tienda y volvía a ver al librero. ¿Quién era aquella joven que había entrado corriendo en su tienda, llena de esperanza, deseando entregar o recibir una carta? Qué estúpida había sido.

—Por eso quiero conservarlas —estaba diciendo Baba. Roya había perdido el hilo de la conversación y no sabía si estaba hablando de sus hijas o de los encurtidos—. Aunque eso signifique que mis hijas tienen que dejarme para recibir una educación universitaria al otro lado del mundo. No me mires así, joon Manijeh. Hay que hacer sacrificios por nuestras hijas.

«Por nuestras hijas». Roya sabía que el mundo académico siempre había sido duro para Zari. ¿Todavía le gustaba Yousof? Ahora él estaba estudiando medicina en la universidad. Al parecer, su hermana había tenido con él algo más que un coqueteo pasajero. ¿De verdad querría marcharse de Irán?

—¿Sabes lo difícil que fue aprender a presentar las solicitudes a las universidades de Estados Unidos? Tuve que dejar de lado mis propias dudas. ¡Tengo el corazón apesadumbrado! Déjame que te diga que es bastante angustioso. —Maman se removió en su asiento—. Si mi jefe no se hubiera ofrecido a ayudarme con las solicitudes y la información sobre las becas, no sé cómo lo habría hecho.

—Deja que Zari se quede —dijo Maman—. ¿Por qué tiene que marcharse? Deja que se quede.

—Joon Manijeh, es más seguro que vayan juntas.

—¿Más seguro? ¿Cómo narices puede ser más seguro? Vas a enviar a nuestras hijas a Estados Unidos, donde no conocen a nadie. La modernidad tiene sus límites. ¿Acaso la nueva moda burguesa es enviar a nuestros hijos al extranjero?

—La hermana del sah fue a...

—¡No somos la hermana del sah!

Aunque los cuatro estaban sentados a la mesa y Kazeb entraba y salía con más mantequilla y más té, aquella conversación era una discusión privada entre Maman y Baba, y Roya y Zari lo sabían.

—Joon Manijeh, ¡he tenido que superar muchos obstáculos! El simple hecho de lograr que las chicas se lo pensaran ya fue bastante difícil. Y descifrar todo el proceso no ha sido fácil. ¿No sabes que he tenido que usar todos mis contactos y prácticamente rogar para aprender a hacer todo esto?

—¿Quién hace algo así? —Maman estaba al borde de las lágrimas—. Son muy jóvenes.

—Tenemos que unirnos al pensamiento moderno. Si mi jefe está dispuesto a ayudar y tienen esta oportunidad, ¿por qué no intentarlo? Regresarán. Recibirán una educación que irá más allá de cualquier cosa que hayamos soñado y, después, regresarán con nosotros. —Baba señaló a Roya—. Lleva meses sin parar de llorar. Aquí, está amargada y deprimida.

Roya sintió cómo se encogía. Su papel se había convertido en el de la enamorada abandonada, objeto de compasión y de hombros encogidos. Era más que humillante.

—Y ya viste lo que ocurrió con el golpe de Estado —continuó Baba—. ¡El librero ya no está! Muchos murieron. Y ¿para qué? Ahora mismo Irán no es un lugar estable. Yo quiero que lo sea y tú también. Estuvo a punto de ocurrir. Tal vez el destino de este país no sea la democracia. Dios sabe que lo hemos intentado. Mi padre luchó en la Revolución Constitucional de 1906. Tenía la misma edad que tienen ahora nuestras hijas. Su generación nos entregó el Parlamento persa. Pero ¿dónde estamos ahora? En este país, siempre damos un paso adelante y dos atrás. Justo cuando conseguimos un primer ministro que es decente, lo apartan a un lado. Ahora el sah ha asentado su poder, pero no es más que un lacayo de Occidente. Es su marioneta.

—¿Y por eso las niñas deberían ir a Occidente? ¡No tiene sentido!

—Aquí no podemos contar con la democracia. El sueño ha muerto. ¡Al menos, en Occidente no tendrán que preocuparse por golpes de Estado y dictaduras! Es como una póliza de seguros, joon Manijeh. Ahora mismo tenemos que ser prudentes. Han tomado medidas severas con muchos defensores de Mossadegh. Tal vez seamos los siguientes. ¡Roya estaba en la calle y podrían haberle disparado!

Cuando dijo aquello, Maman enterró la cara entre las manos y se quedó callada.

–Iré –dijo Zari de pronto. Se sentó muy recta–. Sí, jan Baba. Presentemos la solicitud. Intentémoslo. Iré con Roya. Y después volveremos. Regresaremos y estaremos cerca de ti y de Maman el resto de nuestras vidas, pero con una educación estadounidense que nadie nos podrá arrebatar.

Su padre parecía a punto de desmayarse.

–¡Zari! –dijo sencillamente–. Sí, sí; eso es lo que digo yo. Una vez que la tengáis, nadie podrá quitaros esa educación. ¿Sabéis? Podréis haceros con el título, metéroslo en el bolsillo y os acompañará el resto de vuestras vidas. Solo digo eso.

Unas motas de polvo flotaban en un rayo de sol que se colaba por la ventana. El té olía a bergamota. Los ruidos que hacía Kazeb en la cocina era reconfortantes y familiares. Fuera, un vendedor ambulante anunciaba sus remolachas. Roya quería dejar atrás la humillación, pero no quería alejarse de todo aquello: la suave presencia de Maman, la ciudad o su hogar. No quería despedirse de su padre.

–Pueden estudiar aquí. Pueden presentar la solicitud y conseguir ese título aquí –dijo su madre.

Baba sacudió la cabeza; no tenía que decir nada más. Todos sabían que «aquí» significaba la ciudad del golpe de Estado, la ciudad en la que disparaban a la gente sin motivo aparente. Y, además, la ciudad en la que el prometido de Roya la había traicionado. Todavía le resultaba muy difícil pasear por ella por miedo a encontrarse con Bahman. O con Shahla. O, peor aún, con ambos juntos.

Zari dio un sorbo a su té y Roya quiso decirle: «No tienes por qué venir conmigo. Tú tienes una vida aquí. Creo que estás enamorada de Yousof. Claro que lo estás. Quédate. Que la vida de una de nosotras haya descarrilado no significa que ambas tengamos que cambiar el curso de la misma. Quédate aquí con Maman y Baba. Vive la vida que estás destinada a vivir. Mi vida está en el aire, pero la tuya no tiene por qué estarlo también».

Sabía que debería decirle todo aquello a su hermana pequeña. Era lo que haría una buena hermana mayor. Sin embargo, sin importar lo moderna que fuera su familia, Roya no tenía poder para oponerse a su padre. O, tal vez, no podía soportar estar sin Zari y, en secreto, se sentía aliviada ante aquella oferta «todo incluido» que Baba había ideado.

En otro vecindario de aquella misma ciudad, Bahman estaría sentado con su nueva esposa. Según Jahangir, había aplazado lo de trabajar en un periódico progresista para trabajar una temporada en la industria petrolera, tal como como su madre había deseado. El joven que cambiaría el mundo se había limitado a hacer caso a su madre. Roya lo imaginó despertándose junto a Shahla, vistiéndose frente a ella y yendo a trabajar para aprender cómo maximizar los beneficios del petróleo. Aquella era la vida que había escogido; la vida que su madre había elegido para él. Y él había dicho que sí a todo. De todos modos, el primer ministro Mossadegh ya no estaba. Bahman y Shahla tenían una vida juntos.

No había sabido nada de él desde la última carta. Ni la había llamado ni le había escrito. Había tenido que enterarse de todo aquello por Jahangir. Y ella era demasiado orgullosa como para ponerse en contacto con él. ¿Por qué iba a hacerlo, después de como la había tratado y de que, en su última carta, hubiera señalado específicamente que no quería que lo hiciera? No estaba desesperada. No pensaba arrastrarse. De todos modos, ¿quién se creía que era? Cuánto se había equivocado con respecto a él. Qué estúpida e infantil había sido. ¡Y pensar que de verdad se había casado con Shahla! Roya odiaba las miradas de compasión que la seguían siempre que se aventuraba a salir por la ciudad.

«¡Pobrecita! ¡Hacían una pareja tan perfecta! Mírala ahora. ¡Menudo destino! ¿Sabías que empujó al librero en el último momento? ¡El hombre murió! El pobre librero...».

En aquella ciudad era imposible seguir como antes. Tal vez Baba tuviera razón. Debería marcharse de Teherán.

–Claro que iremos. Iremos juntas, jan Baba –dijo Roya.

Había perdido la forma de su cuerpo, que flotaba sobre la mesa de desayuno como si fuera un fantasma.

Aunque sentía como si fuera a marcharse a la luna, aquello era una garantía de que podría evitar a Bahman, al menos durante algunos años más. Recuperaría la sensatez. Estaría lejos del lugar en el que el señor Fakhri se había derrumbado y de los escombros calcinados de la tienda sobre los que alguien le había dicho que iban a construir la sucursal de un banco. Estudiaría y regresaría como una de las pocas mujeres con título universitario del país y, además, nada más y nada menos que de Estados Unidos. Se uniría de verdad a los rangos de una clase recientemente modernizada y educada. Sería una pionera. ¿Por qué no? ¿Qué más le quedaba por hacer allí? En cuanto a Zari... Se aseguraría de cuidar de su hermana pequeña. Podían hacerlo. Antes que ellas, otros habían hecho cosas que, al principio, habían parecido absurdas. El país estaba cambiando. ¿Por qué no estar en primera línea en lo que a educación se refería? Regresarían cuando hubieran acabado sus estudios y al diablo con todos aquellos que la habían juzgado y la habían mirado con pena.

Baba asintió y dijo que le pediría a su jefe los papeles para las solicitudes. Lo dijo en voz baja, como si estuviera maravillado y un poco avergonzado al mismo tiempo. Maman miró primero a Roya, luego a Zari y, después, estalló en lágrimas.

–Oye, no tienes que hacerlo –le dijo Roya a su hermana aquella noche mientras se preparaban para acostarse.

—Baba no dejará que vayas sola.

—Hay algo entre tú y Yousof, ¿verdad? Últimamente, has estado muy callada al respecto. ¿Qué pasa con vosotros dos? No es propio de ti no pregonar hasta el último detalle. ¿Por qué tanto silencio? Mira, sé que no me cuentas nada porque te preocupa cómo pueda reaccionar. Bueno, pues no tienes que preocuparte. Si tú eres feliz, yo me alegro por ti. No tienes que protegerme. Si estás enamorada, deberías quedarte en Teherán.

Zari se quitó las horquillas del pelo. Desde que la señora Aslan había llamado para contarle a Roya los planes de boda de Bahman, su hermana había dejado de enrollarse el pelo con retazos de papel de periódico para hacerse ondas. Durante el día, se recogía el pelo a los lados con horquillas. Aquello hacía que pareciera más mayor y madura. Era un estilo propio de una chica en su último curso de instituto que, además, estaba estudiando inglés en su tiempo libre. Roya se maravillaba de lo mayor que había empezado a parecer en los últimos seis meses. Era como si la ruptura con Bahman y la muerte del señor Fakhri la hubiesen obligado también a crecer más deprisa.

—No te preocupes, hermana.

Zari tenía las manos apoyadas en la nuca y parecía una escultura descrita en algún antiguo poema.

—¿Estás dispuesta a dejarlo todo atrás?

—Si tú vas, yo voy. Empezaremos juntas. Además, tan solo serán unos años, ¿no? Tal vez debería intentar labrarme mi propio camino. Es un mundo nuevo. ¡Somos las pioneras de la nueva generación de mujeres iraníes jóvenes y liberadas! —dijo, imitando a Baba a la perfección.

Estupefacta y aliviada en secreto de que su hermana estuviera dispuesta a acompañarla en aquel viaje, Roya se fue a la cama como si estuviese a punto de saltar desde un acantilado hacia aguas frías y agitadas.

Las cartas llegaron por correo postal a principios de verano. Baba se las llevó a su jefe, que se las tradujo y le aseguró que sí, que las cartas eran afirmativas. Tanto Roya como Zari habían sido aceptadas en una pequeña universidad femenina de California que el jefe les había recomendado porque tenía un programa especial de becas para estudiantes internacionales. Las dos tenían plaza. Empezarían en el mismo curso porque Roya había esperado un año tras su propia graduación del instituto y, sí, sí, sí, las habían aceptado, claro que sí. ¡No, no serían las únicas mujeres iraníes porque habían aceptado a otras más aquel mismo año! Preocupada, Maman dijo que probablemente serían familiares del sah. Se quedaba despierta hasta tarde cosiendo ropa nueva para las chicas y les preparó maletas llenas de blusas, faldas y chaquetas. Sus hijas no se marcharían a «*Amrika*» sin las mejores ropas que pudiera coser. A cada una de ellas le confeccionó un vestido (verde claro para Roya y azul pastel para Zari) del algodón más suave y de mejor calidad que pudo encontrar en el bazar. Pasó las agujas a toda prisa por los cuellos para añadirles un bordado único de flores diminutas. Cortó batista y trabajó hasta altas horas de la noche cosiéndoles blusas de cuatro colores diferentes para cada una de ellas: color crema, blanco, rosa pálido y amarillo claro. Compró chaquetas y faldas plisadas en las tiendas que estaban en el norte de la ciudad y las planchó con esmero. Colocó en cada maleta ropa interior y calcetines nuevos. Incrédulas, Roya y Zari la ayudaron a empaquetarlo todo.

Destinaron el resto de los ahorros de Baba a la compra de los billetes de avión y la parte de la matrícula que no cubrían las becas. El hombre vendió la colección de monedas *sekeh* que su propio padre le había regalado cuando se había casado. Trabajó horas extras para conseguir más dinero. Incluso le pidió a Maman que tomara la pequeña herencia que había recibido tras la muerte de sus padres y la enviara a Estados Unidos junto con sus hijas.

El día de su partida, Maman sujetó un Corán sobre sus cabezas. Roya y Zari pasaron por debajo de él tres veces y, después, besaron el libro para que les diera buena suerte durante el viaje. Era un pequeño ritual que se llevaba a cabo para garantizar la seguridad en cualquier trayecto. Ambas hermanas habían llevado a cabo aquel ritual supersticioso siempre que la familia se iba de vacaciones a la ciudad de Yazd, a Isfahán o a Shiraz. Habían sostenido el libro sobre las cabezas de familiares que regresaban a sus pueblos en el norte tras visitar Teherán. Sin embargo, Roya nunca había esperado pasar bajo el Corán para un viaje con destino a Estados Unidos.

Al principio, el dolor por Bahman y la muerte del señor Fakhri había sido muy duro. Roya había sentido como si le hubieran arrancado la piel. Pero, con el tiempo, sobre la piel expuesta se había formado un barniz. Para cuando subió al avión, era consciente de su piel, sus huesos, sus ojos y sus extremidades, pero tenía el corazón guardado bajo llave. Había borrado una gran cantidad de las cosas en las que solía creer. Se prometió a sí misma que mantendría el corazón bien cerrado. Llevaba el pelo arreglado con cuidado, el asa de la maleta se le clavaba en la palma de la mano y, de alguna manera, estaba moviendo los pies, uno delante del otro. Se daba cuenta de que Zari parecía preocupada pero a la vez un poco emocionada. Oyó a Maman llorar y observó cómo Baba contaba el dinero (un montón de billetes verdes desconocidos que le habían dado en el banco) y se lo tendía. Vivió todo aquello como si fuera un sueño.

En el viaje de camino al aeropuerto, el cielo estaba plomizo y parecía que iba a llover, pues las nubes estaban muy cargadas. Sin embargo, los nubarrones grises permanecieron bajos y pesados. Circularon entre calles, edificios conocidos y tiendas frente a las que habían pasado en innumerables ocasiones. El café Ghanadi, su antigua escuela y el hogar de la infancia de Maman en la calle Soraya. Baba tomó el trayecto más largo y les ofreció un último vistazo a aquella ciudad que pronto sería invisible para ellas. Al menos durante un tiempo. Evitó deliberadamente la plaza Sepah y el lugar en el que se había encontrado la papelería. Roya sintió una oleada de amor hacia su hogar, hacia sus padres y hacia todo lo que estaba dejando atrás.

—Nos va a encantar el campus, ¿verdad, Roya? —dijo Zari mientras le estrechaba la mano.

Ella asintió.

—De todos modos, ya no merece la pena quedarse en este país —comentó Baba, que intentaba sonar como si de verdad creyera aquello—. Derribaron a nuestro auténtico líder democrático. Ahora las potencias extranjeras y sus lacayos pueden hacer con nosotros lo que les venga en gana. Por ahora, no merece la pena. Marchaos. Marchaos y sed libres. Aprended todo lo que podáis. Es mejor eso que estar aquí con la garganta atenazada por un dictador y un gobierno que pueden dispararte a voluntad.

Roya esperó a que su madre lo interrumpiera diciendo: «Mehdi, basta ya de tonterías. Ya tenemos suficiente retórica en contra del sah». Sin embargo, se limitó a contener los sollozos dentro del automóvil y no pronunció una sola palabra.

Las chicas subieron al avión y, mientras viraban sobre la ciudad, se agarraron de la mano sin estar muy seguras de que no fueran a morir. ¿Cómo se mantenía en el aire aquella cosa? Cuando el avión tomó velocidad y, mágicamente, se elevó por los aires, Roya se sintió como si casi (aunque no del todo) pudiera tocar las nubes cargadas de lluvia. Mientras se alzaban cada vez más alto, deseó que las nubes hinchadas que pendían bajas sobre Teherán liberasen al fin el diluvio, que se deshicieran, se rindieran y empapasen toda la ciudad y a todas las personas que la habitaban con un tsunami de lágrimas. Pero, tal vez, los nubarrones que había sobre Teherán lo mantuvieran todo en el interior y no soltaran ni una sola gota.

Mientras volaba cada vez más lejos, la aturdía pensar que había muchas cosas de su hogar que ahora nunca llegaría a saber.

Parte III

Capítulo 17

Una cafetería en California

California era nueva y brillante. Todo parecía un juguete recién comprado y abierto. Los edificios bañados por el sol, las calles relucientes, las tiendas resplandecientes, las camisas ajustadas sobre los cuerpos de los hombres y la ropa glamurosa que vestían las mujeres podrían haber salido de una película del cine Metropole. A pesar del sol deslumbrante de su nuevo hogar, Roya estaba asolada por una nostalgia crónica. Zari era lo único que la ataba a su antigua vida.

Las dos hermanas se apoyaban la una en la otra para sobrevivir. Aprendieron a vivir en su nueva pensión y a orientarse por el campus del Mills College en el área de la bahía de San Francisco. Juntas aprendieron a practicar el nuevo idioma. Al principio, Roya se sentía como un mimo, pues cubría su falta de palabras en inglés con gestos de las manos y encogiéndose de hombros de forma exagerada. Solo le faltaban las lágrimas pintadas.

La sensación de estar en un país nuevo era como la de que te lanzaran al interior de una habitación oscura. Al principio, no podías distinguir nada y, en el mejor de los casos, todo te parecían manchas borrosas. Pero con el tiempo los ojos se acostumbraban y las figuras que antes resultaban incoherentes comenzaban a tomar forma poco a poco y con cuidado. Roya y Zari se guiaban la una a la otra, aunque a menudo era como si un ciego guiara a otro ciego. Sonreían educadamente a su casera, la señora Kishpaugh, en cuya casa se alojaban junto con otras estudiantes.

A pesar de todo el dolor, el sufrimiento y el embrollo político, Roya no había querido abandonar Teherán. Aun así, no tenía más remedio que, puntada a puntada, crear una nueva vida. Tenía que seguir adelante. Zari le había sorprendido. En Irán, a menudo había creído que su hermana era vanidosa y ego-céntrica, pero en aquel nuevo capítulo de sus vidas, con una concentración que rayaba la obsesión, Zari absorbía la nueva cultura estadounidense como si estuviera inhalando el aire que evitaba que se ahogara. Durante el segundo año en la universi-dad femenina, a ambas les iba bien en los estudios y tenían un pequeño círculo de amistades con las que iban al cine, a cenar y, a veces, compartían batidos de fresa. Incluso a pesar de lo mucho que extrañaban su hogar.

Dominar con éxito el idioma y las clases de Química y Biología era más que suficiente. Roya había renegado de los hombres. Pero, mientras se adentraba en Estados Unidos, Zari siguió siendo abierta, risueña e incluso un poco boba. Pronto un joven llamado Jack Bishop, al que había conocido en casa de una compañera de clase, empezó a pasar más y más tiempo con ella. Yousof, por no mencionar a todos los Hassan, Hossein y Cyrus de su país, no tenían nada que hacer frente a Jack, que parecía un leñador: tenía los hombros anchos, una complexión corpulenta y una melena de un color rubio oscuro que necesitaba un buen corte. Estaba fumando, sonriendo y apartándose el pelo de los ojos constantemente. Su padre era viajante de comercio, pero él quería deshacerse del yugo del capitalismo y conocer mejor las obras de Walt Whitman. Zari cayó rendida a sus pies. Roya observó cómo su hermana pasaba de ser la chica iraní entrometida que quería ir a fiestas elegantes y casarse con un hombre rico a convertirse en una chica que lo único que quería era comprender por qué a

Jack Bishop le gustaba tanto la poesía. No por primera vez, Roya se dio cuenta de lo inconstante e impredecible que era el amor juvenil. En presencia de Jack, Zari levitaba. Y con semejante facilidad, se enamoró perdidamente.

En una mesa redonda de un café de la avenida Telegraph en Berkeley, detrás de su pila de libros, Roya escribía en su cuaderno del laboratorio mientras intentaba encontrarle sentido a los problemas de química que la atormentaban. Evitaba el contacto visual con otros y no deseaba nada más que volver a su habitación en casa de la señora Kishpaugh para dormir. Eran las últimas horas de la tarde y el clamor y el estrépito del café no la ayudaban a calmar los nervios a pesar de que había ido hasta allí concretamente con la esperanza de que, de algún modo, el ruido hiciera que el estudio le resultase menos arduo.

El martes por la mañana (en solo tres cortos días), a las nueve, se presentaría al examen final de Química. Mientras intentaba encontrar el sentido a las palabras, los símbolos y los números que aparecían en el libro de texto, sentía que iba muy retrasada y que no estaba preparada. Tendría que haber estudiado más antes; se había dejado demasiadas cosas para aquellos últimos días. Ahora se ahogaba entre tanto material y tenía que ponerse al día. Baba les enviaba cartas de ánimo desde Irán a menudo. ¡Estaba muy orgulloso de aquellas hijas científicas que estudiaban temas punteros que les asegurarían un lugar en el mundo! Además, ambas estaban dominando el inglés muy rápido a pesar de que era un idioma tan difícil. En realidad, Roya nunca había querido ser científica, pero tras el horror del golpe de Estado, la traición de Bahman y el dolor que había sufrido en Teherán, le había resultado evidente que lo que deseara importaba más bien poco. Tenía que sobrevivir. ¿De qué le habían servido los libros de poesía y las novelas extranjeras? Se dedicó con furia a estudiar ciencias en el Mills College no solo por Baba, sino porque tal vez un título en Química pudiera vacunarla contra algunas de las incertidumbres de la vida.

Sin embargo, los elementos y las moléculas de las que hablaba el libro de texto hacían que le diera vueltas la cabeza. Tenía el cuerpo tenso solo de pensar en el martes a las nueve de la mañana. ¿Cómo narices iba a estar preparada para ese examen? Tomó un trago de su café, dejó la taza y, nerviosa, removió el líquido con la cucharilla. No podía suspender. Tenía que sacar buenas notas y graduarse con honores. Baba y Maman habían sacrificado demasiadas cosas para que estuviera allí.

Entró ataviado con una chaqueta azul y pantalones grises. Sobre su cabeza, la melena parecía una duna de arena. Era una versión rubia de Tintín, el protagonista de unos cómics franceses. Sobre la chaqueta resplandecían unos botones dorados. Se movió con soltura en la cola e hizo su pedido.

Intentó no mirarlo. De niña, le habían encantado aquellos cómics de Tintín y el señor Fakhri incluso había llevado algunos a su tienda. Pero aquel joven era mucho más guapo que el personaje. Se sintió inexplicablemente embelesada por su apariencia; tanto que la cucharilla se le escapó de la mano y cayó al suelo. Ay, Dios. Se inclinó, la recogió y se acercó al mostrador para coger una nueva de una cesta que había junto a las jarras de leche y de nata y de los azucareros. Cuando estiró el brazo en dirección a la cucharilla, volcó con el codo una taza de café. La taza rebotó en el suelo y el líquido oscuro se esparció en todas las direcciones, empapando las baldosas y dejando manchas por todas partes.

El grito de Roya fue agudo y muy persa; un «*Vaaaaaaaay!*» nacido de la vergüenza y la sorpresa. Agarró unas cuantas servilletas y se agachó para limpiar el desastre que había causado, aunque solo empeoró las cosas. Las servilletas se desintegraban conforme intentaba arreglar el percance.

—Oye, no pasa nada. Ya me encargo yo.

Alzó la vista y se encontró con Tintín arrodillado a su altura. Tenía los ojos del mismo color azul que Sinatra.

–No te preocupes –le dijo él con amabilidad.

En ese momento, arrodillados muy cerca el uno del otro, se dio cuenta de que los pantalones grises eran de franela. ¿Quién llevaba franela en California? No había visto franela desde que había salido de Teherán.

–Lo siento mucho –masculló.

Menudo aspecto debía de tener, acuclillada como si estuviera en uno de aquellos váteres iraníes antiguos, limpiando aquel humillante derramamiento. Por favor, que el café retomase de nuevo su ruido. Por favor, que la atención recayera sobre cualquier otra cosa que no fuera ella.

–De verdad, no es nada. ¿Sabes qué? Quería un café distinto de todos modos. –El hombre de los ojos azules le sonrió.

Roya se sintió aliviada cuando a su alrededor se reanudó el estrépito. El personal del café que la había mirado volvió a tomar nota de los pedidos, dejándolos a ellos con aquel desastre. Entre los dos, limpiaron el líquido derramado con servilletas. Él olía al tipo de champú que vendían en los supermercados estadounidenses, ese que creaba pompas de jabón enormes y te dejaba los dedos llenos de espuma.

–¿Sabes qué? Me voy a pedir otra taza de café y tú vas a dejar de sentirte mal por esto. ¿Te parece un buen plan?

No se parecía a ningún plan que ella conociera, pero la encandiló aquella forma sencilla de expresar las cosas. Asintió, sonrió y volvió a asentir, consciente de que estaba «asintiendo como una extranjera», tal como solía decirle Zari. Regresó a su mesa, se sentó en la silla y volvió a poner el bolígrafo sobre el cuaderno mientras dibujaba formas hexagonales para representar las moléculas. Los estudiantes de UC Berkeley dominaban el café, pero también había unas cuantas chicas del Mills College. El aire estaba impregnado de cafeína y estrés. Todos estaban estudiando para los finales. Las vacaciones de Navidad acechaban como un espejismo al otro lado de una serie de obstáculos tortuosos, pues aún tenían mucho trabajo por hacer antes de disfrutar de aquel merecido descanso.

De pronto, los dibujos de su cuaderno se vieron ensombrecidos por una silueta. Alzó la vista y el hombre de la chaqueta azul estaba junto a su mesa.

–¿Puedo? –Aquella sonrisa de nuevo. No estaba muy segura de qué decir–. Hoy la cafetería está más llena que de normal, ¿no te parece?

«Cafetería». La palabra le pareció sumamente estadounidense; tan agradable como los pueblos pequeños del medio oeste en los que nunca había estado pero había visto en las películas. «Cafetería». ¿Quién hablaba así? «Café, café, café» era lo único que decían ella y Zari. Ahí estaba aquel Tintín rubio con su sonrisa de cafetería, vestido con una chaqueta que parecía sacada de una película de Robert Mitchum y unos pantalones de franela que encajarían en Londres, no en Berkeley, California.

–Por favor.

Roya formó una pila perfecta con sus libros para dejar espacio libre en la mesa. Sintió como si estuviera dividiendo el mar. No estaba segura de si estaba siendo demasiado directa, pero ¿no habría sido de mala educación decirle que no? Ojalá conociera las reglas de aquel país. A veces parecía que no había ninguna. Todo había sido mucho más fácil en Irán, donde la tradición, el *tarof* y quién era tu abuelo a menudo dictaban cómo debías comportarte.

–Walter. Soy de Boston.

Tenía la mano extendida. ¿Debería estrechársela? Allí hacían eso. A los estadounidense les gustaba darse la mano como si fueran socios haciendo algún trato de negocios o sellando algún contrato.

Posó su mano sobre la de él y la soltura con la que se la estrechó la sorprendió. Estaba segura de que se había sonrojado. Había pasado un tiempo desde la última vez que había sentido la mano de un hombre en torno a la suya. Cuando se sentó frente a ella, se sintió un poco alarmada por semejante atrevimiento, pero así eran las cosas allí, ¿no? Todo era fácil, sin estrictas costumbres sociales que deshonrarían a toda tu familia si te las saltaras ni reglas dementes como en su país.

Esperaba que sacase sus propios libros, se escondiera detrás de ellos como la mayoría de los estudiantes y se quejara con un suspiro de los finales que se avecinaban. Pero, en lugar de eso, removió el café recién hecho y bebió como si estuviera en una plaza italiana contemplando las montañas; como si tuviera todo el tiempo del mundo y nada apremiante que hacer. Todo en él estaba limpio y bien cuidado.

Era evidente que no sería capaz de estudiar mientras estuviera allí sentado. ¿Por qué le había dicho que sí? Cuando le preguntó en qué curso estaba, Roya se imaginó que le salían pompas de jabón por la boca. Aquel hombre estaba recién duchado y no podía imaginárselo sudando en ningún momento. Sin embargo, no era su aspecto perfecto lo que la impresionó, sino su forma de actuar. Incluso la forma en que bebía el café era comedida, relajada y sin prisas. Parecía... seguro.

En el pasado, había conocido a un muchacho con prisa y se había dejado arrastrar por su pasión, su fervor y su imprevisibilidad. No iba a cometer de nuevo el mismo error. Lo emocionante estaba sobrevalorado. De hecho, después de Bahman y su traición, Roya había jurado que nunca más volvería a atarse a un hombre. Estudiaría con ahínco en Estados Unidos, regresaría a Irán, conseguiría un buen trabajo, sería independiente a nivel financiero y viviría una vida de solterona llena de ecuaciones, experimentos y ciencia pura. Se mantendría firme con reserva y una resistencia que harían que incluso el más decidido se diera por vencido y la abandonara por presas más fáciles y con menos espinas.

Sin embargo, aquel hombre, aquel joven de cafetería vestido con una chaqueta azul, tan solo estaba siendo dulce y ella le había dejado sentarse en su mesa. Sonreía y le daba una conversación de tal pureza que resultaba asombroso. No había indirectas y apenas algún coqueteo. Había respeto. Tan solo le hacía preguntas que ella contestaba. Se estremeció ante la idea de sentirse atraída por alguien. No podía volver a ser la chica maleable como la arcilla que había sido en brazos de Bahman nunca jamás.

–¿Y la química te resulta satisfactoria? –Walter la miró fijamente.

–¿Disculpa?

–Asistes a las clases de Química Avanzada, ¿no es así? –Señaló su libro de texto–. ¿Es lo que esperabas? Porque tengo un compañero de clase, Omar Said, que viene del Líbano. Dice que lo que estudiaba en Beirut era en realidad menos superficial que lo que ofrecemos aquí, así que me preguntaba...

–Bueno, no fui a la universidad en Irán. Allí solo acabé el instituto. Así que sí, esto es bastante... profundo. Quiero decir... satisfactorio. La química. Las clases.

¿Por qué estaba tan aturullada ante aquel chico? ¡Por el amor de Dios! Él la contempló un instante. Después, se inclinó y susurró:

–La cultura californiana también es un poco nueva para mí.

Era evidente que asumiría que era nueva por su acento y por el pelo y los ojos oscuros. Pero ¿acaso dejaba entrever que era extranjera en todo lo que hacía? Se imaginaba un soplo de agua de rosas y azafrán sobrevolando su cabeza allá donde fuera. Sin embargo, él siguió hablándole con soltura, como si no hubiera nada extraño en ella.

Le contó que se había mudado a la costa oeste para estudiar una diplomatura, pero que en California se sentía como un extranjero. Le habló de Nueva Inglaterra, de los inviernos pasados en trineo, los veranos en el Cabo comiendo bocadillos de langosta y animando a un equipo llamado «los Red Socks». ¿Los Red Socks? Vaya nombre absurdo para un equipo... Las descripciones de Walter de su infancia en Nueva Inglaterra hicieron que Roya se acordara de las escenas de una película estadounidense que había visto con Bahman en el cine Metropole.

Se centró en lo que Walter le estaba contando. Le resultaba reconfortante. De hecho, era sorprendente hasta qué punto. Era como un personaje de una serie de televisión familiar. No había salido de un país cuyo primer ministro había sido derrocado en un golpe de Estado. No había visto a sus pies a hombres a los que les habían disparado. Iba a montar en trineo y bebía chocolate caliente. Detrás de la chaqueta azul que llevaba, Roya vislumbraba una inocencia que muchos querrían poseer y por la que darían cualquier cosa. Envidiaba aquella sencillez y aquella falta de complicaciones.

Mientras estuvieron sentados juntos, se dedicó principalmente a escuchar y compartió muy poco. Con su inglés todavía vacilante, siguió respondiendo preguntas sobre su pasado, la pensión en la que vivía y su hermana Zari. Sí, quería ser científica.

Tras terminarse el café, Walter se levantó y regresó con dos más. Cuando le tendió la taza, Roya se acordó de otro hombre que, de pie en un café, le había ofrecido otra taza y le había preguntado si le gustaba. Con rapidez, tomó la que le estaba entregando Walter y dio un sorbo a pesar de que estaba demasiado caliente. Siguieron hablando. Sentada frente él y escuchándole, algo se abrió en su interior. La tensión que llevaba tanto tiempo conteniendo se aflojó solo un poco. Se sentía más relajada de lo que se había sentido en mucho tiempo. Pasó una hora sin que dibujara demasiadas moléculas hexagonales. Él le preguntó si tal vez podría llevarla a la galería Powerhouse cuando se hubiesen acabado los finales, antes de que regresara a Boston para las vacaciones. Le preguntó si le parecía un buen plan.

Sus ojos azules se encontraron con los de ella.

Sonaba tal como debería sonar un buen plan.

Capítulo 18

Un plan alternativo

La mayoría de los días, vuelvo a casa del trabajo por la plaza Baharestan. La mujer vestida de rojo sigue junto a la fuente. Tiene los ojos manchados de kohl y el cabello apelmazado y seco. Dicen que no se ha cambiado de vestido desde que su enamorado la dejase plantada tantos años atrás. Pero sigue yendo allí todos los días, pobre alma perdida.

No debería pasar por esa plaza; tengo otros caminos para llegar a casa. Pero no puedo evitarlo. Vuelvo a estar lleno de añoranza y arrepentimiento; de este deseo sin fin de volver atrás en el tiempo.

Recuerdo la mirada que había en tus ojos el día que nos conocimos en la papelería. Recuerdo tus zapatos. Recuerdo cómo estar contigo me hacía más feliz de lo que había sido jamás.

Los cambios de humor de mi madre han disminuido. Está más tranquila, quizá demasiado. En su mayor parte, los ataques de ira y los arranques de cólera han desaparecido. Sin embargo, tiene una tristeza crónica de bajo nivel y ahora se lame las heridas internas en silencio. La muerte del señor Fakhri le afectó mucho.

Joon Roya, cómo desearía que no hubieras cambiado de opinión... Cómo desearía que su estado mental te hubiera resultado tolera-

ble. Sin embargo, hiciste una elección y no pensaba imponer mi presencia en tu vida.

Gozasht, *eso es cosa del pasado.*

Mossadegh ya no está y el sah tiene cada vez más control. Una versión más joven de mí mismo estaría enfadada y deseando plantar cara. Pero me he cansado de luchar. Han pasado cuatro años desde el golpe de Estado. La gente llora la pérdida de un líder, pero lo único que yo siento es tu pérdida.

¿Te contó Jahangir que mi padre falleció hace un año más o menos? Por cierto, me alegro mucho de que Jahangir y tú todavía habléis por teléfono de vez en cuando; es la única manera que tengo de recibir noticias tuyas. Celebramos un funeral pequeño para mi padre. Mi madre escribió unas invitaciones muy elaboradas y se las envió a la familia que nos había dado de lado todos estos años. Fue mi padre el que le enseñó a leer y escribir. Su familia era pobre y analfabeta. La de él era culta. Su matrimonio rompió barreras de clase y fue una deshonra para la familia de mi padre. Lo repudiaron por aquella decisión. ¡Pero él la amaba! Sé que era así. La amaba cuando era joven, la amaba cuando experimentaron una pérdida indescriptible y la amó incluso durante su depresión.

Ese es el tipo de amor incondicional que me he esforzado tanto por darle también, por muy difícil que haya sido a veces. Pensé que tú podrías llegar a quererla también, a pesar de todo.

Otros pensaban que mi padre era débil, pero yo ya no lo creo. Era inteligente y leal. Se esforzaba mucho por ser justo. En muchos sentidos, no encajaba en el sistema patriarcal de nuestra sociedad. Respetaba a mi madre, intentó ayudarla a superar sus cambios de humor y sus penas y no la juzgaba con la dureza que nuestra cultura juzga a aquellos que tienen problemas con la salud mental.

Dado que ambos se casaron fuera de su clase social, siempre pensé, ingenuo, que mi madre respetaría el amor. Casarse por amor. Sé que, para algunos, es una tontería sin sentido. Los poetas, incluso los nuestros, escribieron mucho sobre el amor y las películas estadounidenses están obsesionadas con él. Pero, por supuesto, todavía sigue existiendo la tradición del matrimonio como un contrato para obtener o mantener cierto estatus.

Tras conocerte, me sumergí y me ahogué en ti. Tan solo te veía a ti. Me atreví a imaginar un futuro juntos. Mis esperanzas se dispararon conforme nuestros planes tomaban forma. No podía pensar en nadie más que en ti, pero mi madre seguía insistiendo con Shahla.

Así que le dije que estaba enamorado de ti.

Cuando se lo dije, estaba haciendo caligrafía. Jamás lo olvidaré. La calmaba copiar las letras y el doctor se lo había recomendado para los nervios. Por un instante, un gesto de ternura le atravesó el rostro. Pero, entonces, se puso tensa y me dijo: «Basseh. Ya basta. Déjate de tonterías».

Por mucho que a mi madre le gustara presumir de nuestra casa junto al mar, nuestra situación financiera era inestable. Sé que el hecho de que alardeara tanto te ponía de los nervios. Cuando decía aquellas cosas sobre nuestra «riqueza» frente a ti quería que me tragara la tierra. Incluso ahora, querría desaparecer al pensar en algunas de las cosas que te dijo. Pero lo cierto es que habían rechazado a mi padre para varios ascensos y se había quedado estancado en su trabajo como ingeniero. A pesar de que procedía de una familia adinerada, el hecho de que sus familiares lo hubieran repudiado tras casarse con mi madre significaba que no podía pedirles ayuda de ningún tipo, especialmente financiera. A lo largo de los años, el estado mental de mi madre fue un motivo más para evitar a sus parientes, pues las pocas veces que vimos a sus hermanas, dejaron claro que su enfermedad tan solo confirmaba que había sido una mala elección desde el principio.

La familia de Shahla es rica gracias al sah y a la posición de poder de su propio padre y mi madre pensaba que casarme con ella sería de ayuda, algo casi esencial. Decía que compraban los vestidos y las perlas en París. Como si a mí todo eso me importara un comino. Yo estaba preocupado por nuestro país; apoyaba a Mossadegh porque nos prometía progreso, democracia y autonomía. No soportaba cómo el sah se acobardaba frente a los extranjeros ni su falta de agallas. Admiraba la fuerza independiente de Mossadegh. Pero me voy por las ramas... Basta decir que Shahla no encajaba en absoluto con mi idea de futuro.

Tú sí.

Cuando recibí tu última carta y me dijiste que después de todo no querías pasar tu vida conmigo, que la enfermedad de mi madre era más de lo que podías soportar, que no podías casarte dentro de una familia con semejante inestabilidad mental... ¿Qué podía decirte? Es mi madre, y no había manera posible de que no fuera a estar presente en nuestras vidas. No quería frenar tus sueños, así que tenía que dejarte marchar. No querías verme y tenía que respetarlo.

Ojalá hubiera luchado más por ti. Desearía haber podido mostrarte que no es culpa suya. Desearía haber compartido contigo parte de su pasado y de lo que hizo que sea así. Pero estaba demasiado avergonzado y demasiado dolido.

El día que Jahangir me dijo que te habías marchado, me sentí como si me hubieran arrancado la piel. Ni siquiera puedo imaginar California. Pero es increíble pensar que estas allí, joon Roya, en la tierra de Cary Grant, Lauren Bacall, Humphrey Bogart, Ernest Hemingway y el presidente Eisenhower. Me estoy quedando sin estadounidenses que mencionar. No voy a nombrar a la CIA; voy a portarme bien. Aunque todavía me hierve la sangre al pensar que tuvieron algo que ver en el golpe de Estado.

Quiero alegrarme de que estés allí, en Estados Unidos, y me alegro, pero lo que nos hizo el Gobierno de tu nuevo hogar... Algún día se demostrará. Algún día el mundo sabrá que el Gobierno de allí derrocó al Gobierno de aquí. Y ¿para qué? Las vidas que se perdieron, el sufrimiento causado... ¿Merecieron la pena?

Nunca entenderé cómo salieron las cosas para nosotros en 1953. Me refiero a ti y a mí, por no hablar de este maldito país. Aunque viviera cien años, seguiría sin asimilarlo del todo.

Creo que, en este país, somos una causa perdida.

¿Qué aprendió nuestra generación aquel verano? Que aunque hagamos todo lo correcto para propiciar un cambio político, en *un día, en una sola tarde, las potencias extranjeras y los iraníes corruptos pueden destrozarlo todo.*

He revivido los acontecimientos del 28 de mordad *(o el 19 de agosto según tu calendario occidental) una y otra vez. Incluso ahora, quiero verte en esa plaza, sentirte a mi lado y abrazarte. Hubiéramos ido a la Oficina de Matrimonio y Divorcio. Lo tenía todo planeado minuto a minuto para cuando hubiéramos llegado. El funcionario con el que había hablado me había dicho que tendría todo el papeleo listo.*

Jahangir debe de haberte contado que ahora trabajo para la compañía petrolera. No soy más que otro engranaje de la rueda del capitalismo. Sin duda, no siempre cumplimos con las expectativas que nosotros mismos teníamos de pequeños sobre quién queríamos ser. El señor Fakhri, que Dios lo bendiga, solía llamarme «el joven que cambiaría el mundo». Pienso en el joven idealista que solía ser y no me siento avergonzado, sino desolado.

Desearía poder limpiar la tristeza que se acumula en todos los resquicios de la vida. Quiero aceptar que tomaste las decisiones que tomaste por un motivo. Después de todo, vas a ser una científica. Espero que estés sana y feliz. De verdad que espero que sea así.

Joon Roya, lo creas o no, voy a ser padre este invierno. Pensaba que mi madre estaría encantada al recibir la noticia, pero se ha mostrado sorprendentemente callada y retraída.

Cuando el bebé nazca, si Dios quiere, habrán pasado cuatro años y medio desde que te esperé en aquella plaza.

Capítulo 19

Clases de cocina

Roya nunca aprendió a comer como una estadounidense.

Había crecido en Teherán; había pasado la infancia en sus calles, había sido educada en sus escuelas y allí mismo, en una de sus plazas, le habían roto el corazón. Apartó de su mente el tiempo en el que había estado enamorada de Bahman.

Sin embargo, sorprendentemente, le resultaba más difícil adaptarse a la comida estadounidense de lo que había esperado: el pollo estaba correoso, la carne a veces un poco cruda y machacaban las patatas hasta convertirlas en puré. En la pensión, eran educadas con respecto a las comidas que les preparaba la señora Kishpaugh. ¿Cómo iban a quejarse? No podían ser maleducadas y desagradecidas, pero Roya echaba de menos la comida persa todos los días.

Pocos meses después de su primer encuentro en la cafetería, Roya y Walter habían salido en una cita doble con Zari y Jack. Jack se había negado a comer en un «tugurio pretencioso», tal como él lo había llamado, así que cenaron en un bar que servía hamburguesas, patatas fritas y batidos. Con cuidado, Roya cortó su hamburguesa con cuchillo y tenedor mientras Jack, recostado y fumando, sacudía la cabeza al verla y decía:

—Ay, madre...

Roya ahogó un grito ante el líquido rosado que surgió del centro de su hamburguesa.

–¿Y qué comíais en Irán? ¿Hamburguesas de cordero? –dijo Jack antes de dar una calada a su cigarro.

–¡Qué tonto eres, Jack! –replicó Zari entre risas.

En la gramola empezó a sonar Rosemary Clooney. El bar estaba demasiado iluminado y el reservado de plástico acolchado hacía que Roya se sintiera como si estuviera sentada sobre un globo pegajoso.

–En realidad, no te equivocas. –En ocasiones, construir frases en inglés todavía hacía que le doliera la cabeza, pero había mejorado–. Tenemos kebabs de cordero picado. Aunque no los ponemos entre pan como en este caso. –Alzó el panecillo empapado–. Nuestros kebabs son más alargados. Y estrechos. Como un tubo.

–¿Ah, sí? –Jack soltó el humo por los laterales de la boca y sonrió con suficiencia.

–Creo que la antigua cultura persa es conocida por una cocina fragante y de calidad –dijo Walter.

–¿De verdad, colega? Nómbrame otra cosa procedente de esa cocina tan fragante y de tanta calidad.

–Bueno, creo que...

–¡Tienen kebabs! –Jack se recostó en el asiento del reservado–. Eso es lo que tienen.

Zari y Roya intercambiaron una mirada. Ay, no. No, no. Roya deseó que su inglés fuera mejor para poder deleitarle rápidamente con una lista de todas las cosas que quería comer en ese mismo momento: pollo marinado con lima y azafrán sobre arroz basmati con láminas de almendra y bérberos (el plato que, en otra vida, los invitados tanto habían disfrutado en su fiesta de compromiso); *khoresh* de granada y nueces; berenjenas fritas con tomates, uvas ácidas y carne servida con arroz; sopa *aush* espesa con fideos, verduras y judías; el guiso *ghormeh sabzi* de su madre y *dolmehs* de hojas de parra rellenas con ternera picada y hierbas aromáticas, enrolladas a mano y hervidas con cardamomo.

Roya apretó el panecillo que tenía en la mano, que se deshizo en pedazos.

–Vendrás a nuestra pensión. Pediremos permiso a la señora Kishpaugh, nuestra casera. Cocinaremos para ti.

–No. –Zari sacudió la cabeza–. No deberíamos cocinar allí.

–Cocinaremos para ti –repitió Roya mientras fulminaba a su hermana con la mirada.

–Bueno, ¿no es magnífico? ¡Yo lo disfrutaría mucho! –dijo Walter con una gran sonrisa.

–Seguro que sí, pringado. –Jack pasó el brazo por los hombros de Zari–. Pero, si os parece bien, yo paso de la demostración de cocina. Yo ya tengo mi fragante comida persa justo aquí –añadió, estrechando a su hermana con más fuerza.

Zari se sonrojó y durante un instante se tensó. Pero después se fundió en aquel abrazo. Walter se concentró en su plato y se aclaró la garganta.

–Entonces, ven tú, Walter. Cocinaré para ti –dijo Roya.

La primera clase fue un sábado por la noche. La señora Kishpaugh preparaba comida para sus huéspedes entre semana y los domingos, pero los sábados todas tenían que arreglárselas de alguna otra manera. En cualquier caso, la mayoría de las chicas tenían citas y a la señora Kishpaugh le gustaba ir a visitar a su hija ese día para después volver con anécdotas largas y detalladas sobre las correrías de sus nietos. Roya le había pedido permiso para usar la cocina y la mujer le había dicho que no había problema siempre y cuando limpiara todo, lo dejara inmaculado y se asegurara de que pareciera que no había ocurrido nada.

Aquella noche, la cita de Zari con Jack era para ir a ver a James Dean en *Rebelde sin causa*. Roya soltó un bufido burlón cuando su hermana le dijo el título de la película y comentó que les pegaba mucho a ambos. Se había preparado para aquella noche con esmero. A principios de semana, había ido de peregrinación hasta una tienda de comestibles turco-estadounidense de San Francisco. Desde que había llegado a California, su acceso a las especias iraníes había sido limitado. Al principio del semestre, en el laboratorio de química, había conocido a una chica llamada Seda Kebabjian (el hecho de que la joven tuviese en el nombre la palabra «kebab» había logrado que sintiera aprecio por ella de inmediato). Se habían hecho amigas. Un día, mientras estaban en el fregadero del laboratorio, lavando los matraces, Seda le había contado que su tío había abierto una tienda de *delicatessen* en el distrito de Richmond de San Francisco en la que vendía especias, té y mermeladas del viejo país. El agua se había desbordado del matraz de Roya mientras la escuchaba sumida en un trance.

–Llévame –le había susurrado.

Cuando Seda y ella habían llegado a la pequeña tienda de la ciudad, Roya había entrado, había cerrado los ojos e inhalado aquella combinación de aromas tan familiar. Entonces, había abierto los ojos y, de golpe, había deseado devorar la tienda entera. Había querido echarse en la falda todo lo que había en las estanterías y salir corriendo con frascos de todas y cada una de las especias que tanto había echado de menos. Una parte de ella había regresado a casa.

Había comprado guisantes secos y amarillos, cardamomo, comino, canela (la que vendían allí tenía un olor mucho más parecido al que debería tener la canela que nada de lo que había encontrado hasta entonces en Estados Unidos), pétalos de rosa machacados, agua de rosas y agua de azahar. Además (¿acaso estaba soñando), ¡en la tienda vendían verdaderas limas secas iraníes y hebras de azafrán! Había agarrado todos aquellos ingredientes con avaricia. Diligentemente, Baba les había estado enviando dinero a Estados Unidos siempre que había podido. Ahora ella gastaría todos aquellos tomanes ganados con tanto esfuerzo en una única excursión.

Cuando llegó para la demostración culinaria del sábado por la noche, Walter olía a *aftershave* y jabón. Iba vestido con sus pantalones de franela, su chaqueta azul y su sombrero de copa baja. Cuando se lo quitó, resultó evidente que se había lavado y peinado el cabello con cuidado para la ocasión.

Roya lo llevó a la cocina y no hizo ningún comentario sobre el hecho de que no se hubiera quitado los zapatos. De todos modos, tampoco tenía mucho sentido hacerlo en la pensión de la señora Kishpaugh. En aquel país, nadie se quitaba los zapatos en el interior, lo que le resultaba desconcertante y algo repugnante, pero se había acostumbrado.

Le dijo a Walter que se sentara y le preguntó qué le gustaría beber.

—Oh, tomaré una Coca-Cola si no es mucha molestia, gracias.

Si hubiese sido iraní, habría dicho: «Oh, no, gracias. No quiero molestarte. Estoy bien». Ella le habría preguntado de nuevo y él habría contestado que no, que estaba bien, muchas gracias, y que no necesitaba nada. Entonces, ella le habría servido el té que ya habría elaborado de antemano; le habría preparado un cuenco grande con frutos secos y semillas, un plato de fruta y una bandeja con pequeñas galletas de garbanzos y otros dulces. Si hubiera sido iraní, habría amontonado fruta en un plato, le habría pelado un pepino, le habría servido el té en un vaso *estekan* y le habría ofrecido terrones de azúcar para que se los colocara entre los dientes mientras bebía el té caliente.

Al principio, había deseado hacer todo aquello para cualquiera que la visitara en casa de la señora Kishpaugh, para las compañeras de clase que iban a estudiar con ella e incluso para el Jack de Zari. Sin embargo, se veía limitada por una casa que no era suya, una cocina en la que no había samovar y un lugar en el que la gente no consideraba que los pepinos fueran fruta y no creía que debiera comerse fruta a montones antes de cenar.

Cuando Seda Kebabjian había ido a visitarla para revisar los apuntes del laboratorio de química y Roya se había disculpado por no ofrecerle nada más, su amiga había alzado una mano y le había dicho:

–¡Para! Aquí las cosas no son así, Roya; no es como en nuestras casas. No tienes que estar constantemente ofreciendo cosas y adulando a la gente. Los invitados te dirán que sí cuando les preguntes. No tienes que preocuparte tanto por ser la anfitriona perfecta.

Así que el «Oh, tomaré una Coca-Cola si no es mucha molestia, gracias» de Walter no fue una sorpresa. Llevaba viviendo allí más de un año y ya conocía bastante bien las costumbres estadounidenses. Sabía que no era de mala educación que no hubiera rechazado su oferta de entrada. Sabía que el *tarof* persa, ese ritual de constantes ofrecimientos y rechazos a menudo reforzado por un lenguaje florido y unos halagos exagerados, no era la costumbre allí.

Regresó con la Coca-Cola.

Las otras huéspedes y la señora Kishpaugh habían salido. Walter y ella disponían de la cocina y de toda la casa para ellos solos. Le resultaba extraño estar con él, solos en una casa tan grande. En Irán, jamás se hubiera permitido que ocurriera algo así. Pero se trataba de Walter. Era muy educado y jamás la forzaría. Se dijo a sí misma que dejara de pensar tonterías.

–Vamos, es hora de cocinar, ¿no?

Roya había preparado todos los ingredientes antes de que llegara. Se los mostró y le habló un poco del plato que iba a preparar.

–Se llama *khoresh-e-bademjan*. Normalmente, lo hacemos con ternera. –Él se limitó a asentir y a ella se le subió la sangre al rostro–. Pero no he podido comprar ternera, así que hoy lo haremos con pollo.

–¡Suena bien! –dijo Walter con una sonrisa.

Roya cortó finamente una cebolla, la picó y la salteó en una olla grande hasta que quedó transparente. Con un mortero que la señora Kishpaugh guardaba en la estantería más alta, machacó preciosas hebras de azafrán hasta que se convirtieron en un polvo fino. Walter estaba sentado en la mesa de la cocina y la observaba con gesto complacido.

–Deberías ver a mi madre los domingos cuando prepara el asado –dijo–. También le gusta cocinar.

–¿De verdad? Mira, esto es azafrán. ¿Ves cómo lo estoy... machacando? –Aplastó las hebras de azafrán contra el cuenco con la mano del mortero–. ¿Lo ves?

–Sí que veo cómo se convierte en polvo. Es estupendo.

Sus inseguridades comenzaron a esfumarse conforme cocinaba. Tal como le había ocurrido en la cafetería y en las pocas cenas que habían compartido con Zari y Jack, realmente se sentía cómoda. Nunca había sido su intención pasar tiempo en Estados Unidos con alguien tan alegre. Le parecía que mostrar demasiada alegría era indeseable y apestaba a falsedad. ¿Cómo mantenían los estadounidenses su buen humor día sí y día también durante todo el año? Debía de estar relacionado con lo nuevo y resplandeciente que era su país. Debía de ser cosa de tanta libertad en lugar de miles de años de reglas anquilosantes que cumplir. Tan solo tenían que dejarse llevar. Facilísimo. Se había acostumbrado a aquella alegría. Le gustaba Walter y su buen humor la hacía sentirse bien.

De pronto, se acordó de Bahman, pero lo apartó de su mente con una punzada. Sería ridículo volver a sentir algo tan peligroso.

Añadió varias cucharaditas de agua hirviendo al azafrán y lo mezcló. Era imposible que Walter estuviera tan interesado en su receta como hacía ver, pero asentía mientras la seguía preparando como si estuviese observando algún evento importante. Entonces, se puso en pie.

–¿Quieres que corte el pollo? –le preguntó con suavidad.

No había esperado su participación. Baba no había cocinado ni una sola vez. A los hombres iraníes les encantaba comer, pero conocía a muy pocos a los que les gustara cocinar. De hecho, no había conocido a ninguno que lo hiciera hasta que... Sin duda, le había sorprendido cómo el señor Aslan y Bahman entraban y salían de la cocina de su hogar. Dado que la señora Aslan se encontraba tan mal y sus cambios de ánimo la paralizaban, no habían tenido otra opción. Tomó un cuchillo y lo enjuagó. Ahí estaba Walter, esperando para ayudarla. Ahí estaba Walter, esperando. Roya tenía cosas mejores que hacer que pensar en otra persona. Le tendió el cuchillo y procedió a explicarle lo mejor que pudo cómo tenía que cortar el pollo.

Obedeció sus instrucciones y se aseguró de que el cuchillo sucio no tocara nada más. Cuando hubo terminado, se lavó las manos con jabón. La impresionó lo diligente que era, el cuidado que ponía al hacer las cosas y el hecho de que de verdad le preocupara el tamaño de los trozos de pollo porque sabía que era algo que le importaba. Una parte de ella no pudo evitar sentirse conmovida ante lo considerado que era.

Cuando acabó, Roya echó los trozos de carne en la misma olla en la que estaba la cebolla sofrita. El pollo chisporroteó. Estaban de pie el uno al lado del otro, pero sin tocarse. Más allá de cuando le había estrechado la mano aquel primer día en el café (o la «cafetería»), no había tocado a Walter. Él se había comportado como un perfecto caballero en todas sus citas.

—Ahora, añadimos la sal y la pimienta. Y el ingrediente secreto —dijo.

Cerca del fogón, empezaba a hacer calor. Tenía que mantener la concentración.

—¿Y cuál es el ingrediente secreto?

—Esto... Cúrcuma.

No estaba muy segura de cómo se pronunciaba «cúrcuma». A Walter le resplandecieron los ojos, pero no sabía si era porque lo había pronunciado de forma incorrecta o porque él no tenía ni idea de lo que era la cúrcuma. Espolvoreó la especia amarilla en abundancia sobre el pollo que se estaba sofriendo.

—Sin duda, este plato no se parecerá a nada que haya probado antes —dijo él.

–Ahora añadimos agua al pollo y la cebolla para cubrirlos.

–Tomo nota.

–No te veo escribiendo nada.

–Está todo aquí –replicó él dándose un golpecito en la cabeza.

–Dejamos que el agua hierva y entonces bajamos el calor y el pollo puede... Eh... ¿Cómo se dice? ¿Cocinarse... con suavidad?

–¿Cocinarse a fuego lento?

–Sí, cocinarse a fuego lento.

Era una expresión tremenda. No por su largura, sino porque era el tipo de expresión que hacía que se sintiera como una hablante nativa. ¿Qué mujer iraní que llevara viviendo en aquel país menos de dos años iba por ahí diciendo «cocinarse a fuego lento»? Cúrcuma, cocinarse a fuego lento... Se estaba convirtiendo en toda una profesional.

–Mientras el pollo se cocina a fuego lento, pelamos y cortamos las berenjenas. –Se aseguró de usar el tiempo verbal adecuado–. A continuación, les añadimos sal, las enjuagamos, las secamos y las freímos. ¿Sí?

–Claro que sí.

Juntos pelaron las berenjenas. Él se las tendía cuando terminaba y observaba cómo las cortaba. Entonces, alzó el cuchillo con cuidado, como si quisiera preguntarle si podía intentar cortarlas. Ella le dejó hacerlo, impresionada. Walter tuvo mucho cuidado de seguir sus instrucciones, pero Roya sabía que les llevaría demasiado tiempo salar las hortalizas tal como había visto hacer a Maman y Kazeb en su cocina de Teherán y esperar a que desapareciera el amargor, así que se limitó a tomar cada una de las rodajas que le pasaba Walter y echarlas a otra sartén con aceite que había puesto a calentar. Trabajaron al unísono y en silencio. Walter pelaba y troceaba mientras que Roya echaba al fuego y freía. Mientras tanto, el pollo seguía cocinándose a fuego lento.

–Al pollo también le añadimos agua con canela, cardamomo y azafrán –dijo Roya–. Y tomates troceados.

Se abrió paso hasta el fogón izquierdo de la cocina con cuidado de no rozar a su acompañante. Cuando levantó la tapa de la olla, el vapor emanó de ella y le empapó el rostro y el cuello. Se sentía acalorada y un poco insegura, consciente de que él la estaba observando.

–El azafrán mezclado con el agua es como oro líquido. ¿No? Nosotros lo llamamos oro líquido. –Walter parecía confuso–. Es porque es muy caro, ¿sabes?

–Ya veo.

–¿Sigues teniéndolo todo aquí? –Se rio y se dio un golpecito en la cabeza tal como había hecho él.

–Sí. –La estaba mirando fijamente. Entonces, se llevó la mano al pecho–. Y aquí. Lo tengo todo justo aquí.

El vapor procedente de la olla se condensó sobre el rostro de Roya formando gotas de agua. Sintió cómo le corrían por la cara y el cuello. Aquello tenía que parar. No podía volver a enamorarse de un hombre a pesar de que aquel Walter fuese tan diferente del muchacho que la había traicionado. Tomó una de las limas persas, la colocó con firmeza sobre la encimera y le clavó el cuchillo con fuerza. Un corte alargado e irregular le atravesó la piel.

–¡Hala! –Walter se apartó del fuego y de ella.

–A veces hay que cortar con fuerza –dijo Roya con brusquedad–. Para poder sacarle el sabor. –Le dio la espalda–. Ahora, preparamos el arroz.

Se sentaron en el comedor mientras caía la noche.

–Adelante –dijo ella mientras le servía un plato del *khoresh* de pollo y berenjena que habían preparado juntos–. Pruébalo, por favor.

Era un plato que había aprendido a cocinar junto a su madre en Irán. Kazeb siempre escogía las verduras más frescas del mercado y a veces mataba al pollo en su propio patio. Las limas se secaban al sol junto a la regadera del jardín mientras su madre, en cuclillas, mezclaba las especias *advieh*. En las noches de invierno, solían sentarse todos juntos (Baba, Maman, Zari y ella) con las piernas bajo el *korsi* y, mientras comían, compartían historias sobre cómo les había ido el día.

Walter se llevó a la boca una cucharada de aquel *khoresh*, de su pasado. Si estaba bien hecho, debería ser una mezcla de dulce y agrio, una combinación fragante y delicada de sabores.

Esperó a que lo saboreara.

—Guau —dijo él. Después, tomó otra cucharada—. Dios mío...

Con cada bocado que daba en el comedor de la pensión de la señora Kishpaugh, se desprendía otra capa del robusto caparazón de Roya.

Capítulo 20

Cosas que hacer

La presencia de Walter en la mesa del comedor, probando sus platos, se convirtió en una constante de las noches de sábado de Roya. Cuando Zari se enteró de aquel ritual suyo, se dio un golpe en el lateral de la boca.

–*Akhaaaaaay!* ¡Es adorable! Tú cocinas para él y él lo devora.

–Algo así –masculló Roya.

El doble de Tintín que había entrado en aquel café californiano y que le había preguntado: «¿Te parece un buen plan?» y cuyos recuerdos de veranos comiendo langosta e inviernos deslizándose en trineo parecían sacados de una de las películas estadounidenses del cine Metropole la tranquilizaba. Se suponía que aquel cortejo ni siquiera tendría que haber ocurrido. Se basaba en un sentimiento de buena voluntad y se centraba en una sensación de seguridad. Se suponía que solo iba a ser una clase culinaria en la cocina de la señora Kishpaugh; no que ella fuese a ansiar con cautela la calma que le proporcionaba.

Cuando una noche de sábado, más o menos un año después de la primera clase de cocina, él le pidió la mano mientras comían arroz *tahdig* especialmente crujiente servido con *ghormeh sabzi*, Roya volvió a sentir de nuevo aquella disociación en la que parecía flotar sobre la escena en cuestión, contemplando cómo una chica dentro de una película interpretaba su papel. Le costaba respirar. Dejó que la proposición de Walter, al que le olía el aliento a mantequilla derretida, azafrán y arroz, quedara suspendida en el aire un instante.

Todo aquello (el noviazgo apacible, el afecto creciente entre ambos y la promesa de una vida nueva en Nueva Inglaterra) era el guion de la vida de otra persona, de alguien mejor preparado para una relación, menos roto y menos extranjero. De algún modo, había descubierto el mapa de ruta de las cosas que les ocurrían a las personas estadounidenses.

–Joon Roya... –Le había enseñado aquel término cariñoso en farsi y aquella noche, en la mesa del comedor, lo pronunció a la perfección–. ¿Quieres casarte conmigo?

Las mejillas y las orejas le ardían. Estaba en alerta, incluso alarmada. Aquellas eran palabras que se decían en las películas y que se parecían a las que le habían dicho en un idioma diferente y en otra vida.

–Piénsalo: Roya Archer. –Walter dijo el nombre y el apellido con lentitud y de forma metódica, como si hubiese practicado para decirlos uno detrás del otro–. Podríamos mudarnos al este. ¡Me han aceptado en la UB!

–¿En la «uve»?

–En la Universidad de Boston. Podrías trabajar en un laboratorio mientras yo voy a la Facultad de Derecho. Allí hay muchos hospitales y universidades. Podrías conseguir el trabajo que quisieras. Roya, quiero pasar el resto de mi vida contigo. Si necesitas tiempo... Mira, tal vez esté siendo...

–Sí.

Fue tan rápido como un rayo.

Más tarde, reviviría aquella escena en su cabeza. Él le había pedido que se casara con él y ella había dicho que sí. Y pensar que había culpado a Bahman por lanzarse con tanta rapidez a la vida que su madre había planificado para él... Tal vez ambos se estuvieran limitando a seguir el destino invisible que llevaban grabado en las frentes.

El aliento de Walter en su cuello era cálido, muy propio de él. ¡Cuánto se emocionó cuando le dijo que sí! Estaba nervioso y sonrojado. En la puerta, casi se tropezó cuando se dio la vuelta para darle un último abrazo. Aquella noche, cuando se hubo alejado con el automóvil, Roya se quedó sentada en el salón de la señora Kishpaugh muy quieta y con todas las luces apagadas. Las otras huéspedes, incluida Zari, todavía no habían vuelto de sus citas del sábado por la noche y la casera tampoco había regresado de visitar a su hija y sus nietos.

–¡Hay una luna preciosa esta noche! –dijo Zari cuando regresó a casa al fin. Entró en el salón con un tono de voz atolondrado por su cita con Jack. Roya siempre podía sentir el aura que transmitía su hermana tras haber estado con él–. Tendrías que haber oído a Jack esta noche, hermana. –Bajo el pequeño rayo de luna que se colaba por la ventana, el pintalabios de Zari resplandecía con un tono rojo rubí–. ¿Por qué estás aquí sentada a oscuras? ¡Ohhhhhh! ¡Qué bien huele esta casa! ¿Has preparado tu *ghormeh sabzi*?

Roya asintió, aunque ni siquiera estaba segura de si su hermana podía ver aquel gesto.

–¡Estos tacones me están matando!

Oyó cómo Zari se quitaba uno de los zapatos con una sacudida del pie y después el otro.

–¿Sabías que Jack ha escrito un poema en el que cada verso empieza con la letra «p»? Todos los versos excepto el antepenúltimo, que empieza con «z». ¿No es algo muy inteligente?

–Propio de un genio.

–¿Qué tal ha ido tu noche con Walter? ¿Le has enseñado a cocinar el *ghormeh sabzi*?

–Voy a casarme con él.

Para aferrarse a sí misma y no evaporarse a causa del mareo que le producía la enormidad de lo que había aceptado, Roya se estrujó las manos con olor a cebolla sobre el regazo.

Se había topado con el papel de prometida de Walter como si hubiera estado deambulando por los estudios de un set de Hollywood, la hubieran confundido con la actriz protagonista y, entonces, le hubieran pedido que dijera las líneas que otra persona había escrito.

–¿Qué? –Zari se quedó muy quieta.

–Has oído bien.

–*Vaaaaaaay!* ¿Cuándo?

Roya se encogió de hombros.

Su hermana, calzada solo con unas medias, se acercó a ella dando saltos. Cuando se inclinó para darle un abrazo, Roya percibió el aroma de la colonia de Jack. Por supuesto, quería que le contara los detalles. Zari habría querido que ambas se pasaran toda la noche hablando, procesando cada momento de la velada (cómo se lo había pedido Walter y qué había dicho ella) y desentrañando cada frase palabra a palabra. Pero ¿qué podía contarle? Él se lo había pedido y ella había dicho que sí. Así de sencillo.

–Buenas noches, Zari.

Roya le dio una palmadita incómoda en la espalda. No estaba preparada para su entusiasmo; se sentía agotada.

–¡Dios mío, hermana! ¡Casada! ¿Puedes creértelo? Tenemos que contárselo a Baba y Maman. ¿Has hablado con ellos? ¿Les has pedido permiso? ¿Volverás a Irán para celebrar la boda? ¿Cómo vendrán ellos hasta aquí? ¿Qué vamos a hacer? ¿Cuándo será? Puedo ayudarte. ¿Quieres celebrarla aquí, en California? ¿Deberíamos decírselo a la señora Kishpaugh? ¿Te mudarás con él a Boston después de graduarte? Hermana, ¿qué voy a hacer sin ti? Estaremos separadas por primera vez en la vida. Sabes que yo me voy a quedar aquí, ¿verdad? La señora Kishpaugh dice que puedo quedarme incluso después de la graduación. Quiero decir... No sé lo que va a pasar con Jack. Quiere escribir poesía y dice que San Francisco es demasiado caro. Hermana, ¡necesitarás un vestido! ¡Tendrás que hablar con Baba! ¡Dios mío! ¡Walter! ¡Un estadounidense! Deberías escribir una lista de todas las cosas que tienes que hacer. Tienes que hacer una lista. Te la escribiré yo.

–*Yavash*, *yavash*. Despacio, despacio –dijo Roya.

La cabeza le daba vueltas. Zari hablaba demasiado. Todo estaba sucediendo bastante rápido. El aliento de Walter había olido a azafrán y mantequilla. Aquella noche, el arroz *tadigh* le había salido dorado y crujiente. Era el acompañamiento perfecto para el guiso *ghormeh sabzi*. Se había sorprendido. Le había preocupado que se quemara y se quedase pegado a la vieja olla de la señora Kishpaugh, pero había salido a la perfección. No había pensado en el vestido o en una lista de cosas que hacer. Quería apoyar la cabeza en el respaldo del sillón de la casera y llorar. Estaba cansada. Zari estaba diciendo algo sobre una fiesta de compromiso, sobre si quería celebrar una o no y asegurando que, si quería celebrarla, tal vez podrían invitar a sus amigas de la clase de química. Seguía hablando sin parar. Roya no necesitaba una fiesta de compromiso. La luz de la luna se filtraba por la ventana en un único haz de luz. El resto de la estancia estaba a oscuras.

–Hermana, es tarde, vete a dormir. Ya lo resolveremos todo con el tiempo –dijo Roya.

Zari comentó algo más sobre flores, llamadas de teléfono, enaguas y Jack. Después, se puso en pie, se encaminó hacia la puerta y rebuscó en el suelo primero un zapato y después el otro. Mientras se alejaba, los iba balanceando en las puntas de los dedos. Antes de salir de la habitación, le dijo en una especie de grito susurrado:

–¿Sabes lo que significa esto? ¡Que nos hemos librado de aquel chico de una vez por todas!

Después de que Zari se marchara, las sombras se agitaron en el suelo del salón como si fueran encaje. Roya no podía quitarse la lista de cosas que hacer de la cabeza.

¿Cuántas cajas iba a necesitar para la mudanza a Nueva Inglaterra? Por supuesto, tendría que comprarse un abrigo grueso. Tendría que llamar por teléfono a sus padres para hacerles saber que había que celebrar una boda. Baba querría conocer a Walter, pues se suponía que tenía que dar su aprobación antes de nada. Lo habían hecho todo mal; había dicho que sí antes de que sus padres estuvieran de acuerdo. Pero en aquel país todo estaba patas arriba, y dado que sus padres estaban tan lejos, ¿qué otra opción tenía? Tal vez les aliviara saber que estaba prometida. Por supuesto, tras su ruptura con Bahman, les había preocupado que nunca fuera a casarse. No se la consideraba tan dañada como si hubiese sido una divorciada (Dios no lo quiera), pero aun así... Habían tachado el matrimonio de su lista. Al menos, ella lo había hecho. Aquel compromiso roto había sido un escándalo público. En sus círculos sociales, habían hablado de ello durante una temporada. Pero Walter era estadounidense; vivía allí, en aquel país. Y allí, todo era diferente. Tal vez todo formara parte del guion; del destino escrito en la frente.

Por supuesto, Zari tenía razón: necesitaría un vestido. Añadió ese asunto a la lista de cosas que hacer.

El dulce y querido Walter... Era muy amable, ¿no era así? Él nunca la traicionaría. Le gustaba su madre. Cuando la había conocido durante el fin de semana de bienvenida, se había mostrado reservada pero educada. No había dejado de repetir lo mucho que al padre de Walter le habría gustado estar allí. Su hermana, Patricia, era fría, pero él se había limitado a encogerse de hombros y susurrarle «Nueva Inglaterra» como explicación por su forma de ser. Roya se forzó a centrarse solo en Walter y la lista de cosas que hacer.

Sin embargo, el nudo que tenía en la garganta se negaba a desaparecer.

«Nos hemos librado de aquel chico de una vez por todas».

Escogería la vida repleta de bocadillos de langosta de Walter todas las veces que fuera necesario.

«Nos hemos librado de aquel chico de una vez por todas».

Roya se aferró al sillón de la señora Kishpaugh con unas manos que olían a cebolla y esperó a que el nudo de la garganta desapareciera y le permitiera tragar saliva. Con el tiempo. Con el tiempo, desaparecería.

～～

Rosas color crema cubrían los pasamanos y las mesas del hotel de Cabo Cod. Era pleno verano y el cielo de Nueva Inglaterra era de un azul glorioso. Roya caminó hasta el altar casi desmayada. Zari le había ayudado a comprar el vestido en una tienda de San Francisco. Era largo y con una falda enorme y ahuecada que hacía que se sintiera como una muñeca. El corpiño era de encaje y la falda de satén de un color cremoso. Maman y Baba habían volado hasta Estados Unidos. En el aeropuerto, en silencio, se había refugiado en su abrazo y se había disuelto entre sus brazos.

Durante todo aquel tiempo, los había echado de menos. Más de lo que podía admitir. Las cartas procedentes de Irán escritas en papel y enviadas por correo aéreo, los gritos al teléfono durante las llamadas a larga distancia o el hecho de que les hubieran hecho prometer que Zari y ella se cuidarían la una a la otra no podían reemplazar la sensación de tener a sus padres entre los brazos y poder oler el aroma a limón de su madre. Baba había perdido casi todo el cabello y ahora era mucho más pequeño y estaba encorvado. Maman todavía caminaba erguida, pero tenía la melena mucho más canosa de lo que Roya recordaba. En medio de aquel hotel estadounidense, sus padres eran diminutos, intrascendentes. Asentían y sonreían a la madre de Walter, estrechaban la mano de los parientes altos, rubios y colosales del novio, parecían un poco perdidos y necesitaban que alguien les hiciera de interprete y les explicara las cosas constantemente.

—Sonríe, hermana, sonríe.

Zari se movía por el salón de baile de forma ostentosa, ataviada con un vestido de organdí rosa pálido que se estrechaba en el centro y resaltaba su figura. Ajustaba fajas y arreglaba manteles. Se paseaba por la sala inspeccionando todos los platos. A lo largo de la noche, sacó a Roya a la pista de baile y se aseguró de que Walter nunca llevase la corbata torcida.

–Estás muy guapa, querida –le dijo a Roya la madre de Walter, Alice–. Madre mía, eres preciosa. Ay, Walter, cómo desearía que tu padre siguiera vivo...

Tal como se esperaba, besó a Walter durante la ceremonia y, cuando llegó el momento, saludó con la mano a los asistentes, que estaban aplaudiendo. Cuando le preguntaron si estaba más feliz que nunca, asintió y posó para las fotos, manteniéndose muy quieta.

Se suponía que después de que se graduaran de la universidad (ella del Mills College y Walter de la UC Berkeley) Roya volvería a Irán. Años atrás, durante un desayuno compuesto por pan barbarí con queso feta y mermelada de guindas, Baba había dicho que sería la siguiente Madame Curie o Helen Keller. Pero tal vez ahora pudiera ser una científica (una que observaba los matraces bajo la luz, resolvía problemas y hacía descubrimientos constantes que causaban que se desplazaran las placas tectónicas del conocimiento de mundo) en Nueva Inglaterra.

Walter y ella compraron una pequeña casa colonial blanca con postigos de un tono verde oscuro en un barrio de las afueras de Boston. Él seguía asistiendo a la Facultad de Derecho, pero su madre los ayudó con la entrada de la casa con mucha naturalidad. Walter iba cada día a la Universidad de Boston, y durante los fines de semana le mostraba a Roya su nueva ciudad.

Su hogar se encontraba a unos dos kilómetros de la zona en la que había comenzado la guerra de Independencia de Estados Unidos. Allí, los soldados de la milicia encontraron la muerte la mañana del 19 de abril de 1775; allí, los casacas rojas británicos se enfrentaron a los valerosos colonos y los obligaron a sublevarse. Walter le contó todo aquello con gran orgullo. La llevó al lugar donde se produjo el «disparo que se oyó en todo el mundo» y le mostró los monumentos que recordaban a los caídos. Roya, de pie sobre la hierba verde inmaculada, se preguntó si algún día, en algún momento, construirían un monumento en memoria de aquellos a los que habían disparado en Teherán aquella tarde calurosa de agosto de 1953. Probablemente no. En el mismo parque en el que había nacido su nuevo país, extendió un mantel de pícnic, comió bocadillos de langosta y bebió cerveza de jengibre con su nuevo marido. Las especias de la bebidas hacían que le ardiera la garganta. Habría preferido beber agua, pero Walter le dijo que su chica estupenda acabaría aprendiendo a amar aquel sabor.

Ella asintió. Claro que lo haría.

Por supuesto, sus padres habían vuelto a Irán tras la boda. Roya no podía hablar con Maman y preguntarle cuánto tomate debería añadir al *loobia polo* que estaba preparando; no podía ir corriendo hasta su casa, recoger a su madre e ir a hacer una visita rápida al mercado; no podía leerle a su padre los titulares del periódico o sentarse con él y reírse de las aventuras de aquella tal Lucille Ball que no dejaba de comer chocolate. Quería que sus padres vieran el aparato de televisión que había comprado Walter. Quería poder cruzar la calle hasta la casa de su madre, tocarle la mejilla y decirle: «Ponte los zapatos; vamos a dar un paseo».

Cuando Zari y Jack se casaron, Maman y Baba ni siquiera asistieron a la boda. Su hermana lo planificó todo en apenas tres semanas y no dio suficiente preaviso a los invitados. Además, el viaje para la boda de Roya había resultado muy caro para sus padres y no pudieron permitirse regresar tan pronto. Jack insistió en que intercambiaran bajo las secuoyas del campus de Berkeley unos poemas que había escrito mientras estaba colocado. Roya voló hasta allí, presenció el espectáculo, abrazó a su hermana y deseó que Jack y ella no acabaran muriéndose de hambre.

—¿De verdad solo va a dedicarse a escribir poesía? No es una posición muy fiable...

–¡Qué dura eres! –dijo Zari. Y enseguida exclamó en un susurro–: ¡No te preocupes, hermana! He decidido que voy a introducir a Jack en el mundo de la publicidad. Creo que le gustará mucho. Es tan creativo... ¿Esos poemas? Pueden ser poemas para publicitar productos.

–Si tú lo dices... –Roya seguía estando preocupada.

Las hermanas comenzaron sus vidas de casadas en costas opuestas. Para seguir en contacto, se escribían cartas y, de vez en cuando, se llamaban por teléfono. Roya se adaptó bien a su vida en el noroeste. Zari flotaba por California con Jack y, al principio, acampaban aquí y allá con sus amigos. Entonces, las noticias llegaron a través de una carta: «Jack ha aceptado cortarse el pelo. También ha aceptado presentar una solicitud para un puesto en una empresa publicitaria. Tendrá que empezar desde abajo, pero un genio creativo como él no se quedará atrás durante mucho tiempo, ¿no crees?».

Todos esperaban a que el vientre de Roya creciera y llegara un bebé. Alice, la madre de Walter, le dirigía sonrisas esperanzadas a la cintura como si la estuviera instando a expandirse llena de vida. Era muy duro decepcionarlos.

Una noche, la hermana de Walter fue a visitarlos desde su apartamento en el centro de Boston. Roya sirvió pastel de carne y zanahorias hervidas, pues no quería molestar a Patricia con platos de la cocina persa. La última vez que había preparado *khoresh* de pollo con ciruelas pasas, Patricia había movido la comida de un lado para otro del plato con un suspiro. A Roya le había molestado tener que tirar toda aquella comida a la basura más tarde. Menudo desperdicio. Era evidente que a su cuñada no le gustaba su comida, lo que no era un problema. Lo que sí le dolía era que resultaba evidente que a la hermana mayor de Walter tampoco le gustaba ella.

–¿Y qué novedades hay en el mundo de nuestra encantadora pareja, Walter y Roya? –preguntó Patricia durante la cena tras haber olisqueado el pastel de carne que tenía en el plato.

–Walter está estudiando mucho últimamente. De día y de noche –contestó ella.

–Bueno, es del todo comprensible que sea así cuando está en la Facultad de Derecho, ¿no? No puedes tomártelo como algo personal, Roya. Tiene que estudiar mucho; así es como funcionan aquí las cosas.

–No, lo que quería decir es que... –comenzó a decir.

–Walter, ¿estás descansando lo suficiente? ¿Tienes bastante comida? –la interrumpió su cuñada–. Si quieres, puedo traerte asado. Puede que sea un cambio agradable de todo lo... demás.

–Oh, Roya me proporciona todo lo que necesito. Estoy servido. Pero gracias, Patricia.

–Muy bien –dijo ella con una sonrisa tensa–. Perdóname.

Siguieron sentados y comiendo en silencio. Tras varios minutos, la hermana de Walter alzó el tenedor y preguntó:

–¿Y bien?

–¿Y bien, qué? –replicó él con cansancio.

–Ay, ¿es que tengo que deletreároslo? ¿Debería empezar a bordar iniciales en una mantita para bebé dentro de poco?

A Roya se le aflojó el cuerpo.

–Mira, Patricia, lo que tienes que entender es que Roya es una mujer moderna. Por amor de Dios, ¡estamos en 1959! –Walter dio un trago a su *gin-tonic*–. Roya quiere trabajar –añadió–. Como científica. Además, está muy cualificada; ya lo sabes. Ha estado enviando solicitudes y buscando un puesto desde que volvimos al este.

Patricia mantuvo el tenedor suspendido en el aire. Después, lo dejó en la mesa.

–No me trates con condescendencia, Walter. ¡Como si yo no trabajara! Pero cuando te casas, tiene sentido tener hijos. Solo digo eso.

Ella no se había casado. Era cinco años mayor que su hermano y trabajaba para un banco en el distrito financiero. Era conocida por ser un as con los números y cada vez se sentía más resentida por el trabajo de secretaria al que la habían relegado.

–¿Puedo traerte otra bebida, Patricia? –le preguntó él.

Ella lo fulminó con la mirada y susurró algo incomprensible. Walter tomó eso por un «sí» y fue a la cocina.

–Tan solo quiero trabajar un año o dos –dijo Roya de forma sumisa cuando se quedó a solas con su cuñada.

Las cosas que había dicho Patricia la ponían nerviosa. Una boda, un marido, una casa en las afueras... Aquellas cosas eran más fáciles de conseguir y ya las había tachado de su lista con pulcritud. Sin embargo, los niños la aterrorizaban; no estaba preparada para asumir el papel de madre.

Patricia tomó un bocado del pastel de carne, lo masticó y tragó. Después, se limpió las comisuras de los labios con cuidado con una servilleta.

–No puedes hacer que todo te salga a pedir de boca solo porque ahora estés en Estados Unidos; las cosas no funcionan así.

–Oh, ya lo sé –dijo Roya–. Claro que lo sé. –No pudo resistirse a decirlo con un acento estadounidense exagerado.

Ella se limitó a mirarla fijamente durante varios segundos. Después, masculló:

–Pobre Walter...

Patricia siempre había dejado claro que ya le parecía bastante malo que su hermanito hubiera escogido a una novia persa antes que a cualquiera de las muchas respetadas mujeres blancas, anglosajonas y protestantes que se movían en sus círculos sociales. Pero que ahora esa misma niñita iraní insistiera en trabajar sin motivo aparente la ponía verdaderamente nerviosa.

–No es algo que puedas controlar, ¿no? –le dijo–. Además, tienes que pensar en tu marido.

–¡Pat, aquí tienes! –Walter regresó y le tendió a su hermana un martini recién preparado. Su buen humor forzado se interrumpió cuando vio el rostro de Roya–. ¿Me he perdido algo?

–Nada, Walter, querido. –La mujer tomó la bebida–. Es solo

que algunas personas creen que controlan sus propios destinos, eso es todo. Son demasiado ingenuas y tontas como para pensar otra cosa.

∽

Varias semanas más tarde, Walter regresó de la Facultad de Derecho y le dio un beso mientras ella estaba junto al fogón, cocinando.

–¿Sabes? Uno de mis compañeros de clase tiene una hermana que trabaja en la Escuela de Negocios. Va a dejar el trabajo para tener un bebé.

–Me alegro por ella –dijo Roya.

Tras la desastrosa conversación con Patricia durante la cena, había vuelto a decirle a Walter en privado que no estaba lista para tener hijos. Él le había dicho que lo sabía, que no había prisa y que no dejara que su hermana la volviera loca. ¿Por qué le mencionaba ahora al bebé de otra persona?

–Bueno, mi compañero dice que el puesto de su hermana va a quedar libre. –Roya dejó de dar vueltas a la salsa que tenía al fuego–. Mira, sé que es en la Escuela de Negocios y que no es lo que querías, pero es un trabajo, Roya. Y, bueno, tal vez quieras presentarte antes de que lo hagan otros. Pronto se anunciará el puesto oficialmente y llegarán muchas solicitudes.

–No quiero ser una secretaria.

Pensó en Patricia, vestida con sus faldas de tubo y sus jerséis ajustados mientras tecleaba para los hombres del banco, hirviendo a causa de su ambición frustrada.

–Sé que no es un trabajo de laboratorio, pero es un buen puesto, Roya.

Que la contrataran en un laboratorio parecía ser más difícil de lo que había esperado. Los puestos para mujeres eran pocos. Estaba dispuesta a empezar desde abajo, como técnica. Pero los laboratorios no la querían. Uno de ellos le había ofrecido un puesto para lavar el material. El entrevistador le había dicho que los matraces y los tubos de ensayo tenían que limpiarse a mano con mucho cuidado. Ella le había mostrado el expediente académico con sus notas casi perfectas y su diploma en Química. Casi era 1960 pero parecía que, allá donde fuera, los candidatos masculinos tenían preferencia. Además, seguía siendo (y siempre sería) extranjera. Incluso estaba entre la minoría de mujeres que querían trabajar. La mayoría de las que vivían en las afueras de Boston se contentaban con quedarse en casa y mantener el hogar para sus maridos.

–Bueno, enhorabuena –dijo Patricia cuando descubrió que Roya había conseguido el trabajo como secretaria en la Escuela de Negocios–. ¿Ahora quién cocinará y cuidará del pobre Walter?

–Seguiré cocinando para él como siempre, Patricia. No te preocupes.

Picó perejil, cilantro, espinacas y menta. Preparó una sopa *aush* muy espesa y Walter y ella brindaron a modo de celebración.

A pesar de la desaprobación de su cuñada y las miradas tristes de Alice, Walter se mantuvo firme con su hermana y su madre y respetó el deseo de Roya de esperar antes de tener hijos.

A lo largo del año siguiente, de vez en cuando, su marido le preguntaba con amabilidad si había cambiado de opinión. Ella no quería decirle que tenía miedo de crear otra vida y encariñarse de ella. No podía quitarse de la cabeza la siguiente pregunta horrible: «¿Y si le pasa algo al bebé?».

A veces, en los momentos más inesperados, volvía a recordar la extraña frase que la señora Aslan había pronunciado en otra vida. «Los bebés mueren», le había dicho. ¿Qué clase de esposa loca pensaba como ella? Patricia tenía razón: ¡pobre Walter, desde luego!

Durante años, pensó que la mayor pérdida de su vida iba a ser su primer amor. O el librero que había muerto a sus pies. No era consciente de que el futuro le deparaba una pérdida mayor; una pérdida que haría que el verano de 1953 le pareciera un juego de niños.

Parte IV

Capítulo 21

1958

Nacimientos

¡No esperaba un hijo y una hija al mismo tiempo! Es un tipo de felicidad muy específico mezclado con agotamiento. Es un vínculo abrumador. Nos han consumido. Nos sentimos bendecidos y sobrecogidos. Que Dios los proteja.

La otra noche, volví a casa del trabajo y la cocinera había preparado un plato especial con huevos y ajo que es popular en su pueblo, que está en el norte. Los mellizos empezaron a llorar a la vez y me resultó evidente que si no hubiera sido por los sirvientes y la niñera, Shahla habría acabado desesperada. Mi madre vino a visitarnos y se sentó en un rincón, callada y retraída.

No olvido ni por un segundo ninguna de las muchas cosas crueles que te dijo. Me sentía avergonzado por su falta de filtro emocional y por sus palabras duras e hirientes. Recuerdo cuando viniste a casa de mis padres y mi madre dijo cosas para hacerte daño, para herirte, para asustarte. Estaba convencido de que estaba siendo cruel y, en mis mejores días, puedo entender por qué eso hizo que te alejaras, asustada.

Pero esta es la historia que no conoces.

Yo no fui el primer hijo de mis padres. No fui ni el segundo ni el tercero. Ni siquiera fui el cuarto hijo de mi madre. Fui el quinto que dio a luz y todos los que me precedieron murieron. Dos de ellos nacieron muertos, uno murió durante el octavo mes de embarazo y el otro murió durante su primer año de vida. Que mis padres siguieran intentándolo es una muestra tanto de su deseo como de los tiempos que les tocó vivir. No sé si tuvieron más hijos después de mí. Tal vez sí lo hicieran, pero yo era demasiado pequeño para recordar a otro niño moribundo. Mi madre solo me habló de aquellos bebés perdidos en un momento de extrema coacción, en un día que preferiría olvidar. Fue el día que lo cambió todo para nosotros, para ti y para mí.

Desde luego, en aquellos tiempos, mi madre no fue la única que había perdido bebés, pero otras parecieron soportarlo mejor. Tal vez fue porque perdió muchos seguidos.

Atribuí su melancolía a aquellas pérdidas. Su depresión, sus cambios de humor, su inestabilidad... Todo lo achaqué a aquello. ¿Cómo iba a saber que había una pérdida que precedía a todas aquellas y que pendía sobre todas las cosas?

Espero que estés bien en Estados Unidos. Espero que estés sana y feliz. Cuídate, mantente a salvo. Mis hijos hacen que siga adelante. ¿Sabes de lo que te estoy hablando?

Capítulo 22

Marigold

Hermana, Jack y yo estamos esperando nuestro primer hijo. Además, ¡he aprendido a hacer *khoresh* de berenjena sin berenjena!

Roya leyó la carta de Zari y la guardó con pulcritud en su escritorio con la pila de cosas por hacer. Le respondió en farsi y, al final de la página, escribió «FELICIDADES» en inglés y en mayúsculas. Mientras pasaba la lengua por el sobre y lo sellaba, se recordó a sí misma sus objetivos. Estaba trabajando mucho como secretaria en la Escuela de Negocios. La velocidad a la que tecleaba se había disparado. No era el tipo de trabajo que había esperado hacer, pero su nueva vida como adulta giraba en torno a ceder. Sencillamente, había sido incapaz de encontrar ningún trabajo decente (o cualquier trabajo) en el ámbito científico. Y no había sido por no intentarlo. Sabía que ser mujer era así. De hecho, ya estaba sobrepasando los límites al insistir en trabajar. Además, en el campo de las ciencias, siempre se asumía que le estaría quitando el trabajo a un hombre bien cualificado. Y siendo extranjera... Bueno, ¿no debería contentarse con el simple hecho de estar en aquel país? Aquel era el mensaje subyacente que recibía a menudo de amigos y vecinos bien intencionados.

Roya había rebajado sus ambiciones.

En el fondo de su mente, había una cuestión que no dejaba de fastidiarla. Patricia tenía razón: debería estar comenzando su propia familia. Por el amor de Dios, ¿de qué tenía tanto miedo? ¿Por qué creía que iba a ocurrir algo malo? Roya fue caminando hasta la oficina de correos y envió la carta para Zari. La llamaría hacia finales de semana y, cómo no, le enviaría un regalo. Por supuesto. Volvió a casa rápidamente, acordándose de todas las cosas que tenía que hacer. Se alegraba por su hermana y por Jack. De verdad que sí. Pero, madre mía, estaba muy ocupada, ¿no? Muchísimo.

A veces, Bahman aparecía en sus sueños. Su sonrisa, su aroma almizclado, los ojos llenos de esperanza, su tacto, cómo se inclinó sobre ella contra los libros de la papelería, el sabor de aquel primer *espresso*, los pasteles dulces, la curva de su espalda junto a la suya... Cuando estaba despierta, se obligaba a olvidarse de todo aquello. No podía permitir que interfiriera con el guion actual de su vida. En sus sueños, él siempre era joven y, a veces, feliz.

Durante el Año Nuevo persa, Jahangir le contó por teléfono que Bahman y Shahla estaban ocupados con sus hijos. Mellizos. ¡Mellizos! Aquella llamada anual con Jahangir era la única forma en la que Roya recibía noticias sobre Bahman. Desde luego, Maman y Baba nunca hablaban de él. Durante sus dos primeros años en Estados Unidos, había mantenido correspondencia con algunas de las chicas con las que había ido a la escuela en Irán y con dos de sus primas. Pero, con el paso de los meses, habían dejado de escribirse las unas a las otras. Demasiada distancia. Demasiado tiempo. Las únicas personas a las que seguía mandando cartas eran sus padres en Irán y Zari en California. Sin embargo, la llamada anual con Jahangir la mantenía conectada a un pasado que no conseguía obligarse a dejar atrás, por muy doloroso que fuera.

Walter estudiaba mucho y Roya estaba feliz con su trabajo en la Escuela de Negocios de Harvard. O contenta. O, por lo menos, asentada. La llamaban «HBS», con las siglas en inglés. En Estados Unidos, a todo el mundo le gustaban los acrónimos. Sus compañeros de trabajo eran eficientes y, a veces, amables.

Le resultaba satisfactorio insertar el papel en la máquina de escribir cada mañana, teclear cartas al deán o a los otros profesores, tomar notas, rellenar formularios y dejar todo absolutamente ordenado. Le gustaba estar al tanto de todo. Todo estaba en su lugar: los archivos, las cartas, los lápices afilados y las carpetas de papel manila. Controlaba su mundo con cuidado y precisión.

–¿Y bien? –dijo Patricia cuando fue a visitarlos para otra cena–. ¿Cómo os va a los dos? ¿Algo emocionante en el horizonte?

–¿Puedo traerte una bebida, Patricia? –preguntó Walter con los dientes apretados.

–Ya tengo una, pero gracias. –La mujer sonrió–. Walter, ¿te acuerdas de Richard, el de la casita en Cabo Cod a la que íbamos de pequeños? Su familia y la nuestra estaban muy unidas. –Esa última parte se la dijo a Roya en tono explicativo, como si la estuviera poniendo al día a pesar de que conocía a Richard. Walter y ella solían cenar con él y su esposa a menudo–. Pues bien –continuó Patricia–, él y su encantadora esposa... ¡Ay, adoro a Susan... es tan elegante! Están esperando su tercer hijo. ¡El tercero! –Dio un trago a su bebida.

Roya fue a la cocina y frio unas cebollas sin motivo aparente. Les echó menta y se las comió recién sacadas de la sartén mientras el cuerpo le daba sacudidas. Walter y ella estaban a mediados de la veintena. La mayoría de sus amigos y conocidos tenían al menos un hijo. Pero no era demasiado tarde para ellos. Patricia era una maleducada. Era directa y estaba intentando entrometerse. No era asunto suyo. Habían conseguido esperar y seguirían haciéndolo.

Llegó a su propio ritmo. Nació en el hospital Mount Auburn el 11 de enero de 1962 y, cuando la tuvo en los brazos, cuando miró aquellos ojos que estaban extrañamente alerta y estrechó aquel cuerpecito diminuto y blanco como la leche contra el suyo propio, se sintió aterrorizada. Pero, de manera extraña, Roya volvía a ser real de nuevo. Ya no era una actriz dentro de una película estadounidense. Estaba delirante y mareada, sí, pero también increíblemente centrada. Por primera vez en mucho tiempo, volvía a ser ella al completo.

Cuando regresaron a casa del hospital, Alice cuidó de los tres. Alice, la misma mujer que además de oler a ensalada de patata y a crema, era objetiva y estaba encantada con su nieta. Roya echaba muchísimo de menos a Maman, pero estaba agradecida por la presencia de Alice, que hervía todo lo que había a la vista como medida de prevención ante cualquier infección, les daba ánimos y preparaba cantidades ingentes de patatas asadas con crema agria.

El rostro de Alice se arrugó al año siguiente cuando el bebé dejó de respirar. Lloró en el automóvil mientras conducían hasta el hospital sumidos en un pánico helador.

El bebé jadeaba intentando tomar aire. Marigold. Se llamaba Marigold. Había llegado a sus vidas y, durante casi doce meses, Roya había ido perdiendo capas de su reserva. Nunca le había otorgado a Walter un acceso completo a sí misma; siempre había mantenido una parte encerrada. Él lo había aceptado (¡era Walter!), agradecido por el mero hecho de tenerla allí y de poder verla cada mañana. Pero Marigold, con el cabello castaño claro, los ojos grises y los suaves gimoteos mientras mamaba y se aferraba a ella con una fuerza sorprendente... Marigold había atravesado todos y cada uno de los muros glaciares que había levantado y los había derretido con su sonrisa desdentada. Durante doce meses, agotada y eufórica, Roya había sido ella misma. En comparación, incluso el romance de su juventud palidecía. Nada lo había significado todo para ella tal como lo había hecho aquel bebé.

De camino al hospital, Walter agarraba el volante con fuerza, en silencio. La nieve caía de forma incesante y los bancos de nieve se endurecían y se tornaban grises. El sonido de las oraciones de Alice llenaba el automóvil: versículos de la Biblia y súplicas a Dios. La mujer había viajado desde Cabo Cod para visitarlos. Habían estado tomando la cena del domingo cuando Marigold había empezado a toser sin parar, la fiebre que llevaba días sufriendo se había disparado todavía más y había empezado a resollar intentando tomar aire. Sentada muy quieta en el asiento de atrás con su bebé ardiendo entre los brazos, Roya sintió como si fuera a resquebrajarse y astillarse en mil pedazos. «Que mi hija esté bien. Por favor, deja que los médicos le bajen la fiebre. Va a mejorar, por supuesto, tiene que ponerse mejor». Marigold jadeó y, por desesperación, empezó a cantarle una antigua canción tradicional persa. Alice dejó de rezar y la escuchó, y Walter siguió conduciendo a toda la velocidad que le permitía el hielo.

La enfermera que le quitó a la niña de los brazos llevaba una colmena rubia bajo la cofia blanca. El aliento le olía a cigarrillos. Roya no quería entregarle a su hija a aquella mujer; quería tenerla cerca. El médico tenía un grano encima del labio que estaba a punto de explotar. Años más tarde, cuando recorriera las manzanas que rodeaban su casa, se sentiría furiosa por recordar el grano del médico y el olor a cigarrillos de la enfermera. Se habían interpuesto entre ella y su bebé, se habían introducido en la tragedia de su vida y acecharían sus recuerdos en bucle para siempre.

Marigold fue declarada muerta cuarenta y tres minutos después de su llegada al hospital.

Sobre el suelo de linóleo, bajo las luces fluorescentes, a Roya se le durmieron las piernas. La voz del médico le sonaba confusa, como si estuviera hablando a través del barro. Igual que cuando acababa de llegar a Estados Unidos, el inglés le resultó incomprensible. A su lado estaba Walter. Se alzaba junto a ella alto y silencioso y, por el rabillo del ojo, vio que las manos enormes le temblaban. Alice estaba frente a ella, en diagonal. En su suegra, todo parecía inmóvil menos las lágrimas.

Los tres regresaron a casa al amanecer. No había manera de evitarlo, aunque Roya se había planteado no marcharse, quedarse sin más en el hospital y, tal vez, morir de hambre sobre el suelo de linóleo. En aquel edificio con sus pitidos, sus ruidos y el otro millón de emergencias que jamás podrían haber sido tan importantes como la vida de Marigold, en aquel lugar que olía a muerte, habían permanecido sentados durante horas. Walter había firmado el papeleo y, luego, les habían pedido que se marcharan. Durante el viaje de vuelta a casa, los bancos de nieve se cernieron sobre ellos. No tenía extremidades, pues no podía sentir ni los brazos, ni las piernas, ni las yemas de los dedos. Roya sabía que en aquel automóvil no viajaba ella, sino otra persona. Lo que más echaba de menos era sentir el rostro de Marigold contra el suyo. Su dolor no iba a tener fin, de eso estaba segura.

Al final, fue Walter el que le preparó un té. Fue Walter el que se levantaba el primero de la cama por las mañanas y cocía los huevos. Dejó de silbar. Ahora siempre había algo amargo en el aire, algo que se estaba pudriendo dentro del cráter que Marigold había dejado a su paso.

–No era necesario que vinieras –dijo Roya varias semanas después cuando Zari apareció con una maleta en la mano y cargando con dos niños diminutos.

Ella se quedó en el umbral de su casa ensombrecida. Había platos sucios en el fregadero de la cocina que estaba a su espalda, la colada se había amontonado y el aire olía a humedad.

—Claro que tenía que hacerlo, hermana.

El hijo de Zari, Darius, tenía cuatro años. Su hermana pequeña, Leila, se removía en los brazos de su madre. Tenía dos años. La pequeña había vivido doce meses que Marigold nunca viviría. Todo (cada detalle, cada palabra, cada segundo, cada persona) le recordaba a su hija. Solo que «recordar» no era la palabra adecuada. «Recordar» implicaba que tenía que olvidar para volver a recordar. Pero ella nunca olvidaba. Todo estaba relacionado con Marigold. En realidad, nunca podría separar nada de ella. Ni siquiera las palabras que, en otra vida, había pronunciado en Irán una mujer demente. «Los bebés mueren».

Ahí estaba Leila, en brazos de Zari. Ahí estaba su sobrina: regordeta, feliz, respirando, viva y con un sombrerito tejido de color rosa sobre la cabeza. Un sombrerito que Zari habría envuelto, habría metido en un paquete y se lo habría enviado con una nota que dijera: «Joon Maman lo tejió y me lo envió, pero a Leila le queda pequeño. Ahora, debería llevarlo Marigold».

Marigold debería llevarlo.

Si tan solo...

Darius dio un grito y salió corriendo hacia la cocina. Zari se quitó los zapatos y le gritó al niño que no fuera corriendo por la casa con las botas mojadas. Mientras su hermana, su sobrina y su sobrino pasaban a su lado a toda velocidad, Roya se quedó contemplando la nieve. El mundo osaba seguir adelante con un júbilo frío y malintencionado.

Para reformar a Jack, Zari había movido montañas. Bajo su experta mirada, Jack, el poeta *beat*, se había transformado en un tiburón empresarial. Escribía lemas publicitarios; al principio para la prensa y, con el tiempo, para la televisión. Si el antiguo poeta idealista estaba triste por aquella transformación, no lo dejaba ver. Siempre que Roya lo había visto, Jack había sonreído ampliamente mientras sus dos hijos se colgaban de él como dos monos del zoo. Llevaba rapada la antigua melena larga. Con sus trajes y corbatas estrechas era el epítome del empleado perfecto que aparecía en los anuncios de los años sesenta. ¿Cómo había conseguido Zari moldear a su hombre hasta convertirlo en aquello? ¿Qué droga maravillosa le daba a su Jack para que mantuviera la sonrisa en el rostro? «Ay, hermana, ambas sabemos que, al final, todo se reduce a lo que ocurre en la cama, ¿no es así? Seamos sinceras, ¡así es como se consigue que hagan cualquier cosa! No soy tonta y sé lo que tengo que hacer».

Ahora, al pensar en camas, sábanas y en hacer el amor, Roya se sentía entumecida.

Zari limpió la casa. Llevó a cabo el tipo de limpieza exhaustiva que se reservaba para el Año Nuevo persa, el primer día de primavera. Pero no era primavera; seguía siendo invierno y había hielo y nieve por todas partes. A su hermana le daba igual, así que seguía limpiando. Roya pensó en todos los rituales que les habían enseñado a celebrar el primer día de primavera y que ahora ya no tenían sentido. Como si fuera a disponer de nuevo alguna vez de los medios para preparar una mesa *haft-sin* para el Año Nuevo persa y cubrirla con los objetos que comenzaban por «S» y que simbolizaban el renacimiento y la renovación. No. Meter lentejas en agua para que pudieran brotar tallos verdes y pintar huevos para celebrar la fertilidad... Nunca más. El Año Nuevo persa, el primer día de primavera, Nowruz... Nada de todo aquello tenía sentido ahora. Walter y Roya no lo celebrarían. Navidad o Acción de Gracias tampoco. ¿Para qué?

Zari limpió las ventanas. ¡En febrero! ¡En Nueva Inglaterra! ¿Por qué se molestaba? Estarían cubiertas de nieve y escarcha pasara lo que pasara. También lavó toda la ropa. Fue a las tiendas, compró productos frescos, los cocinó, salteó, frío e hirvió y llenó el congelador de Roya con *khoreshes*, platos de arroz, *dolmehs* de hojas de parra rellenas, *kotelets* de carne y *kukus* de patata. Abrió las ventanas y dejó que entrara aire fresco (más bien, aire helado). Incluso insistió en derretir azúcar en una sartén, añadirle unas gotas de zumo de limón y agua caliente para crear una cera con la que quería quitarle los pelos de las piernas.

–¿De verdad crees que esas cosas me importan ahora mismo?

–No es por ti.

–Te aseguro que a Walter no le importa. Te aseguro que no hay motivos para que sepa siquiera que tengo pelos en las piernas.

–Por favor, en algún momento tienes que...

El cuerpo de Roya se sacudió con un dolor familiar. Quería desaparecer. ¿Qué más daría? Nadie podía hacer que cambiaran las cosas.

Durante la visita de dos semanas de Zari, una noche se sentó en el suelo a jugar con sus sobrinos. Escuchó sus risitas y sus carcajadas. Acto seguido, se levantó, se metió a la cama y se quedó allí el resto de la velada.

Cuando su hermana le subió una bandeja con la cena, se entretuvo al borde de la cama.

–No tenía otra opción, joon Roya. Tenía que venir con ellos. No podía dejarlos con nadie. Jack trabaja hasta tarde por las noches, así que no me sirve de ayuda.

Las cosas iban a ser así a partir de entonces. La gente se disculparía por la presencia de sus hijos, esconderían su felicidad de ella y se sentirían cohibidos ante sus propias alegrías. Aquel era su nuevo destino.

Durante aquellas dos semanas, además de limpiar la casa y llenarles el frigorífico, Zari entró en la habitación infantil. Al principio, pidió permiso, pero Roya apenas fue capaz de encogerse de hombros. Sin ningún pudor, guardó la ropa de Marigold en cajas, metió los juguetes en bolsas y fue a donarlos a la iglesia. Tuvo la osadía de decirle a su hermana que había guardado varios conjuntos para que pudiera observarlos más adelante, cuando estuviera lista. Nunca iba a estar lista.

–Gracias, Zari, gracias –le decía Walter una y otra vez–. Eres muy considerada. Es muy amable por tu parte que hagas esto. No tienes ni idea de lo mucho que te lo agradecemos.

Walter, extremadamente educado y débil. Que se fueran los dos al infierno. Al diablo con los modales de su marido y el entusiasmo de su hermana. ¿Qué sentido tenía que recogiera la ropa de su hija y que limpiara los malditos cristales? Roya se quedó en la cama, contemplando la nada. Walter, con una puñetera bebida en la mano, se sentó en la mecedora en la que había amamantado a Marigold y se meció adelante y atrás en silencio.

Cuando llegó el día del vuelo de vuelta a California de Zari, Roya no lloró. ¿O sí que lo hizo? En aquellos tiempos, lloraba tanto que le parecían lágrimas invisibles. A veces no era capaz de distinguirlas. Cuando pensaba que había escurrido hasta la última lágrima, siempre encontraba un nuevo pozo con más.

–Adiós –dijo Roya.

Tan pulcra, tan estadounidense... «Adiós». Qué fácil. «¡Nos vemos!». Tal vez aquellos americanismos sí escondieran algo. Eran informales; despreocupados. Hacían que pareciera que todo eran batidos de fresa y buenos tiempos por venir.

–Te voy a echar de menos, hermana –susurró Zari en farsi mientras lloraba contra su cuello–. Te voy a echar muchísimo de menos. Puedes escribirme siempre que quieras. Te llamaré por teléfono. Ya sabes que en cuanto pueda venir otra vez, lo haré.

–¡Adiós! –dijo ella de nuevo–. ¡Gracias!

No sabía si alguna vez volvería a encontrar gratitud o amabilidad en su interior. Deseaba poder detener el hielo que se estaba formando a su alrededor.

–Lo siento mucho. –Zari olía igual que cuando habían sido unas niñas que compartían una habitación en Irán. Olía a té; a hogar–. Sabes que siempre puedes...

–Márchate o llegarás tarde.

La pequeña Leila pilló una rabieta por tener que marcharse y Darius se escondió detrás del sofá en un juego del escondite al que nadie estaba jugando.

Tras varios gritos y un poco de persuasión, Zari tomó a sus hijos y los condujo al taxi que los estaba esperando. Roya les dijo adiós con la mano. Aquella mañana, Walter se había despedido con interminables muestras de agradecimiento y disculpas por no poder llevar a Zari al aeropuerto Logan, ya que tenía que preparar una moción para un caso en el que el juez era implacable.

Roya se quedó en la puerta y contempló la nieve mientras el taxi se llevaba a su hermana y a sus sobrinos. A su espalda, una casa impecable, organizada y con el frigorífico lleno de comida. Frente a ella, la nada.

~~~

No quedaba otra que volver al trabajo. Al final, un día acababas depilándote las piernas de nuevo. «Ahí no hay ni un pelo que pueda molestar a Walter. ¿Lo ves, hermana?». En su dolor, marido y mujer lograron poco a poco un nuevo equilibrio. Al principio, se movían el uno en torno al otro con cuidado y, después, con más espontaneidad porque, tal como se suele decir, de algún modo, la vida sigue adelante.

La nieve se convirtió en primavera, aunque Roya no consiguió obligarse a celebrar el Año Nuevo persa el primer día de la estación. No hubo Nowruz. ¿Qué había que renovar? ¿Qué renacimiento podrían celebrar? Las estaciones se mostraban indiferentes hacia Marigold. Alguien había mezclado el guion, había cogido las páginas, las había quemado en el fuego y había destrozado cualquier semblanza de sentido u orden. Alguien había causado aquel mal. ¡Feliz primavera!

El primer día de primavera, volvió a casa un poco antes de lo normal y preparó un poco de té. Walter iba a trabajar hasta tarde y Roya se esforzó por ignorar el Año Nuevo persa. Cuando sonó el timbre, esperaba encontrar a la señora Michael, que vivía enfrente, ya que a veces iba a visitarla con galletas o pastel (sobre todo en los últimos meses, desde la muerte de Marigold).

Sin embargo, cuando abrió la puerta, le sorprendió que no se tratara de la vecina, sino de Patricia, que iba vestida con un abrigo azul oscuro con botones hexagonales y cargaba con una bolsa de la compra. Los tacones azules de ante eran robustos y parecían caros.

–¿Puedo pasar? –le preguntó.

–Por supuesto. Adelante.

Roya se hizo a un lado para que Patricia pudiera entrar al recibidor. Sabía que no debía pedirle que se quitara los tacones. La primera vez que Walter le había mencionado que Roya prefería que la gente no entrara en casa calzada, su hermana se había mostrado confusa y había dicho: «No me he gastado la mitad de la nómina en calzado para ir andando por ahí solo con las medias». Tomó el abrigo de su cuñada, lo colgó en el armario del recibidor, la condujo hasta la cocina y le preguntó mecánicamente si quería una taza de té.

–Eso estaría muy bien, gracias –contestó Patricia. Dejó la bolsa de la compra sobre la mesa y se aclaró la garganta. Entonces, dijo–: He ido a Mount Auburn al salir del trabajo. –Roya se tensó. Marigold estaba enterrada en el cementerio de Mount Auburn–. A la calle Mount Auburn; a las tiendas que hay allí –continuó Patricia–. Te he comprado... algunas cosas.

Roya observó cómo sacaba los productos de la bolsa de papel y los dejaba con cuidado sobre la encimera de la cocina. Había una pequeña maceta de jacintos envuelta en celofán, una bolsa de manzanas, monedas de chocolate envueltas en papel dorado, un paquete de la especie que se extrae del zumaque, una botella de vinagre y varias cabezas de ajo. Incluso había una bolsa de *senjed*, la fruta seca procedente del árbol del loto.

Todos aquellos eran productos que empezaban por la letra «S» en farsi, artículos tradicionales para la mesa *haft-sin* del Año Nuevo persa. De pequeña, Roya había colocado con cuidado aquellos objetos simbólicos con Maman, Zari y Baba todos los años. Era una tradición que había tenido la esperanza de compartir algún día con Marigold, no una tradición que había esperado que Patricia le ayudara a celebrar.

—Feliz Año Nuevo, Roya —le dijo su cuñada en voz baja.

Un nudo del tamaño de Nueva Inglaterra se le formó en la garganta y una película de sudor le cubrió la piel. La inundó una enorme ola de gratitud que hizo que quisiera doblarse y llorar.

—Gracias, Patricia —susurró.

Su cuñada le dio la espalda para enderezar los jacintos y mover un poco a la izquierda el paquete de zumaque. Roya sabía que no era alguien dado a expresar demasiado bien sus sentimientos, pero cuando volvió a girarse hacia ella, vio que Patricia tenía los ojos llenos de lágrimas.

—Lo siento muchísimo —dijo Patricia.

No sabía si estaba dándole de nuevo las condolencias por Marigold (en aquellos tiempos, había mucha gente que le decía lo mucho que lo sentía cada vez que la veía; era la frase que más oía) o si, tal vez, se estaba disculpando por cualquier cosa que le hubiera dicho en el pasado. Se limitó a asentir.

Patricia metió la mano en la bolsa de papel y sacó otro objeto. Era una bolsa pequeña y transparente llena con aquellos hilos finos y de color carmesí que Roya conocía tan bien.

—¿Dónde has encontrado azafrán? —preguntó, ahogando un grito.

—Ah... He hecho mis pesquisas. Tengo mis trucos. —Patricia se acercó y, con gentileza, le colocó la bolsita de azafrán en las manos. Durante un minuto, mantuvo las manos sobre las de Roya. Después, se enderezó rápidamente y, en un tono de voz fuerte y autoritario, dijo—: Bien, ¿dónde está ese té que me habías prometido?

Aquella tarde, se sentaron juntas y tomaron té. Al principio, la conversación fue titubeante pero lentamente se fueron abriendo un poco más. Por primera vez desde que se había casado con su marido, incluso se compadecieron de la obsesión de Walter por los Red Sox.

–Gracias, Patricia –dijo cuando su cuñada se levantó para marcharse–. Te agradezco esto; más de lo que imaginas.

–No tienes que darme las gracias. –La mujer fue al recibidor y cogió su abrigo. Cuando estaba en la puerta, dudó. Y finalmente añadió–: Puede que estos últimos años haya sido un poco dura contigo. Tal vez. Tienes que entender que Walter es mi único hermano y lo adoro. Se podría decir que lo quiero hasta decir basta. Nuestra madre siempre dice que lo tengo muy mimado. Nunca nadie es lo bastante bueno para él y todo eso, pero... –Jugueteó con los botones de su abrigo y, después, alzó la vista–. Bueno, Roya, puede que hayamos perdido a Marigold, pero estamos muy agradecidos de tenerte a ti. –Rápidamente, salió por la puerta, bajó los escalones delanteros y se metió en el automóvil.

Roya se quedó en la puerta y, en aquella ocasión, se deshizo en lágrimas.

Se convirtieron en la pareja que hacía que las otras se giraran para mirarlos y dedicarles una sonrisa triste; la pareja por la que rezaban en la iglesia a la que iba Alice; aquellos que recibían por correo postales repletas de condolencias escritas con plumas estilográficas. Roya siguió trabajando para la Escuela de Negocios de Harvard. Sentía una extraña conexión con Walter. Estaban unidos por el dolor. Él pasaba todas las noches bebiendo en la mecedora antes de meterse en la cama. Ella se retraía bajo su caparazón. El hielo que se congela sobre una capa derretida es incluso más difícil de romper que antes.

La rutina del trabajo, unos pocos amigos y, con mucho esfuerzo, la apariencia de un regreso al mundo. Con el tiempo, Walter y Roya empezaron a salir de nuevo para ir a cenar a casa de los vecinos. Ella incluso volvió a sacar las ollas y las sartenes y empezó a cocinar de nuevo. Por Walter. Se obligó a comprar arroz, enjuagarlo con agua tibia y hervirlo y, una noche, gracias a Patricia, cuando su marido volvió a casa de la oficina (ahora trabajaba en un gran bufete de abogados en Boston, cerca del Prudential Center, y todo el mundo decía que era un hombre exitoso), pudo captar de nuevo el fragante aroma del azafrán. Estrechó a Roya con fuerza y le olió el cabello. Ella se alegró de que no le dijera algo horrible como «Has vuelto».

Unos meses después, para su aniversario, fueron a un restaurante por primera vez desde lo ocurrido. Cuando estuvieron sentados en la mesa, Walter le tomó la mano.

—Joon Roya, deberíamos intentarlo de nuevo. —Aquellas palabras fueron como agujas afiladas sobre su cabeza y su piel—. No si no estás lista. Pero, no sé... Somos muy jóvenes, joon Roya, ¿no es así? No digo que sea ahora. Cuando estés preparada.

Jamás estaría preparada. Nunca iba a querer reemplazar a Marigold; de ninguna de las maneras. ¿Por qué había aceptado salir con Walter? Ni siquiera estaba lista para estar en público en un restaurante en el que todo el mundo a su alrededor se divertía. Lo único que quería era a su hija. Quería sentir el rostro de su niña contra la mejilla. Quería abrazarla y oírla reír. Quería a Marigold.

Bajo la luz tenue del restaurante, la mirada de Walter era de súplica. No era la primera vez que Roya se daba cuenta de cuánto había envejecido. El incidente del derramamiento de café en la cafetería de Berkeley había ocurrido siete años atrás. Llevaban casados cinco años. Era 1963. Tenían veintisiete años. Sin embargo, su pérdida los había arrancado del transcurso normal de los acontecimientos. Formaban parte del club de élite de aquellos que habían experimentado un golpe maestro al orden natural de la vida. Marigold había aparecido en su cuarto año de matrimonio; sin previo aviso y de forma inesperada, pero muy bien recibida cuando había llegado. Solo para después desaparecer y demostrar que los peores temores de Roya eran ciertos.

—Cielo...

Odiaba cuando la llamaba «cielo». Tan solo la llamaba así cuando estaba siendo condescendiente. Cuando de verdad quería ser afectuoso, la llamaba «joon Roya», pero «cielo» significaba «Sé más que tú». «Cielo» significaba «No estás pensando con claridad; claro que vamos a tener otro hijo». «Cielo» significaba que no tenía ni idea de que el único motivo por el que no había acabado con todo era por obligación hacia él.

—No puedo. No —dijo.

Él se puso en pie y Roya pensó que iría al servicio. Tal vez incluso se marchase del restaurante. Tenía todo el derecho a alejarse de ella. Desde la muerte de Marigold, había sido insoportable: egoísta, callada y retraída. Tal vez iría al servicio para recuperar la compostura de aquella manera tan propia de Walter y, después, salir con una máscara de buen humor (todo el que pudiera aunar en público). Entonces, seguirían comiéndose la ternera *strogonoff* en medio del ruido del restaurante y fingirían ser como cualquiera de las parejas que estaban allí.

Sin embargo, no se marchó. Dio la vuelta hasta su lado de la mesa, se arrodilló y, con cuidado, le tomó el rostro entre ambas manos. Tenía los ojos azules llenos de una tristeza que solo ellos compartían.

—Siempre la llevaré aquí —dijo Walter.

Entonces, se tocó el pecho tal como había hecho tanto años atrás, aquella primera vez que Roya le había cocinado en la casa de la señora Kishpaugh. Después, apoyó la frente contra la suya.

Los camareros iban y venían. Los otros comensales hacían ruido con los cubiertos, charlaban y, de vez en cuando, se reían a carcajadas. Roya y Walter permanecieron así, con las frentes unidas. Nunca había estado más segura del amor que él le profesaba. Por cada pizca de dolor que sentía, Walter sentía lo mismo. Había atravesado aquel dolor como ella, se había abierto paso a través de la oscuridad y las profundidades y, todo aquel tiempo, mientras el mundo seguía girando, había estado a su lado. Walter siempre estaba allí. Fiable. Leal. Constante. El amor que Walter y ella compartían era un salvavidas del que no quería prescindir.

Al final de las vacaciones de Navidad, cuando había pasado casi un año desde la muerte de Marigold, arrastró la mecedora por las escaleras y la dejó en el bordillo de la acera. Sabía que, mientras lo hacía, la señora Michael la estaba observando desde su ventana, al otro lado de la calle. En la ciudad en la que había nacido Estados Unidos, Roya depositó la mecedora en la calzada y la dejó allí para que alguien nuevo la cogiera, se la llevara a casa y se meciera en ella.

Parte V

Capítulo 23

Amigos virtuales

Si había algo que Claire prohibiría, serían los anuncios de televisión. Y si había una cosa que no podía dejar de ver, eran esos mismos anuncios. Sus amigos de Facebook le decían que grabara las series y pasara los anuncios o que se las descargara de alguna plataforma de *streaming*. Sin embargo, Claire no podía evitar ver cada serie en directo con todos los anuncios de una manera casi masoquista, como si se toqueteara una herida o se rascase una costra hasta que le doliera.

Todas las noches, cuando llegaba a casa, en su pequeño apartamento en Watertown, se preparaba una cena consistente en pan de pita con pavo y tomate, fideos de la marca Top Ramen o un paquete de arroz precocinado en el microondas con un huevo frito. No veía las series que veían sus amigos de Facebook; esos dramas que ganaban todo tipo de premios, series sexis, bien escritas y atrevidas que requerían actualizaciones en las redes sociales, advertencias de *spoilers* y el equivalente virtual a las conversaciones en torno al dispensador de agua. En su lugar, ella veía (casi con horror) *reality shows* en los que aparecían amas de casa muy operadas peleándose en restaurantes caros o familias felices con veinte hijos sumidas en un caos guionizado. Durante los anuncios, Claire se tumbaba bajo su manta beis mientras grupos de amigos comían comida rápida juntos, padres e hijos alcanzaban la dicha gracias a aplicaciones para el móvil, bebés adorables corrían por todas partes en pañales y padres observaban con los ojos llenos de lágrimas cómo sus hijas crecían en un montaje en el que pasaban de ser bebés en un asiento para el automóvil a adolescentes detrás del volante. Claire se burlaba de tanto sentimentalismo y lo rechazaba, pero de todos modos también lo anhelaba. Años atrás, había sido una estudiante universitaria de piernas largas sacándose el título de Literatura Inglesa, convencida de que iba a acabar siendo una profesora de universidad feliz y exitosa.

Pero, entonces, su madre la había llamado llorando y le había dicho: «Ha dado positivo». El bulto diminuto que tenía en el pecho había acabado prosiguiendo su malvado camino por su cuerpo incluso después de habérselo quitado. Así que, para cuando Claire hubo cumplido los veinticuatro años, su madre ya había sido enterrada en Bedford, Massachusetts, a tan solo un par de kilómetros del supermercado Whole Foods local. Entonces, se había sumido en una pena crónica. Su padre había muerto en un accidente cuando ella no era más que un bebé ataviado con esos pañales que aparecían en los anuncios que ahora veía a solas por las noches. A muy corta edad, Claire había sentido la imponente realidad de estar sola. Los novios iban y venían. Ninguno de ellos se quedaba, aunque ella hubiera estado convencida de estar enamorada en una ocasión. Tal vez en dos.

Ahora, con treinta años, los amigos que tenía de su época de estudiante estaban todos casados o en relaciones estables. Estaban repartidos por todo el país e incluso por todo el mundo. Su conexión con ellos era a través de las redes sociales en lugar de a través de las llamadas o de aquel antiguo ritual de verse en persona de verdad. Seguía en internet sus vidas coloridas y felices aunque cuidadosamente autocríticas. Leía actualizaciones que decían: «Sí, es cierto: ¡estamos esperando a la cigüeña!» y pulsaba el botón de «Me gusta» a pesar de que, a veces, se sentía vacía y celosa. Veía las fotos de sus amigas embarazadas en la playa con sus esposos rodeándoles la cintura con un brazo y le daba al «Me gusta». Abría el portátil para ver las fotografías de los bebés que habían nacido (recién nacidos pequeños y arrugados con gorritos), leía los comentarios («¡Me alegro mucho por ti, Jenna!», «¡Oh! ¡Es GUAPÍSIMO!»), le daba al «Me gusta» y añadía su propio «¡Felicidades!». Revisaba las selfis de sus antiguas compañeras de clase mientras estaban de vacaciones en Costa Rica y Hawái con sus hijos y se sumía en una extraña mezcla de envidia y felicidad por ellas. Luego, encendía la televisión y veía a familias tomando chocolate caliente o peleándose y haciendo las paces, y a padres entregándoles las llaves del automóvil a unas hijas que acababan de sacarse el carnet de conducir. Y en lo único que podía pensar era en lo mucho que echaba de menos a su madre.

Tenía la habitación forrada de libros escritos por gurús y consejeros que le decían que debía buscar en su interior, meditar, sentirse agradecida, pensar en las cosas buenas de su vida y escribir un diario de gratitud. Claire lo había hecho. Pero cuando le resultó evidente que su título en Literatura Inglesa otorgado por una pequeña facultad en Connecticut tan solo la cualificaba para trabajos administrativos o de doblar ropa en tiendas y se dio cuenta de que nunca iba a tener el valor suficiente para inscribirse en un programa de doctorado en Filología Inglesa para convertirse en profesora, tomó el dinero del seguro de vida de su madre, alquiló un apartamento en Watertown, fue pasando de un trabajo en comercio a otro en administración y, un día, con treinta años, se encontró trabajando como administrativa adjunta en el Centro de la Tercera Edad Duxton.

Le gustaba su trabajo; le gustaba tratar todos los días con personas que, por decirlo de alguna manera, estaban a punto de salir de escena. Agradecía que, en su mayoría, no tuvieran la falsa humildad ni la necesidad de demostrar que estaban felices, felices, felices. Le encantaba que los ancianos gruñones tosieran, escupieran, refunfuñaran y no fingieran que la vida era maravillosa. Disfrutaba ayudando a las ancianitas a ponerse pintalabios rosa chillón religiosamente como si saltarse ese único paso fuese a señalar su absoluta derrota frente a la edad. Ayudaba a la señora Emily a subirse las medias por las piernas llenas de venas azules y abrochaba la chaqueta del señor Rosenberg con cuidado. Las damas y caballeros del Centro de la Tercera Edad Duxton eran la única razón por la que Claire no se había rendido. Eran lo único que le quedaba.

Ahora sus amigos del colegio, el instituto y la universidad no eran más que «amigos de Facebook» (al parecer, formaban una nueva categoría en su mente: «ADF»), que existían solo como imágenes digitales, a los que llevaba años sin ver (siempre se saltaba los reencuentros) y que pasaban por su vida en momentos felices, a veces caóticos, pero siempre importantes. Su padre ni siquiera era un recuerdo, ya que ella había sido demasiado pequeña como para conocerlo. La imagen más vívida que tenía de él procedía de una foto que su madre había colgado del frigorífico con un imán en forma de berenjena: un hombre alto y sonriente con el cabello rubio que estaba de pie junto a una cesta de pícnic y al lado de su madre. Ella le había dicho que no habían celebrado una boda elegante; tan solo una visita al juez de paz.

Durante años, había tenido una madre hermosa y amable, una madre que le contaba historias sobre su padre y que lamentaba tanto haber sido hija única y haber tenido una hija única como lo pequeña que era su familia. Pero, a pesar de eso, se tenían la una a la otra, y eso era lo único que necesitaba. Además, su hermosa niñita, aquel precioso bebé que le daba sentido a la vida, lo era todo para ella. Porque era su preciosa niñita, ¿verdad? «Lo siento si te estoy avergonzando, cariño, pero es cierto: eres mi vida, y tú y yo, pequeña... Tú y yo vamos a enfrentarnos al mundo, ¿no es así, Claire? Oh, cómo le habría gustado a tu padre verte ahora, cariño. Podemos salir adelante, pequeña, claro que podemos. Eres tan inteligente y tienes tanto talento... Espera y verás...

Algún día, serás alguien grande. Aunque ya eres mi orgullo y mi alegría».

Entonces, el cáncer había borrado a su madre del mundo y ahora Claire se sentía desesperada, inexplicable, dolorosa y permanentemente sola. No tenía una madre que la esperara en casa a la que pudiera llamar o con la que pudiera cocinar su comida favorita. No tenía una madre que le dijera que todo iba a salir bien. Además, estaba aquella extraña y aterradora revelación de que las cosas no iban a estar bien. Nunca. Ni aunque sus ADF escalaran montañas en Asia, criaran hijos perfectos y celebraran sus aniversarios en complejos turísticos lejanos. Para Claire, nada estaba bien. A sus treinta años ya se había dado cuenta, lo sabía y lo aceptaba; no sentía la necesidad de fingir que era de otro modo. Los maridos, los bebés, el amor y las actualizaciones que rezaban oh-Dios-mío-mira-mi-caótica-pero-hermosa-y-plena-vida no formaban parte de su futuro. Lo suyo eran las noches de *reality shows* y los días que pasaba en la realidad de personas a punto de morir.

Quería mucho a los residentes del centro; incluso a aquellos que estaban tan cerca de marcharse que oírlos decir «¡Vaya, hola, Claire!» cada mañana le parecía un milagro. El señor Rosenberg le contaba historias de su vida «en aquellos tiempos» en Queens, Nueva York, y la señora Ventura estaba «a puntito de irse al otro lado» cada semana (o, al menos, eso decía ella). El favorito de Claire era el señor Bahman Aslan, que llevaba allí dos años. Ella lo llamaba «señor Batman». Siempre era amable y a ella le encantaba escuchar las historias sobre su juventud en Irán, sobre sus aventuras políticas, sobre lo que había vivido en la guerra... Y sobre su gran amor.

Las personas como el señor Batman (con sus bromas, sus quejas, sus tristezas, sus dolores, sus arrepentimientos, sus perspectivas y sus recuerdos) eran la razón por la que ella se levantaba cada mañana, se comía una barrita de proteína seca y con sabor a rancio y conducía desde Watertown hasta Duxton en su Honda de siete años. El Centro de la Tercera Edad Duxton era una mezcla de centro de día y residencia. Los ancianos podían visitarlos para participar en las actividades o alojarse allí bajo un modelo de residencia más tradicional. Claire se volcaba con las preocupaciones de los ancianos y los residentes. Celebraba Acción de Gracias con ellos. Pasaba la Navidad con ellos. Su vida estaba con ellos. Fuera de eso, la vida no era más que sus ADF y los malditos programas y anuncios de la televisión.

Escogería las historias de sus residentes por encima de todo aquello en cualquier momento. Sobre todo, los recuerdos y las anécdotas vitales del señor Bahman Aslan.

Capítulo 24

Mensajes

Agosto de 1978

El otro día, el cine Rex ardió en llamas. Murieron más de cuatrocientas personas. Gente atrapada sin poder salir, gente corriendo y tratando de escapar de aquel lugar solo para descubrir que no podían. No pude evitar pensar en nuestras citas en el cine Metropole. Han pasado veinticinco años desde el golpe de Estado. Y ahora las cosas se repiten. Cada día hay más y más manifestaciones en las calles. Mis hijos creen que la respuesta es el ayatolá Jomeini, un clérigo religioso exiliado que de pronto tiene muchísimos seguidores. Yo no estoy seguro. Hoy en día los jóvenes de aquí necesitan algo a lo que aferrarse, algo en lo que creer y que ese algo no sea el sah.

La historia se repite. Ver a estos jóvenes estudiantes inundando las calles de nuevo, convencidos de que si se libran del sah se resolverán todos los problemas, me resulta doloroso. Sí, fue cómplice del derrocamiento del primer ministro Mossadegh y fueron los occidentales los que lo apoyaron, pero los jóvenes de hoy creen que si el sah desaparece se solucionarán todos los problemas. A mí me preocupa lo que vendrá a continuación. Queremos una democracia, pero parece que nunca la conseguimos. ¿Qué pasará si lo que venga después es peor?

Me pregunto cómo estarás allí, en Estados Unidos. Jahangir me mantiene informado y me siento muy agradecido de que así sea. Me alegro de que sigáis hablando. Es increíble pensar que, en este mundo moderno, podemos comunicarnos desde extremos opuestos de un océano con tan solo levantar el teléfono. Jahangir me ha contado que estás trabajando; que tienes un puesto en Harvard. ¡Bien por ti, joon Roya!

Siempre estuviste destinada a hacer grandes cosas.

Marzo de 1979

Ahora el sah ya no está. Lo único que veo en los rostros de aquellos que recordamos 1953 y que podemos sentir bajo la piel la terrible decepción de que el mundo se derrumbara en un solo día es el regreso del trauma. Los jóvenes están muy esperanzados. Creen que esta vez lo hemos conseguido. Se alegran de que el sah ya no esté. Está intentando marcharse a Estados Unidos, pero he oído que tu nuevo país no le deja entrar. ¿Cómo es posible que, después de todo lo que hizo por Estados Unidos, tu país no le abra las puertas?

Tal vez en esta ocasión sí consigamos un gobierno democrático. Lo creeré cuando lo vea.

¿Recuerdas el atardecer de la noche en que te pedí que te casaras conmigo? ¿Recuerdas lo violeta que estaba el cielo? ¿Crees que no he contemplado el cielo otro centenar de noches recordando aquel beso?

Agosto de 1981.

Desde que Sadam Husein atacó Irán el pasado septiembre, la guerra solo ha empeorado cada vez más. Pasamos las noches en el refugio antiaéreo del sótano. Mis hijos están asustados todo el tiempo. Ahora no reconocerías algunas partes del país. Nos han hecho saltar por los aires. De noche, cubrimos las ventanas con papel de aluminio para que los aviones de Sadam no puedan encontrar la ciudad y sus luces. Vivimos con un miedo perpetuo. Mis hijos tienen poco más de veinte años y no quiero que recluten a mi hijo para el ejército y le digan que tiene que luchar y matar iraquíes. ¿Para qué? ¿Para que este nuevo gobierno islámico se sienta poderoso y nos reúna a todos bajo la bandera? Mi hija está obligada a llevar hiyab cuando sale de casa. ¿En qué nos hemos convertido? Ya apenas reconozco mi país.

Joon Roya, Jahangir se unió al ejército como médico. Mi querida Roya, lo mataron en el frente. Aquí, ha dejado un vacío enorme.

Capítulo 25

Grandes superficies

En la pantalla del teléfono móvil, la nariz de Zari se veía extrañamente ampliada. Uno de los pocos desahogos que quedaban en la vida era poder llamar a las personas sin que te tuvieran que ver, pero Zari insistía en utilizar FaceTime con ella todas las semanas. Tal vez fuese una anticuada, pero Roya no podía soportar que su cara se viera a través del teléfono. No tenía sentido. Aunque debía admitir que le resultaba reconfortante ver a Zari, aunque fuese a través de un dispositivo.

Ahora su hermanita era abuela, se había sometido a una operación de cadera y mantenía discusiones casi diarias con su nuera.

—Walter necesita clips y una trituradora de papel, Zari, así que tengo que marcharme.

—De acuerdo, hermana. ¿Sabes? ¡Es increíble! Tienes la piel de una jovencita. ¡Y eso que tienes setenta y siete años! Gracias a Dios por nuestra genética.

—Saluda a Jack, a Darius, a Leila y a todos tus nietos de mi parte.

—Lo haré. ¡Espero verte para Nowruz! Un abrazo enorme para Walter y Kyle de mi parte.

Los años habían tenido la osadía de seguir adelante. Habían pasado décadas desde que Marigold había muerto de una infección respiratoria grave y también desde que habían derrocado a Mossadegh en un golpe de Estado. El mundo se había convertido en un lugar totalmente diferente. Irán había vivido la Revolución Islámica en 1979, por lo que su país ya no estaba gobernado por el sah, sino por imanes religiosos. Las pérdidas se acumulaban y Roya no tenía tiempo para llorar por todas ellas. Walter seguía las noticias con atención, pero ella habría preferido meter la cabeza en el horno antes que ver la basura que en aquellos días hacían pasar por «noticias» en la televisión por cable.

Sin embargo, los bebés no podían morir. No podían desaparecer sin más, dejando atrás sus pertenencias. Su bebé no estaba muerta. En el hospital, habían querido que creyese que una niña de un año podía morir cuando, minutos atrás, había estado respirando entre sus brazos. Marigold no solo la acompañaba a todas horas, día y noche, sino que formaba parte de ella. Llevaba a su hija consigo en todo momento. Los bebés no te abandonan.

«Pero, hermana, ¡piensa en Kyle! ¡Marigold murió, pero tienes a Kyle!».

A los cuarenta y dos años, cuando Roya llevaba una eternidad en su trabajo como administrativa para la Escuela de Negocios de Harvard y había aceptado que no volvería a ser madre de otro hijo (era evidente que no estaba destinada a ser madre), había llegado Kyle. Lo que se había considerado imposible, había ocurrido de nuevo. Una sorpresa, un accidente: un niño. Walter y ella habían vuelto a sentir otra vez un rostro suave y diminuto contra los suyos. Una vez más, los había asaltado la alegría y el terror.

Kyle se había convertido en su nuevo mundo. En él había depositado todos sus sueños. Él había vuelto a hacerla reír profundamente. La había despertado. Se había convertido en su propósito. Por él, se había asegurado de que el mundo no se derrumbara.

Cuando Kyle se había convertido en todo un hombre (¡y en médico!), los paseos matutinos fueron los que hicieron que

Roya mantuviera la cordura y siguiera adelante. Le despejaban la mente.

No salía a caminar con sus amistades, pues hablaban demasiado y ella necesitaba estar a solas con sus pensamientos. Había mujeres del vecindario que se reunían en el centro comercial para pasear cuando hacía demasiado frío en el exterior. Roya recibía correos electrónicos de la lista de distribución de la ciudad en los que se invitaba a todo el mundo a sumarse a la diversión. «¡Nos reuniremos frente a La Parada de la Canela!», decían. Es decir, un puesto en el que se vendía masa frita y grasienta con sabor a canela. No, muchas gracias. Roya no quería ir de un lado a otro del edificio de una gran superficie, inhalar aire viciado y pasar por delante de tiendas muy iluminadas que vendían productos innecesarios. La cantidad de basura que había en el centro comercial la abrumaba. Seguiría escogiendo la naturaleza todo el tiempo posible; hasta que no fuera capaz de moverse.

Y necesitaba moverse. Algunas cosas se te quedan dentro y te persiguen. Algunas ascuas se asientan bajo la piel. Los disparos no se pueden olvidar. Y tampoco la fuerza del amor.

A veces, por las noches, podía sentir su aliento en la oreja. No era posible que se tratara del hombre que le parecía ver a casi todas horas aquí y allá, tanto en Nueva Inglaterra como en sus primeros años en California cuando sentía una emoción repentina o cuando una persona que pasaba a su lado hacía que le vibrara el cuerpo y, por un instante, al mirar por el rabillo del ojo, le parecía que era él.

En una ocasión, mientras compraba camisas para Walter en Filene's, en Boston, al otro lado del estante había visto a un hombre parecido a Bahman. Había estado segura de que era él, pero por supuesto se había equivocado. No era posible. En otra ocasión, durante una escala en un aeropuerto, había visto a un joven con el mismo aspecto y la misma forma de caminar que Bahman. Roya se había apoyado en un pilar para recuperar el equilibrio. Aquel hombre habría tenido unos veinte años. Mientras tomaba aire en medio del aeropuerto, había recordado que ella estaba en la cuarentena, por lo que Bahman también tendría unos cuarenta años. Era evidente que aquel joven no podía ser él. Era imposible no imaginárselo siempre como alguien joven; era imposible visualizarlo como alguien más mayor. ¿Se habría quedado calvo? ¿Habría ganado peso? Walter no había perdido nada de pelo. A Patricia le gustaba decir que era un «monumento», un Jimmy Stewart certificado. ¿Qué era Bahman? ¿A qué estrella del cine se parecía? ¿Qué le había puesto la vida por delante? No era asunto suyo saberlo.

Cuando había llegado Kyle, habían dejado entrar una bolsa de aire en su apretada burbuja de privacidad y dolor. Pronto la bolsa se había expandido y había dejado entrar de nuevo al resto del mundo. Gracias a Kyle, Roya había empezado a tomar el té con las otras madres. Gracias a él, había asistido a las reuniones de la AMPA y se había puesto en pie cuando golpeaba la bola en los partidos de béisbol. Había vuelto a acceder a la alegría y a moverse con facilidad, había hecho huevos revueltos por las mañanas, había comentado los resultados de los partidos de fútbol y había revisado los libros de texto y los boletines de las notas. Gracias a él, había vuelto a aprender cómo era el mundo.

–¿Qué ocurre cuando nos quedamos sin sangre en las venas?

Las preguntas de Kyle nunca acababan; tenía una curiosidad infinita. Lo había llevado a la biblioteca, se lo había sentado en el regazo y le había leído libro tras libro. En sus primeros años, Kyle tenía acento iraní porque su voz era lo que más escuchaba, aunque había desaparecido una vez que había empezado la escuela. Otras madres se quejaban de que sus hijos no prestaban atención, pero Kyle sí lo hacía. Sus ganas de comprender cómo funcionaba el mundo eran inmensas. Cuando era pequeño, habían sido los dos mosqueteros. Al tercero, su hermana mayor, siempre lo llevaba en el corazón. Su Marigold.

Roya se había sentido agradecida de que hubieran podido permitirse que ella dejara su trabajo para estar con Kyle. Había deseado pasar con él todo el tiempo posible. Si pudiera llevar su corazón en un saquito acolchado para protegerlo y que no se rompiera... Si pudiera escudarlo de algún modo de cualquier daño, pérdida o sufrimiento... Sin embargo, sabía que el destino grabado en su frente estaba escrito con una tinta que ella no podía ver y que, por mucho que se inquietara, lo cuidara o se preocupara, nada podía mantener a raya los peligros.

Le había mostrado los renacuajos de la charca de Merriam Hill, se había aprendido la distancia de las estrellas y la Luna solo para poder enseñárselas y había dibujado las siluetas de sus personajes favoritos de televisión sobre hojas de papel. Con la presencia constante de Walter, había cavado una vida en Nueva Inglaterra para los tres y había metido todas las cosas importantes en el interior de una casita colonial con postigos en las ventanas.

Cada año, cuando Kyle soplaba las velas en su tarta de cumpleaños, la combinación de alivio y ansiedad que Roya sentía se alejaba flotando con las volutas de humo que se alzaban. Dicha combinación anidaba en las molduras del zócalo del comedor y caía sobre cada uno de sus mechones de pelo.

Un año más. Otro año y Kyle seguía allí.

La papelería estaba a unos cuatro kilómetros de su casa. Lo sabía porque, a veces, le gustaba poner el cuentakilómetros a cero por diversión. Aquella tienda, que era una gran superficie, era enorme y estaba demasiado iluminada. En realidad, era como un almacén y formaba parte de una cadena nacional. Cuando entró con Walter, Roya tuvo que mantener el equilibrio. Los pasillos olían a productos químicos, a moquetas baratas, a glotonería corporativa y a fatiga. Fila tras fila de cuadernos, pósits, cajas de plástico, archivadores, sobres, subrayadores y palomitas de maíz (sí, palomitas de maíz... ¡¿por qué?!). Eran las cosas que tanto solían gustarle: productos de papelería, sacapuntas, bolígrafos y lápices. Sin embargo, ya no las quería. No de ese modo; no distribuidas en un espacio cavernoso sin que hubiese siquiera un propietario presente.

Adolescentes llenos de granos y vestidos de uniforme ignoraron sus «Disculpa» hasta que Walter tuvo que soltar un «¡Disculpa!» como si les estuviera regañando. Solo entonces les indicaron dónde se encontraba el pasillo adecuado para comprar una trituradora de papel. Walter estaba decidido a revisar todos sus viejos archivos y deshacerse de los que ya no necesitaban para que, «cuando llegue el momento», Kyle no tuviera que hacerlo. «Será mejor que nos organicemos y nos deshagamos de todo el papeleo que hemos guardado a lo largo de los años. Deberíamos hacerlo ahora que todavía tenemos la cabeza clara; facilitarle las cosas para cuando no estemos. No deberíamos cargar a Kyle con la responsabilidad de repasar todas nuestras cosas».

Escogió una trituradora tras mucho comparar y contrastar, y luego condujo a Roya a lo largo de los pasillos enmoquetados y con olor a químicos hasta que encontraron los clips. Había demasiadas opciones entre las que elegir y con diferentes tipos de empaquetado. Y eso que solo eran clips. Al final, escogieron un bote transparente lleno de clips de color azul alegre, verde hierba, amarillo brillante y rojo oscuro.

Mientras hacían la cola en una de las cajas registradoras (una de ocho; ¡había muchas!), Roya tomó un recipiente pequeño de gel desinfectante de un contenedor. Llevaba un aro de goma que permitía que lo colgaras del monedero, un llavero o cualquier otra cosa. Con aquello, podía protegerse de un resfriado, la gripe, la neumonía y cualquier otra enfermedad. Se preguntó si Marigold podría haber evitado la infección con aquel pequeño recipiente de plástico de gel antibacteriano.

Cuando al fin llegó su turno, Roya refunfuñó:

—Una tienda tan grande y ninguno de esos adolescentes sabe lo que está haciendo...

La cajera alzó la cabeza. Probablemente rondara los setenta

años, por lo que no era mucho más joven que ella. Tenía los ojos azul oscuro y unos rizos suaves y canosos. A Roya le preocupaba haber ofendido a aquella mujer al denigrar a sus compañeros de trabajo. Sin embargo, la cajera sonrió.

—Como si no lo supiera... Aunque son buenos chicos. Recibimos material nuevo constante, así que ¿cómo vamos a culparles?

—Desde luego. Es que es tan... grande —murmuró Roya.

—Oh, este sitio es maravilloso para algunos. ¡Tiene de todo! A las madres les encanta cuando tienen que comprar el material escolar para la vuelta al colegio. Pero a veces, cuando entro a trabajar, a mí me sigue mareando. Déjeme que le diga una cosa... —Se inclinó y susurró—: Después de todo, yo también prefiero las tiendas pequeñas de barrio. ¡No se lo diga a mi jefe!

Walter rebuscó la cartera, sacó una tarjeta de crédito, la pasó por el dispositivo y esperó a que le dieran el *ticket*.

—Los días de las tiendas pequeñas de barrio ya pasaron —dijo Roya.

—Bueno, aún quedan algunas tiendas de papelería pequeñas y familiares aquí y allá —dijo la mujer mientras metía los clips y el gel de manos en una bolsa y Walter volvía a colocar la trituradora de papel en el carro—. No hablo de las droguerías que tienen algo de material de papelería en un pasillo, como cuadernos baratos de espiral y cosas así. Ya sabe... A la antigua usanza. Tiendas de verdad. Como la que hay en Newton en la calle Walnut. Tienen las mejores estilográficas. ¡Y tinteros! No sé cuánto tiempo van a poder seguir abiertos con toda la competencia de tiendas como la nuestra y los negocios en internet. Pero déjeme que le diga que esa tienda hace que vuelva atrás en el tiempo.

—Bueno, muchas gracias. Que tenga un buen día —dijo Walter mientras firmaba el comprobante.

Después, alejó el carrito de la caja rápidamente. No tenía ningún interés en la recomendación.

Roya sintió una repentina conexión con aquella señora tan amable.

–Muchísimas gracias.

–Que tengan ustedes un muy buen día –contestó la mujer, imitando a Walter, y le guiñó un ojo.

Roya le devolvió el guiño y siguió a su marido hacia el frío aparcamiento.

–Era un poco rara –dijo él mientras metía la trituradora de papel en el maletero del automóvil.

–A mí me ha parecido muy servicial.

–Pobre vieja solitaria –dijo Walter. Y añadió con rapidez–: ¡Estoy bromeando!

Regresaron a casa por las calles heladas. Roya llevaba en el regazo una bolsa de plástico con los clips y el gel de manos.

En el contestador tenían un mensaje de la consulta del podólogo de Walter.

–¿Has oído eso, Walter? –dijo Roya–. Necesitas moldes nuevos para las plantillas ortopédicas.

–Moldes nuevos para las plantillas... ¡La diversión nunca acaba! –replicó él.

–Eso parece –contestó ella mientras sacaba algunas varitas de pescado para meterlas en el horno.

Últimamente estaba demasiado cansada para preparar comida persa. Con setenta años, tienes que dejar pasar algunas cosas.

A la semana siguiente, Roya fue con Walter a la consulta ortopédica. Siempre iban a una clínica en Belmont, pero estaban reformándola y la secretaria les había redirigido a una clínica nueva cerca del Hospital Newton-Wellesley. Se removió en su asiento. Parecía que aquel día todos los atletas de instituto y niños odiosos de las afueras tenían cita con el médico.

–No tienes que esperar aquí. Ve a tomar un poco de aire fresco, Roya. Por fin ha mejorado un poco el tiempo –le dijo Walter.

–Puedo esperar contigo. Estoy bien.

–No es necesario. Date una vuelta por las tiendas. Ve a tomar un café si te apetece. Yo me he traído una lectura para que me haga compañía –añadió él mostrándole una revista de derecho–. Puede que tarde un poco.

Al salir de aquella sala de espera sofocante llena de niños ruidosos y adolescentes pegados a sus teléfonos móviles, Roya se sintió aliviada. En el exterior, el aire resultaba casi agradable. Walter tenía razón: era el día más cálido en meses. ¡Qué día más extraño en pleno enero! Llevaba semanas sin poder pasear en el exterior. «¡Que no abandones ese lugar tan frío y te mudes a California es algo que no entiendo, hermana!».

Paseó con cuidado por las calles en las que se encontraba la clínica ortopédica. Lo último que necesitaban era que ella perdiera el equilibrio. Gracias a Dios, llevaba puestos los zapatos buenos: los grises de suela gruesa con unos lacitos en la parte superior.

Tras un par de manzanas, llegó al centro del barrio. Detrás del escaparate de una tienda de *bagels*, había un gato tumbado, que la miró perezoso. En la parte exterior del local de un zapatero chapado a la antigua había hileras de zapatos junto a latas de betún. Le gustaba aquella parte de Newton. Era menos sofisticada que los otros centros comerciales y resultaba más auténtica. Nada de grandes superficies.

Cuando pasó delante de un restaurante de *pizza* diminuto, el dulce olor de la salsa de tomate la tentó para detenerse y comprarse una porción. Estaba planteándose si debería entrar y darse un capricho cuando un cartel que había un poco más adelante llamó su atención. De un enrejado que había en la segunda planta colgaba un cartel con letras doradas sobre fondo negro. Con unas letras trazadas con florituras, rezaba: LA PAPELERÍA.

«Tienen las mejores estilográficas. ¡Y tinteros!». Las palabras de la cajera de aquella tienda tan grande resonaron en su cabeza. ¿Estaba en la calle Walnut? Probablemente. Impulsada por una fuerza que no podía explicar, se dirigió hacia el cartel.

Cuando abrió la puerta de la tienda, sonó un campanilleo que le resultó familiar. Había pasado mucho tiempo desde la última vez que había estado en una tienda con una de esas campanillas. Dios mío, todas esas campanillas antiguas sonaban igual.

Tardó varios instantes en que los ojos se le acostumbraran al interior ligeramente oscuro y con olor a humedad. Pero cuando lo hicieron, vio estanterías llenas de diarios coloridos y cuadernos de todas las formas y tamaños. A su izquierda había una mesa repleta de regalos y artilugios: despertadores, puzles, tazas de té y jabón de lujo. En el centro de la tienda, había estantes con pequeñas cajas de cartón llenas de bolígrafos y lápices. Pasó por el pasillo de artículos de escritura. La gente había probado los bolígrafos con diferentes garabatos, por lo que los laterales de las cajas de cartón estaban llenos de «hola» y diferentes dibujos. Había sacapuntas anticuados y estuches nuevos y elegantes dispuestos en líneas perfectas.

Recorrió un pasillo y después otro como si estuviera en un sueño. Se detuvo de golpe frente al mostrador principal. Allí, dentro de una vitrina de cristal enorme, había plumas estilográficas resplandecientes y tinteros, tal como le había dicho la cajera. Estaban colocados como si fueran joyas: las botellas de tinta relucían en tonos azul zafiro, verde esmeralda e incluso violeta. En una de ellas había tinta del color de las granadas.

Quería abrir una de las estilográficas, cargarle el cartucho de tinta y deslizarla por una hoja en blanco. Para aquellas cartas que había escrito tanto tiempo atrás, había utilizado un papel secante especial de modo que no se corriera la tinta y ninguna palabra acabara emborronada antes de que colocase el papel dentro del sobre que acabaría escondido en un libro de poesía de Rumi.

–¿Está todo a su gusto?

Se dio la vuelta como si la hubieran pillado robando. Junto a una puerta que se encontraba al fondo había un hombre con el pelo entrecano, la piel bronceada y los ojos oscuros.

–Oh, sí... –La voz se le atascó. De pronto, se sintió un poco mareada. Sentía un peso en el pecho y la habitación empezó a darle vueltas.

–¿Se encuentra bien? –le preguntó el hombre.

Su voz. Aquella voz era como algo que debería reconocer.

–Por supuesto –contestó, a pesar de que se estaba cayendo–. ¿Podría sentarme, por favor?

Él se acercó a ella y, con gentileza, la tomó del brazo. La ayudó a pasar tras el mostrador y sentarse en una silla con un cojín rosa. Se dejó caer sobre el asiento, aliviada, y se recostó. La cabeza le palpitaba.

–¿Señora? ¿Puedo traerle un poco de agua?

–No, no; solo tengo que recuperar el aliento.

–Déjeme que le traiga un poco de agua.

Había algo en su insistencia, sus buenos modales y su lenguaje corporal que le resultaba muy familiar. Entonces, se dio cuenta de que quería preguntarle algo. Los ojos oscuros, la piel bronceada, un ligero acento...

–¿Eres iraní?

–*Khanom, salam.* –Inclinó la cabeza–. *Man fekr kardam shoma ham Irani hasteed.* Hola, señora. Yo también me preguntaba si usted era iraní.

–*Hastam.* Lo soy.

–Vuelvo enseguida –le dijo él en farsi–. Déjeme que le traiga algo de beber.

Desapareció por una puerta que se encontraba detrás del mostrador. Roya apoyó la cabeza en el respaldo de la silla. El hombre regresó pasados varios minutos con una bandeja con *chai estekan* y un platillo con terrones de azúcar.

–No era necesario –dijo ella–. Estoy bien.

–No es ninguna molestia. Tenemos un samovar pequeño en la trastienda. Ya sabe cómo son las cosas: los persas tienen que beber su té. –Su farsi era impecable. Debía de haber vivido en Irán de niño o tal vez sus padres hubieran tenido la disciplina necesaria para enseñarle el idioma. Dejó la bandeja–. *Befarmayeed*; esto hará que se sienta mejor.

Roya dio un trago de té. Los sabores de la bergamota y el cardamomo mezclados con un leve toque de pétalos de rosa la transportaron a casa.

–Desde luego, sabes cómo preparar un té de verdad. Gracias.

–Me enseñaron mis padres –contestó él mientras se encogía de hombros.

Con el vapor y el aroma del té, se le empezó a despejar la cabeza. Era probable que aquel hombre tuviera cuarenta y muchos años o, tal vez, cincuenta y pocos. Podría haber llegado a Estados Unidos con su familia siendo ya un niño mayor como parte de la oleada de iraníes que habían inmigrado tras la revolución de 1979.

–Espero no haberte asustado –dijo–. Tan solo he perdido el equilibrio un momento. Y la cabeza también. –Dejó el vaso de té sobre la bandeja y lo contempló–. Además, si me permites decirlo, me resultas muy familiar.

–Todos los iraníes nos parecemos, ¿no es así? –dijo él, sonriendo.

Y cuando lo hizo, Roya sintió una opresión en el pecho que casi la obligó a doblarse. Miró fijamente el té y enseguida volvió a mirar en torno a la tienda. Las filas de estanterías estaban dispuestas en diagonal, las plumas estilográficas estaban colocadas en paralelo dentro de la vitrina de cristal. En un rincón, había un exhibidor solitario lleno de libros de bolsillo. Antes no se había fijado en él. Desde donde estaba sentada, podía distinguir las cubiertas: todas ellas tenían un tipo de arte muy similar a las miniaturas persas. En la mayoría de ellas aparecía la imagen de un hombre con turbante que sostenía un antiguo *setar*.

–¿También vendéis libros? –preguntó con voz débil.

–Ah, unos pocos, sí –contestó el hombre–. Libros de colorear para niños, libros de manualidades, álbumes de pegatinas... Ese tipo de cosas.

–¿Y esos? –Señaló el exhibidor en el que deberían haberse encontrado las postales de felicitación o que debería haber estado lleno de calendarios con fotografías de perros, gatitos o el mar. En su lugar, albergaba los finos volúmenes de una serie de libros que reconocía. Había comprado esos mismos libros para que Kyle pudiera leer en inglés la poesía que a ella tanto le había gustado desde que era una niña; para que pudiera ver por sí mismo la sabiduría y la pasión que se escondían tras las palabras de su poeta favorito de todos los tiempos–. ¿Tenéis libros de Rumi?

El hombre volvió a encogerse de hombros.

–Fue cosa de mi padre; siempre tuvo una idea muy clara de cómo quería que fuera este sitio. Hasta el último detalle.

–¿De verdad?

–Oh, sí. Fue duro montar todo esto y mantenerlo a flote a lo largo de los años, pero mi hermana y yo hemos salido adelante.

–¿Tu hermana?

–Sí, mi melliza. En fin... Mi padre tenía esta idea y nos esforzamos mucho para llevarla a cabo. Y ahora... Bueno, nos gusta mantener el lugar tal como él quería. –Sonrió de nuevo–. Hemos conseguido mantenernos.

De pronto, a Roya le empezó a latir tan rápido el corazón que pensó que tal vez estuviera sufriendo un infarto. Una tienda dispuesta de aquel modo. Los finos volúmenes de poesía de Rumi colocados en el exhibidor circular. El proyecto. La idea...

Pero no podía ser. No podía ser.

–Tu padre... –dijo sin aliento–. ¿Puedo preguntar su nombre?

–Por supuesto. Procedemos de Teherán. Mi padre se llama Bahman Aslan.

Capítulo 26

Cita

Cuando Roya regresó con Walter para saber cómo había ido la toma de medidas para las plantillas, estaba sofocada y a punto de derrumbarse. Se podría pensar que el mundo es complicado y está lleno de almas perdidas, que no volverás a encontrar jamás a la gente que ha pasado por tu vida y ha desaparecido, pero al final todo eso puede cambiar. Una tienda, un vaso de té y las tornas pueden cambiar sin más.

El hijo de Bahman, Omid (le había dicho su nombre), había resultado de trato fácil. Un beneficio de vivir en Estados Unidos y de pertenecer a la generación a la que pertenecía. Era abierto y dispuesto a compartir en lugar de reservado y suspicaz, tal como habría sido si hubiera tenido la edad de Roya. Cuando le dijo que en el pasado había conocido a su padre, había abierto los ojos de par en par. «¿En serio? Guau. ¿Está bromeando?».

No había sido capaz de formular las palabras para preguntar si estaba vivo o muerto. Desde la muerte de Jahangir, había dejado de recibir noticias de Bahman. De todos modos, lo había relegado al fondo del pozo. Sin embargo, el hijo le había dicho:

—¿Quiere que le diga que la he visto? Le alegraría saber que he conocido a una vieja amiga suya.

–No es necesario; en absoluto –había contestado ella–. No lo molestes. Apenas éramos conocidos. Tan solo me alegro de saber que está... bien. Y de conocer a su hijo. Ha sido un placer hablar contigo. Gracias por el té. Ahora tengo que marcharme. Mi esposo me estará esperando.

–Ah, por supuesto. Solo para que lo sepa, está en el Centro de la Tercera Edad Duxton. Se siente bastante solo. Mi hermana y yo lo visitamos siempre que podemos, pero ya sabe cómo son las cosas con esta vida tan loca y ajetreada...

No podía imaginarse al chico que cambiaría el mundo en una residencia para ancianos. ¿Qué le había pasado a Shahla? No se había atrevido a preguntarle a aquel hombre tan encantador por su madre. Le había dicho que tenía que marcharse y ambos habían insistido una y otra vez en que el mundo era un pañuelo y que debería volver a la tienda en otro momento.

Cuando regresó a la clínica, Walter le dijo que las plantillas nuevas estaban hechas de espuma. También le dijo que, a pesar de todo, eran sorprendentemente firmes. «¿Qué te parece?».

Se subieron al automóvil y él empezó a quejarse de las noticias de última hora.

–¿Es que en Washington no saben hacer nada bien? Deberíamos votar para echarlos a todos. –Después añadió–: ¿Qué ocurre, Roya? Estás pálida. ¿Roya? Roya, ¿qué te pasa?

–Nada. Es solo que antes me he mareado un poco, nada más.

–¿Quieres que pare?

–No, Walter, sigue adelante. Vamos a seguir adelante.

Cuando llegaron a casa, todavía temblaba y le faltaba el aire.

–Voy a calentar el café –dijo Walter–. Eso te espabilará.

Se calzó los mocasines y se acercó a la cafetera. La de filtro, no la elegante máquina de *espresso* con cápsulas que Zari no dejaba de insistir en que se compraran. Walter prefería el café preparado en una vieja cafetera Mr. Coffee y que hubiese pasado todo el día en la jarra.

–Gracias. Voy al baño un momento.

Los mocasines color beis de Walter, cuyo borreguillo sobresalía por la zona de los tobillos, no fueron más que un destello cuando pasó junto a él a toda prisa.

Impulsada por una energía nueva y aterradora, subió las escaleras más rápido de lo que lo había hecho en años. Se apresuró hasta el escritorio que su marido había montado en la habitación que compartían, se sentó y encendió el portátil. Tenía las manos sudorosas (probablemente a causa de los guantes térmicos) y el corazón le palpitaba con fuerza. Tal vez, después de todo, aquello sí que fueran síntomas de un infarto inminente. Tal vez sufriera un ataque al corazón como la señora Michael, la vecina, la cabeza le cayera sobre el teclado y Walter la encontrara así sin saber lo que había pretendido teclear. Quizá debería parar. Sin embargo, las lágrimas le corrían por las mejillas mientras volvía a escuchar la campanilla de la antigua papelería.

Hizo clic en el buscador, tal como Kyle le había enseñado a hacer. Cuando el puntero estuvo sobre la barra de búsqueda, tecleó: «Centro de la Tercera Edad Duxton».

«No entiendo cómo no lo has buscado en Google en todos estos años, hermana. Dios sabe que yo he buscado a todos y cada uno de los hombres que me han gustado. Yousof, el de Teherán, es ahora un neurocirujano retirado que vive en Maryland. Vi su fotografía en una página web. ¿Lo sabías? Pero tú insistes en que quieres dejar el pasado en el pasado. ¡Como si eso fuera posible!».

Le temblaban los dedos. Bueno, si iba a sufrir un infarto, al menos quería descubrir lo que había ocurrido.

Aquella noche de verano, junto a los arbustos de jazmín, lo había besado con fuerza. Él le había enseñado a bailar el tango. Aquel bendito verano habían sido sus cartas las que había ido corriendo a buscar día tras día. Por él, había escrito página tras página con la tinta azul de una estilográfica. Por él, había esperado en aquella plaza.

Walter estaría sirviéndole una taza de café. Roya buscó sus gafas para leer.

En la pantalla aparecieron imágenes y palabras. El Centro de la Tercera Edad Duxton era un centro comunitario con instalaciones propias para residentes que se encontraba en el centro de la preciosa Duxton, en Massachusetts. La web estaba llena de fotografías de árboles junto a un lago, personas mayores practicando bailes de salón y un primer plano de un plato con un guiso de ternera, zanahorias y maíz con un mensaje que rezaba: «¡Deliciosa comida casera!». Sintió como si estuviera presenciando algo prohibido, pero también absolutamente normal y mundano. El chico que había reconstruido su papelería en Estados Unidos estaba en aquel centro que, según la dirección que buscó en Google, se encontraba a ochenta y seis kilómetros al sur de aquella casa. La casa en la que Walter la estaba esperando. «¿Qué te parece?».

El centro tenía número de teléfono, de fax y unas instrucciones detalladas de cómo llegar a la puerta principal desde el norte, el sur, el este y el oeste. Roya se presionó el lateral de los ojos. Era una vieja ridícula rememorando algo con lo que creía haber hecho las paces años atrás.

Se levantó para bajar a buscar a Walter.

Sin embargo, con una inercia que sobrepasó cualquier tipo de gravedad, volvió a dejarse caer sobre la silla. Solo quería preguntarle por qué. ¿Por qué le había mentido? ¿Por qué la había abandonado allí? ¿Por qué le había puesto fin a todo de manera tan abrupta? ¿Por qué había cambiado de opinión? Después de todos esos años, al menos merecía saberlo. ¿Quién sabe cuándo podría darle un ataque al corazón? Mejor saberlo de una vez por todas.

Hizo clic en la página de contacto, en la que había un número de teléfono. Sin embargo, no llamó. En lugar de eso, bajó al piso de abajo. Walter volvió a preguntarle qué le ocurría.

En los inicios de su noviazgo en California, le había dejado caer que había tenido un novio en Teherán. Un flechazo de instituto, sin más. Nada del otro mundo. ¿Acaso no tenía todo el mundo algo así?

Ahora le resultaba extraño mencionarle la papelería de Newton. Era como si le estuviese revelando el secreto de otra persona en lugar del suyo propio; como si estuviera apartando la cortina que cubría algo sagrado y dulce pero lleno de peligros.

Los días siguientes, estuvo llorando sin motivo. De pronto, cada vez que pensaba en esa tienda que llevaba tantos años en la calle Walnut, en el mismo estado en el que vivía ella, a apenas unos pueblos de distancia de donde pasaba sus días, no demasiado lejos de su casa colonial con postigos en las ventanas, se derrumbaba. La vejez la estaba volviendo loca. Ahora, cuando pensaba en Omid, el hijo de Bahman, colocando los productos en la tienda, la inundaba una sensación de irrealidad en la que se mezclaban la incredulidad y la nostalgia.

Más que nunca, se acordaba del amable librero que la había guiado en aquella tienda de Teherán. El trauma y las pérdidas nunca se desvanecían. Por supuesto, aquellos recuerdos siempre la habían acompañado. Sin embargo, ahora lloraba como no había llorado en mucho tiempo, desde los primeros años tras la muerte de Marigold. Estaba sufriendo de nuevo por algo que pensaba que había dejado de lado muchos años atrás.

«¡Cálmate, hermana!», le habría dicho Zari.

Sin embargo, cada día que pasaba, se acordaba del amable comentario del hijo: «¿Quiere que le cuente que la he visto? Le alegraría saber que he conocido a una vieja amiga suya».

Quería verlo y preguntarle por qué. Solo para saberlo de una vez por todas. Así pues, una semana después de la visita a la papelería de la calle Walnut y seis décadas después de la última vez que había visto al chico de la tienda de Teherán, tomó el teléfono.

Una recepcionista. «¿Cómo puedo ayudarla?» y «Espere un momento. Hablaré con él y volveré a llamarla». Después, otra llamada y «Sí, por favor, venga. El señor Aslan la estará esperando».

Así de fácil.

Tras colgar, esperó a que los suelos se resquebrajaran y las paredes se derrumbaran sobre ella.

Sin embargo, Walter estaba secando los platos con un paño de cocina que tenía dibujado un pollito amarillo sujetando un paraguas mientras le contaba que había pedido una cita para ver a aquel chico de tanto tiempo atrás. Y el mundo no se resquebrajó.

Walter y ella conducirían juntos entre la nieve. Él era así de amable. Le dijo que no le gustaba que su esposa estuviera triste y llorando por las esquinas; que, si necesitaba hablar con él, debería hacerlo. «Somos demasiado viejos para sufrir sin motivo –dijo–. Dios sabe que la vida ya es bastante frágil».

Él se bajaría del automóvil para asegurarse de que la bufanda tejida le protegiera los labios y la nariz del viento y juntos subirían los escalones del edificio gris con el cartel que rezaba CENTRO DE LA TERCERA EDAD DUXTON. Dentro, una administrativa rubia conduciría a Roya a un salón en el que, junto a la ventana, habría un anciano en silla de ruedas. Entonces, volvería a ver de nuevo al chico que en el pasado había creído que siempre sería suyo.

Capítulo 27

2013

Reencuentro

Cuando la administrativa se dio la vuelta y salió haciendo ruido con los tacones, Roya y Bahman se quedaron solos en aquel comedor demasiado caluroso. Él hizo girar la silla de ruedas y le sonrió. De algún modo, seguía teniendo los ojos llenos de esperanza.

–Te he estado esperando.

Tuvo que hacer un gran esfuerzo para no caerse. El corazón le dio un vuelco como si importara; como si no fuera demasiado tarde para ellos dos. La ráfaga de aire que se había colado en la tienda del señor Fakhri cuando Bahman había entrado aquel primer martes de enero tantos años atrás, la misma fuerza que la había atrapado en aquel momento, se apoderó de ella. Él era suyo, lo había sido, y su voz era la misma. Era como si no hubiera dejado de oírla a lo largo de aquellos sesenta años.

Allí estaba el joven que había bailado con ella en las veladas de los jueves, el que la había besado junto a los arbustos de jazmín el día que habían decidido casarse y el que le había escrito cartas de amor aquel verano del golpe de Estado.

Bajó la vista y la imagen de sus zapatos grises de ancianita con suela gruesa y unos lazos diminutos la hizo volver al presente. Tenía setenta y siete años. Ya no tenía diecisiete ni estaba enamorada por primera vez, soñando con una vida con aquel joven que iba a cambiar el mundo. Una tristeza del pasado se removió en su interior como si fuera bilis.

—Ya veo... Pero lo único que quería preguntarte es: ¿por qué demonios no me esperaste la última vez?

Volvía a estar mareada. Tenía que sentarse. Se acercó hasta la silla de plástico que había junto a la ventana y se sentó en ella. No podía caerse de bruces frente a él. Él no dijo nada, pero oyó el zumbido eléctrico de la silla de ruedas y de repente apareció a su lado. Se quedaron así sentados, uno al lado del otro, frente a la ventana. Roya no se atrevía a mirarlo. Habría sido como mirar directamente al sol o al haz de luz de un foco muy potente. Le habría dolido demasiado.

El cristal era grueso y hacía ondas. ¿O era tan solo que se le estaba nublando la vista? Los sonidos metálicos del radiador y la respiración pesada y laboriosa de Bahman llenaban la estancia. Copo a copo, observó cómo la nieve se acumulaba en el alféizar de la ventana, en los capós de los automóviles que estaban en el aparcamiento, en el tejado de la otra ala del edificio, en los huecos de las aceras y sobre las copas de los árboles de Duxton. Sus pensamientos eran como la nieve: tenían que aterrizar y amoldarse a aquella nueva escena. Bahman y ella estaban juntos de nuevo. Estaban solos. Después de sesenta años, estaban sentados a solas.

Por supuesto, a lo largo de todos aquellos años, había imaginado que algún día quizá volvería a verlo. La gente se topaba con otros a todas horas. Después de todo, estaba casada con Walter porque había volcado su taza de café con el codo, ¿no era así? «Mírate, hermana, sentada como una tonta en ese sitio que apesta a ternera, mirando por la ventana. ¡Al menos habla con él! ¡Míralo!».

—Me preocupaba verte. Estaba muy nervioso. Pero eres tú. *Khodeti*, eres tú. —Volvió a hablarle en farsi con aquella voz que no había dejado de escuchar.

Una eternidad atrás, Bahman no había aparecido, se había casado con otra y ni siquiera había echado la vista atrás. Iba a decirle lo que había ido a decirle.

–Te perdono.

Sonó claro y coherente, como si lo hubiera practicado frente a un espejo. Pero no era en absoluto lo que había planeado decirle. Había querido preguntarle por qué. Pero ahora que estaba allí, justo a su lado, la respuesta a esa pregunta ya no le parecía importante.

Estaban en el ocaso de sus vidas; estaban de vuelta de todo.

–¿Disculpa?

¿Era una pregunta o le estaba suplicando perdón? Se dio la vuelta para contemplarlo. Soportaría la mirada. De hecho, entrecerraría los ojos si era necesario. Él tenía un aspecto vulnerable y agitado.

–Te perdono, Bahman. –Le resultaba extraño llamarlo por su nombre a la cara. O decir su nombre, sin más–. Éramos unos niños y no sabíamos nada. –Tenía la mirada confusa. ¿Acaso no la había oído? Quizá necesitara audífonos y nunca los usara, tal como hacían muchos de los amigos que conocían Walter y ella–. No he venido aquí a buscar culpables, Bahman –añadió en voz más alta–. Ni siquiera quiero una explicación. Tal vez antes sí, pero ya no la quiero.

–¿Tú me perdonas?

–Sí.

–No lo entiendo.

–Mira, las cosas de las que me arrepiento dependen solo de mí.

–¿Arrepentirte de qué?

–De haber pensado que podría ser diferente. Tan solo digo que en la vida pasan cosas, que te perdono y que quería verte de nuevo. Solo verte. Y pensar que llevamos tantos años sin hablar... ¿Por qué? Por supuesto, Jahangir, que Dios lo tenga en su gloria, me hablaba de ti. Durante un tiempo supe cómo estabas. Hasta que, más tarde, Zari me contó que Jahangir, el pobre Jahangir, había muerto en la guerra. Pero somos demasiado mayores para guardar rencores. Solo quería que lo supieras.

Sintió la necesidad de estirar el brazo y darle una palmadita en la mano, pero no se atrevió. Después de todo, se trataba de él y todavía tenía poder sobre ella. Apenas podía creerlo (pues era bastante asombroso), pero en su presencia se sentía llena de amor. ¡Poder verlo tan mayor! Su Bahman. El joven que cambiaría el mundo, sentado en aquella silla de ruedas y en aquel lugar...

Sí, lo quería. Aquella verdad fue como una ola que la arrastró y la sumergió en corrientes saladas, enredándole el pelo, haciendo que le doliera la nariz y arrancándole la vida de debajo de los pies. Claro que lo quería. La Tierra era redonda, los días se convertían en noche, él estaba frente a ella y ella lo quería.

En su rostro, podía ver la amabilidad que recordaba. Cómo había cuidado de ella; cómo había confiado y compartido todo con ella... Cómo había apoyado la cabeza sobre su hombro cuando lo había asaltado la tristeza ante la ira y la falta de cordura de su madre.

Al final, su madre había resultado tener más poder sobre él del que Roya había tenido nunca. ¿Pero qué podría haber hecho cualquiera de los dos con diecisiete años? El destino tenía sus propios planes.

–¿Me perdonas? –Su voz sonaba distante.

Otra oleada inesperada la golpeó. En aquella ocasión fue fría y cruel. Claro. No dejaba de repetir las cosas. ¿Por qué había esperado algo diferente? Pérdida de memoria. Demencia, posiblemente. Era bastante probable que Bahman ni siquiera la recordara.

Quizá, después de todo, hubiese llegado demasiado tarde.

–¿Bahman? –dijo con lentitud, como si estuviera hablando con un niño pequeño. Debería estirarse y abrazarlo. Él la había abrazado muchas veces.

–No sabes lo feliz que me has hecho al venir aquí –contestó él–. He soñado con verte; ese era mi sueño.

Sin titubear, le tomó la mano. Por supuesto, Roya recordaba su tacto. Le resultaba tan familiar que le dolía. Podía oler su colonia con aroma de madera. ¿Se la había puesto para su visita? ¿Volvían a ser de nuevo unos adolescentes ansiosos por complacerse el uno al otro? Desde luego, ella se había negado a ponerse botas de nieve solo para tener buen aspecto.

–Te esperé toda la tarde.

–Es por la mañana –le recordó ella con suavidad.

–No, me refiero a la plaza.

–¿Disculpa?

–Me preocupaba mucho que te hubieras visto atrapada en el tumulto y que te hubieran hecho daño. Cuando no viniste, me limité a rezar para que no te hubiera pasado nada malo. Cuando me enteré de que estabas sana y salva, fue un gran alivio. Eso era lo importante: que tú estuvieras bien. Eso sigue siendo lo único importante. Quiero saber cómo estás ahora –continuó–. Cuéntame cómo estás; cuéntamelo todo.

¡La crueldad de la vejez y la degeneración de la mente! El pobre hombre no conocía la historia que compartían.

–Shahla murió –dijo de pronto.

De repente, la joven alta y con el pelo ondulado que la había abordado en el café Ghanadi, que se había acercado a ella en casa de Jahangir, que había lanzado una mirada furiosa a la araña colgante y había pasado a su lado bailando el tango estaba presente en la sala. El sabor del granizado de melón en la fiesta de aquella noche y la sensación del hielo en las mejillas...

La muerte no era algo nuevo. En los últimos años, habían muerto varios de sus amigos. Ambos habían perdido al señor Fakhri y ella había perdido a su propia hija. Aun así, aquellas palabras la llenaron de tristeza.

–Lo siento mucho –dijo.

–Criamos a dos hijos maravillosos. Mellizos.

–¡Dios mío! *Mashallah* –exclamó. Y se obligó a añadir–: Conocí a tu hijo Omid.

No mencionó la tienda. El mero hecho de preguntarle por la papelería abriría demasiados mundos y todavía no estaba lista.

–Me lo contó. Me alegro de que hayas visto lo que hemos construido. –Le estrechó la mano–. Tan solo quería... tener nuestra tienda.

Sintió como si fuera a ahogarse de nuevo. Recordar la tienda de Newton también hacía que se acordara de la que había visto en llamas en Teherán.

–¿Qué le ocurrió a Shahla? –se atrevió a preguntar.

–Gracias a Dios, no sufrió mucho. Nos dieron la noticia el día de antes de Acción de Gracias de 2004. Para Nowruz, todo había acabado.

–¿Cáncer?

–De páncreas.

Nowruz era el primer día de la primavera. Roya calculó que habían transcurrido cuatro cortos meses desde el diagnóstico hasta la muerte.

–Que Dios proteja su alma.

–Era una buena esposa –dijo él. Entonces, hizo una pausa–. Pero no era tú. –Roya bajó la vista al suelo–. Dime, ¿cómo está tu hijo?

–¿Cómo sabes que tengo un hijo?

–Te he buscado en internet. Vi que es médico. ¡Enhorabuena! Perdóname, espero que no pienses que soy un cotilla. No pude evitarlo. También sé que estás casada con un tal Walter Archer, un abogado retirado que trabajaba con Lippinscott & Mackevy. ¡Internet lo sabe todo!

Parecía un poco incómodo al mencionar a Walter. Pronunciaba su nombre como «Valter» y «Lippinscott» como «Li-pin-es-scot».

–Como Jahangir; él era nuestra red mundial de información –comentó ella.

Al oír hablar de su viejo amigo, el rostro de Bahman se iluminó.

–Sí; siempre era el centro informativo. ¿Te acuerdas de sus fiestas?

–¿Cómo podría olvidarlo? Las canciones que ponía en el gramófono...

–Roya...

Cuando dijo su nombre, todo dejó de tener importancia: las décadas, los hijos, el cáncer, la traición, la pérdida, el golpe de Estado y la historia reescrita. Dijo su nombre tal como lo había dicho siempre. Volvían a ser Bahman y Roya, la pareja que bailaba y que hablaba sin aliento, apoyada contra los libros de la tienda. Se agarró al asiento de la silla de plástico. Caerse no era una opción.

La respiración de Bahman se hizo más fuerte, como si tuviera en el pecho un motor averiado. Ella se giró hacia la ventana. Nevaba todavía más fuerte. Nadie entró en el salón. No había bingo ni se estaba sirviendo la comida a pesar de que el aroma del estofado de ternera flotaba en el aire. Estaban completamente solos. ¿Estaría la ventana fría al tacto? A pesar de todo el calor que sentía en el interior, si se inclinaba para tocar el cristal, ¿notaría el hielo?

Estaba con un desconocido. Estaba con su amor. Tenía aquellas dos verdades en mente al mismo tiempo y le resultaba difícil hablar.

–Te he echado mucho de menos –dijo él.

Tal vez el antiguo amor hubiera atravesado sin trabas todas aquellas décadas incluso cuando había sido negado.

–Yo también.

–¿Estás cómoda aquí?

–Por supuesto. –Se removió en su asiento sin soltarle la mano.

–En Estados Unidos; con tu vida.

–Puedes apostarte algo a que sí –contestó, haciendo uso de un estilo muy estadounidense.

–No sientas lástima por mí y por el hecho de que esté en un sitio así. Sé que en nuestra cultura está mal visto, pero mi hija y su familia me visitan de forma regular. Viven aquí mismo, en Duxton. Omid, su esposa y los niños también me visitan. Pero era demasiado que tuvieran que cuidar de mí. Lo intentaron, pero yo no quería ser una carga para ellos. Especialmente desde que me diagnosticaron párkinson. Es un buen sitio. Aquí, me llaman «señor Batman».

–¿Párkinson? –Roya se tensó–. Pero no...

–¿No tiemblo? ¿No me agito y me sacudo como dicen por aquí? Algunos días son mejores que otros. Pensaba que, al verte, estaría toda la mañana temblando. Pero, de hecho, me siento mejor.

–No sabía que...

–Me siento mejor de lo que me he sentido en años y es gracias a ti.

–Para, por favor; ya no tenemos diecisiete años.

–Siempre tendremos diecisiete años.

–Muy bien, caballero. –Ahora que ya se habían relajado un poco, era fácil caer en las viejas bromas y burlas. Sin embargo, no podía llegar demasiado lejos en aquella pendiente resbaladiza–. Dime, ¿cuántos nietos tienes?

–¡Seis!

–¡Madre mía! Espero que vivan largas vidas bajo los ojos de sus padres guardándolos.

Dio gracias a Dios por las viejas costumbres. Aquellas expresiones persas eran algo reflejo, algo así como un alivio, cuando no sabías qué decir.

–No he dejado de pensar en ti. Lo que intento decir, joon Roya, es que no he dejado de pensar en ti desde aquel día en la plaza.

Le soltó la mano y le dio una palmadita en el brazo; aquel brazo que en el pasado le había hecho sentir tan segura. La manga de su chaqueta era de lana y estaba gastada.

–No pasa nada, Bahman. No pasa nada.

Era lo único que podía hacer.

Con Walter, no había tenido que preocuparse por la pérdida de memoria ni una sola vez. O con Zari. ¡Dios mío! Eso sí que hubiera sido una pesadilla... A veces, algunos de sus amigos se quejaban de que olvidaban cosas. Pero aquello... Bueno, aquello era territorio desconocido para ella.

No estaba segura de si debía seguirle la corriente con su versión de los acontecimientos. Había oído que los pacientes con demencia podían ponerse violentos ante la rabia que les causaba que no los comprendieran.

—Aquel día en la plaza... Roya, estuve horas allí, esperándote. Tenía muchísimas ganas de verte. Tenía todo el papeleo listo para que pudiéramos ir a la Oficina de Matrimonio y Divorcio, que nos sellaran todo y que fuese oficial. Esperé mientras los matones se acercaban y se hacían con el control cuando fueron hasta la casa del primer ministro. La gente a favor de Mossadegh que estaba entre la multitud me pidió ayuda, pero yo no me uní a la lucha. Ni siquiera me moví. En lo único que podía pensar era en qué pasaría si venías y yo no estaba. No quería dejarte allí. Te esperé. Esperé porque lo único que quería era verte, explicártelo todo y abrazarte de nuevo. Pero no apareciste.

Roya intentó recordar todo lo que sabía sobre el párkinson. ¿Era aquel uno de los síntomas?

—Te perdono —susurró de nuevo.

—¿Por qué? Te lo habría dado todo si me hubieras dejado. —Esbozó una mueca triste con los labios como si fuera un niño pequeño.

—Te casaste con Shahla. No pasa nada. No... No era nuestro destino estar juntos y ya está.

—Me casé con ella porque te perdí a ti.

—¡Me perdiste porque te casaste con ella!

A Bahman le tembló la mano.

—Una cosa fue que derrocaran a Mossadegh y que el señor Fakhri y tantas otras personas murieran... Aquello fue una gran pérdida, pero ¿para mí? Para mí la mayor pérdida fue perderte a ti. Nada en toda mi vida ha sido tan doloroso. Llevo sesenta años pensando en ti de forma constante. —Continuó hablando—. Pero no iba a interponerme en tu camino. Cuando me escribiste para decirme que, al final, no podías casarte y pasar a formar parte de mi familia teniendo en cuenta la carga y los sacrificios que supondrían los cambios de humor y los arranques de ira de mi madre, me rompiste el corazón. Me hiciste mucho daño. ¿Qué podía hacer yo con respecto a ella y su estado mental? No podía cambiarlo. Los familiares de mi padre ya habían renegado de nosotros por eso mismo. Estaba acostumbrado a que me rechazaran. ¿Cómo no iba a dejarte marchar? No quería cargarte con la que, en aquel entonces, era nuestra vergüenza. Tú no querías seguir viendo a mi familia con toda su disfuncionalidad y yo no quería interponerme en tu camino. Shahla no tenía los mismos reparos con la enfermedad de mi madre. Supongo que en parte me sentí agradecido con ella por eso.

Menudo disparate. Se había vuelto loco del todo. Roya habló con amabilidad pero con firmeza.

—Bahman, no sé de qué estás hablando. Ya sé que puede que no lo recuerdes todo, pero yo nunca dije tales cosas. Jamás habría dicho o sentido algo así. ¿Dejarte a causa de tu madre? ¿Rechazarte por su inestabilidad mental? Quería estar a tu lado y acompañarte hasta el final. Quería ayudaros a ti y a tu padre. ¡A tu madre también! Fuiste tú el que me dijo que quería pasar página, ¿te acuerdas?

Bahman no se movió.

En silencio, le escudriñó el rostro durante varios segundos. De pronto, tomó aire con fuerza, lo que sonó como si estuviera ahogando un grito. Tenía que volver a encauzar aquella conversación y dejar de lado sus divagaciones absurdas antes de que se alterara todavía más. Con la voz más calmada que fue capaz de producir, dijo:

—Estaba en la plaza, ¿de acuerdo? Estaba preocupada por ti. Tú fuiste el que no apareció. Tu madre quería a Shahla para ti y eran tiempos diferentes. Sinceramente, no pasa nada. Piensa en tus hijos y en tus nie...

—No. —Le temblaron la cabeza, el cuello y los hombros—. ¡Ay, Dios mío!

—Mira, no pasa nada. Vamos a dejarlo estar, por favor.

El rostro se le contrajo de dolor.

–No lo entiendes. Joon Roya… –Una tos jadeante se apoderó de su cuerpo. Era tan violenta que Roya temió que fuese a sufrir un infarto allí mismo. Cuando terminó de toser, volvió a mirarla–. ¿Dónde estabas?

–Aquí, en Estados Unidos. Ya sabes que vine a estudiar a California. ¿Te acuerdas? Mi padre presentó la solicitud para una de las primeras plazas que hubo disponibles para mujeres iraníes en las universidades estadounidenses.

–Sí, Jahangir me lo contó. Todo eso ya lo sé. Joon Roya, ¿dónde estabas aquel día?

Suspiró. Aquello era muy difícil. Pobre hombre…

–En la plaza.

–¿En qué plaza?

Ya no temblaba.

De hecho, estaba tan tieso como una caña y, tras el ataque de tos, respiraba con menos dificultad. En realidad, parecía como si estuviera conteniendo la respiración.

–En la que tú me dijiste que nos encontraríamos: en la plaza Sepah.

–Yo te dije en la plaza Baharestan.

Así que recordaba algunas cosas, pero no todos los detalles. Tenía su propia versión de la realidad y la verdad. Era algo triste de presenciar. Quería volver con Walter, a la seguridad de los bocadillos de langosta, a las historias sin complicaciones y a la memoria firme de su esposo.

–No te acuerdas, pero no pasa nada –murmuró.

–Las cartas…

El repiqueteo de unos tacones lo interrumpió. Se trataba de Claire, que entró con una bandeja de plástico con forma de alubia en la que llevaba varios botes de medicamentos.

–¡Señor Batman, es la hora de su medicación! –Al acercarse, la cara se le puso roja. Bahman estaba al borde de las lágrimas–. Lo siento, los he interrumpido. Puedo volver en unos mi…

Roya se puso en pie.

–Debería marcharme. De verdad. Mi marido me está esperando.

–Quédate –dijo Bahman–. No tienes que irte.

–Volveré enseguida –replicó Claire.

–No. Me refiero a ti, Roya. Por favor, quédate. Tenemos que hablar de muchas cosas.

–Mi marido me está esperando.

–Empiezo a entenderlo... –susurró él.

–¿Le apetecería comer? –le preguntó la administrativa a Roya con amabilidad.

Ella se quedó allí de pie, sobre sus zapatos grises de suela gruesa. Ver a Bahman así, con la mente medio confundida, los recuerdos mezclados, el párkinson y la demencia, le rompía el corazón. Quería al joven que solía conocer, al joven que salvaría el mundo. ¡Y pensar que todavía lo quería...! De pronto, se sintió agotada.

–La nieve –dijo al fin–. Está cayendo demasiado rápido y tenemos un largo viaje por delante. No puedo permitirme esperar. No queremos que las condiciones de la carretera se vuelvan peligrosas.

Frente a Claire, habían pasado a hablar en inglés. Eso era lo que uno hacía cuando estaba con estadounidenses. Era extraño oírle hablar en aquel idioma.

Quería darle un abrazo de despedida, un abrazo de saludo, un abrazo por olvidar, un abrazo por recordar algunas cosas... Tan solo quería volver a abrazarlo.

–¿Quién nos engañó Roya? Alguien nos engañó. Yo dije que nos reuniéramos en la plaza Baharestan. ¿Quién fue el que nos cambió las cartas?

Claire miró a Roya y después a Bahman. La bandeja de plástico que llevaba en la mano estuvo a punto de caérsele al suelo.

–¿Fue tu hermana? Nunca le caí bien. ¿Jahangir? Joon Roya, ¿sabías que, más tarde, me dijo que estaba enamorado? –Se miró las manos–. De mí. –Volvió a alzar la vista–. ¿Quién nos hizo esto? Shahla nunca se habría metido en algo así. Imposible, ¿no? ¿Fue el señor Fakhri? Sin duda, no fue mi madre.

A Roya se le aceleró el corazón cuando el pasado regresó a su memoria como una oleada; cuando las personas que habían ocupado un lugar tan destacado en sus vidas aquel verano desfilaron frente a sus ojos mientras escuchaba al hombre al que había amado y que había perdido tantas cosas, incluida la cabeza.

–Adiós, Bahman.

–Vuelve. Cuando puedas. Hay muchas partes de la historia que no conoces.

Capítulo 28

Trastienda

La carta de Bahman llegó por correo, dirigida a casa de Roya. ¿Tan fácil era de encontrar la dirección del señor y la señora Walter y Roya Archer? ¿Tan solo era necesaria una búsqueda en la red? Roya abrió el sobre con una extraña sensación de *déjà vu*. La misma emoción vieja y familiar le corrió por las venas a pesar de estar sentada en la cocina (¡con setenta y siete años!) esperando a que Walter volviera a casa del supermercado.

Querida joon Roya:

Tras nuestra fiesta de compromiso, quería compensártelo todo. El hecho de que mi madre hubiera intentado sabotear nuestras alegres celebraciones me entristeció sin límites. Lo único que quería era una madre normal; alguien amable que no dominara mi vida con sus estrategias, sus cálculos y sus planes interminables para conseguir la vida que quería para mí. Quería que ascendiera en ese mundo falso y burgués que ella codiciaba. Sus episodios de ira nos dejaban a mí y a mi padre desolados. Se abrían paso con la fuerza de la naturaleza, como si fueran un huracán fuera de control, y, una vez que habían destruido cualquier atisbo de paz que pudiéramos tener en casa, nos dejaban exhaustos y crispados. Mi madre estaba enferma y necesitaba ayuda, pero no sabíamos cómo ayudarla.

Tras la fiesta de compromiso, se pasó días inquieta y agitada. Mi padre le recomendó que se sentara a practicar caligrafía. Él mismo le había enseñado con la esperanza de que la calmara; para que tuviera algo con lo que desahogarse, un pasatiempo, una forma de canalizar la energía nerviosa en algo positivo. Además, sorprendentemente, a ella le gustaba bastante. Sin embargo, nunca habría podido ser tan buena como aquellos que lo habían estudiado desde una edad muy temprana.

La caligrafía era una habilidad de los mejores estudiantes de aquella generación. Aquellos que asistían a las mejores escuelas, habían aprendido de los maestros cómo controlar la mano, producir los trazos y sujetar la pluma.

Por supuesto, más tarde descubriría el daño que esta habilidad podía causar y el abismo que causó en nuestras vidas. Cuando viniste a Duxton hace unos días, me vi obligado a reconocer lo que creo que he temido todo este tiempo: mi madre cambió nuestras cartas. O, más bien, hizo que las alteraran, asegurándose de que tú fueras a una plaza y yo a otra.

Nadie podría haber querido algo así más que mi madre, joon Roya. Era ella la que sentía que su mundo se vendría abajo si su hijo no seguía adelante con la boda que había planeado para él. ¿Y cómo consiguió mi madre hacerse con nuestras cartas? Roya... La respuesta a esa pregunta tiene que ver con la parte de la historia que no conoces. Así que, aquí sentado en la residencia de ancianos en el ocaso de mi vida, déjame que te cuente lo que ocurrió aquel verano.

Dos semanas después de nuestra fiesta de compromiso, ese viernes, mi madre no podía estarse quieta. Se ponía en pie y daba vueltas por la habitación. Se quejaba de estar ardiendo, de que el calor la mantenía despierta toda la noche y de que oía voces en su cabeza. Pidió pieles frías de pepino para los ojos. Pelé los pepinos (¿qué otra cosa podía hacer?) y le coloqué las pieles sobre los párpados. La abaniqué con el abanico de bambú para los kebabs, tal como le gustaba. A pesar de que estaba furioso, me preocupé por ella con la esperanza de que se calmara, se relajara y controlara sus demonios.

No funcionó nada. Se quitó las pieles y las lanzó al suelo. Me dijo que no tenía ni idea del dolor que le estaba causando, que tan solo quería que su único hijo tuviera una vida exitosa rodeado de la gente adecuada y que eso implicaba casarme con Shahla. Continuó e insistió en cómo la había escogido para mí, en cómo había hablado con sus padres y lo había planificado todo. ¿Es que no sabía a lo que estaba renunciando? ¿Acaso sabía lo que estaba haciendo de verdad? Ella misma era la hija de un vendedor de melones y lo que la había salvado había sido el hecho de casarse con un ingeniero que era bueno y decente y, sobre todo, procedente de la clase alta.

Prosiguió diciendo que no tenía ni idea de lo que significaba estancarse en la vida, no tener una buena posición o abrirse paso a empujones hacia una vida mejor solo para verse atrapado por quiénes habían sido tus abuelos, por el hecho de que tu padre no hubiera recibido una educación o por la clase social en la que habías nacido. Yo estaba furioso. Ella había abandonado la clase social en la que había nacido y ahora, en lugar de dejar que me casara por amor, insistía en que siguiera adelante como si fuera un atleta tomándole el relevo. No iba a permitirme dejar de correr o darme la vuelta, como si el hecho de que me casara con alguien a quien amaba fuese a anular de algún modo el «progreso» que había conseguido ella al luchar contra su destino.

Recogí las pieles marchitas del suelo. Estaban calientes y flácidas tras haber estado en contacto con su piel. Tocarlas me dio asco. Defendí nuestra posición. Le dije lo inteligente que eras, le hablé de tus excelentes notas y de lo mucho que te esforzabas en clase. Incluso incidí en el trabajo estable de tu padre como funcionario del Gobierno. Y ahora, aquí sentado en medio del crepúsculo, me duele pensar en el mero hecho de que pronuncié aquellas palabras como si fuera mi deber convencerla; como si nuestro amor por sí solo no hubiese debido ser suficiente. Me siento estupefacto ante mi propia debilidad.

Mi padre sacó una botella nueva de tinta, le acercó la pluma que usaba para la caligrafía y le rogó que escribiera algunos versos de su poema favorito. Cualquier cosa con tal de que se concentrara en algo que no fuese su rabia.

«Si Bahman se casa con esa chica, lo perderé. Lo sé. Roya no será como Shahla. No me dejará estar cerca de él. Como si perder a los otros no hubiera sido suficiente...».

Cuando dijo eso, mi padre se encogió, enterró la cabeza entre las manos y se quedó quieto.

Ella salió hecha una furia. Oímos cómo abría y cerraba los armarios de la cocina y, después, el portazo con el que se encerró en su habitación. Como siempre.

Mi padre y yo nos quedamos sentados, sumidos en nuestro habitual silencio incómodo, esperando a que se disipara su ira y que pasara aquella horrible tormenta. Para distraerme, cerré los ojos y recité mentalmente a Rumi. Al final, olí algo dulce y empalagoso. Abrí los ojos. El aire olía a rosas podridas. Mi madre había vuelto a entrar en el salón, vestida y arreglada. Se había puesto demasiado perfume. Varias capas espesas de colorete le cubrían las mejillas. Agarraba su bolso con fuerza. Salió como un huracán por la puerta antes de que mi padre pudiera decir nada o de que yo pudiera rogarle que no se marchara.

A veces, cuando salía de casa, era como si se hubiera desvanecido una capa sofocante de hollín. Sin embargo, en aquella ocasión el malestar no cesó. No podía moverme. Durante no sé cuánto tiempo, esperé a recuperar la energía de las piernas para ponerme en pie e ir tras ella. Mi padre no dijo nada; parecía destrozado. Era evidente que teníamos que seguirla. A saber en qué líos podía meterse cuando se encontraba en aquel estado de ánimo. Me preocupaba su cordura, su seguridad e incluso los gestos en las caras de las personas con las que se cruzara; me preocupaba el espectáculo que pudiera montar.

—Voy yo —dije—. La traeré a casa.

Crucé la verja. No tenía ni idea de hacia dónde dirigirme primero. Me maldije a mí mismo por haberme quedado sentado en el sofá más tiempo de lo que tendría que haberlo hecho y no haber salido corriendo tras ella de inmediato. No sabía hacia dónde había ido o qué calle había tomado. Dado que era viernes, día festivo, la mayoría de la gente estaba descansando en casa o rezando en la mezquita, por lo que había pocos transeúntes. De todos modos, ¿qué iba a preguntarles: «¿Ha visto a una mujer con demasiado colorete caminando hecha una furia?».

Lo único que yo quería era estar contigo. Quería verte, abrazarte y sentirte a mi lado. Me sentí tentado de dirigirme a tu casa, pero tenía que encontrar a mi madre. Una vez, en la verdulería, había mordido la parte superior de varias berenjenas porque decía que el verdulero la había tratado como a una plebeya *dahati* de poca monta. «Si me tratas como un animal, me comportaré como tal. ¿Qué te parece?». Yo me había muerto de vergüenza. En otra ocasión, había acorralado al vendedor de remolachas y a su hija mientras empujaban su carrito por la calle. Le había dicho al hombre que nunca le quitara el ojo de encima a la muchacha porque podría convertirse en una prostituta, una zorra o una basura de mujer, embarazada antes de lo que debería con suma facilidad. Cuando aquellas fuerzas maníacas se apoderaban de ella, su lado cruel surgía de ella como un látigo o una serpiente, inesperado e imposible de contener.

No podía encontrarla. Las tiendas estaban cerradas y había poca gente por la calle. En un par de ocasiones, vi a una mujer de espaldas, pero por supuesto no era ella. Busqué y busqué, dando vueltas en círculos y sintiéndome cada vez más perdido.

Agotado y con los nervios a flor de piel, fui al único sitio que podía calmarme. Sabía que a veces el señor Fakhri empleaba los viernes para ponerse al día con el inventario y organizar las cosas en la trastienda. Cuando aún estaba en el instituto, algún viernes le había ayudado a descargar cajas, orgulloso de ser una especie de ayudante.

El sonido claro de la campanilla cuando abrí la puerta de la papelería fue un alivio. Estaba abierto, así que el señor Fakhri debía de estar dentro, trabajando. Recordé cómo le había hablado mi madre en nuestra fiesta de compromiso. Había sido directa y maleducada al culparlo por haber sido cómplice de nuestro romance. Supongo que quería disculparme con él en nombre de mi madre tanto como anhelaba su presencia tranquila y calmante.

Cuando entré, oí unas voces amortiguadas que parecían estar discutiendo. Miré a mi alrededor, pero no pude ver a nadie en la tienda. El aroma familiar de los libros polvorientos y los panfletos se mezclaba con algo más. Rosas marchitas.

El perfume de mi madre.

Me acerqué a la puerta que conducía a la trastienda. Las voces se hicieron más fuertes. De pronto, me pareció que el suelo era irregular. El reloj de la tienda hipó como si estuviera roto. Odiaba el olor de ese perfume. Deseaba con todas mis fuerzas equivocarme. Sin embargo, a esas alturas, ya había reconocido la voz de mi madre al otro lado de la puerta.

—Dime que me amas —la oí decir.

—No hagas esto, Badri.

Nunca había oído al señor Fakhri sonar tan vulnerable. En aquel momento, supe cómo había sido su voz cuando era joven. ¿Por qué estaba llamando a mi madre por su nombre? ¿Qué estaba haciendo ella allí?

—¿Te acuerdas de la espada que usaba mi padre para cortar

los melones? –dijo ella–. Yo era una experta. Puedo usarla ahora mismo para acabar con todo el dolor que has causado. Eras y siempre serás un cobarde inútil y sin agallas que asesina a su propio hijo.

–Badri, por favor –dijo el hombre.

En ese momento abrí la puerta. Mi madre estaba de pie sobre una pequeña escalera de mano con los brazos pegados a los costados. En la mano derecha, tenía un cuchillo de carnicero enorme.

Me quedé helado. Quería creer que el cuchillo tan solo estaba suspendido en el aire junto a su muslo. No podía estar unido a su mano. ¿De dónde había sacado el cuchillo? ¿Era de nuestra cocina? ¿Era el que usaba mi padre para partir los trozos de carne? ¿Aquel que guardaba al fondo del armario de la cocina? En su enorme hoja con forma de hoz vi el reflejo de las gafas del señor Fakhri.

Con un movimiento rápido, mi madre alzó el cuchillo y se pinchó con él la garganta.

No estoy seguro de cómo atravesé aquella habitación. Me abrí paso con fuerza entre lo que debían de ser pilas de libros y cajas de revistas y panfletos. Llegué hasta mi madre, di un salto y agarré el cuchillo que estaba sosteniendo. Cuando aterricé, lo aferré con tanta fuerza que pensé que se me iba a romper la mano.

–¿Bahman? –Mi madre perdió el color del rostro.

Un sabor metálico y a hojalata me llenó la boca. Pensé que iba a vomitar. Lo único que podía hacer era rodearle las rodillas con los brazos mientras seguía de pie sobre la escalera de mano. Seguía agarrando el cuchillo.

Con cuidado, ella me acarició la cabeza. Cuando alcé la vista, en el cuello se le habían acumulado gotas de sangre como si fueran burbujas. Solté el cuchillo, que cayó al suelo con un estruendo. Tiré de ella para bajarla de la escalera. Estaba aturdida. Su rostro, rojo y lleno de manchas, estaba surcado por las lágrimas. Se llevó una mano a la herida de la garganta y después estiró el brazo y miró la sangre que tenía en los dedos.

—Mira lo que me has hecho hacer —dijo—. Ali, todo esto es por tu culpa.

El señor Fakhri se mecía adelante y atrás mientras rezaba una plegaria. Entonces, con el zapato pulido a la perfección, apartó de una patada el cuchillo de mi madre y se acercó a ella. Del bolsillo se sacó un pañuelo cuadrado. Se inclinó hacia ella y extendió el brazo como si fuera a presionárselo contra el cuello. Ella se retorció y siseó.

—No me toques. —Las pequeñas gotas de sangre de la herida se expandieron en diámetro, dibujando lo que parecía una línea extrañamente simétrica—. Primero tú y luego yo, ¿eh? —Me sonrió con tristeza. Se negaba a mirar al librero—. A ti te dan un tajo en el cuello en una manifestación y yo tengo que enfrentarme a las mentiras y la deslealtad de este traidor. Menos mal que ambos conocemos a un buen médico. ¿Crees que el padre de Jahangir nos hará un descuento familiar?

Me sentía enfermo. Los libros que había tirado mientras me precipitaba hacia ella estaban desparramados por el suelo. El cuchillo yacía junto a una pila de revistas políticas. Mi madre intentaba restarle gravedad al asunto por mi bien, pero podía ver lo asustada que estaba ante mi propio miedo. ¿Por qué demonios era así? ¿Por qué nos atormentaba, nos asustaba y nos amenazaba?

Entonces, empezó a llorar con libertad, perdida en una emoción tan profunda que los sonidos que emitía casi eran suaves. La había visto llorar con fuerza y violencia en muchas ocasiones, pero nunca de aquel modo.

—Es demasiado tarde —dijo—. Absolutamente tarde. Es demasiado tarde para mi niño.

Pensé que se refería a mí; pensé que hablaba del matrimonio que se avecinaba y que ella no aprobaba; pensé que, a su manera retorcida, estaba diciendo que era demasiado tarde para que yo viviera la vida que ella había planificado para mí.

–Me hiciste matar a mi bebé. Lo tuve que hacer yo sola. –Se giró hacia el señor Fakhri–. Porque eres un cobarde.

El aire se me atascó en la garganta. Me quedé paralizado en el suelo.

–Badri, te lo suplico –dijo él–, no hagas esto ahora.

–Tras matarlo, mi cuerpo quedó destrozado. –Se miró el vientre como si estuviera hablando con algún tipo de fuerza a la que le hubiera suplicado con anterioridad–. Mi cuerpo estaba tan roto que mató a los demás; a todos ellos. –Alzó la vista hacia mí–. ¿Sabes cuántos hijos he tenido que enterrar? Tendría que habértelo contado antes.

–Badri, basta –susurró el señor Fakhri.

–Salen de tu interior y crees que están completos; crees que tendrás la oportunidad de quererlos, criarlos y apreciarlos. Pero entonces lo ves: no salen de tu interior como deberían. Salen demasiado pronto o, sencillamente, salen... silenciosos, tibios y muertos.

Yo ardía de incredulidad. No sabía que mi madre había perdido a otros bebés antes. Ni ella ni mi padre me lo habían contado. Tenía diecisiete años y acababa de descubrirlo.

–Pensaste que podías hacer conmigo lo que quisieras, Ali. Detrás de la mezquita. Tenías dinero y eras privilegiado. Yo no tenía nada. –Sollozó con la cara enterrada entre las manos–. ¡Era una niña!

–Lo siento –dijo él en voz baja–. Lo siento muchísimo.

Unas motas de polvo danzaban en el haz de luz que se colaba a través de la pequeña ventana de aquella trastienda. Lo que llenaba el espacio no era el aroma de los libros, el perfume de mi madre o mi propio olor rancio, allí de pie empapado en sudor. Era algo diferente; algo que no podía definir del todo y que cubriría para siempre aquel día y todos los días que lo seguirían. Creo que era el aroma de la pena.

El señor Fakhri se acercó y ella se acurrucó contra él. Entre sus brazos, mi madre lloró. Habló de los bebés que había perdido y de los que habían muerto. A través de su narrativa inconexa y sombría descubrí que yo no era el primer niño del que se había quedado embarazada. No era ni el segundo, ni el tercero, ni el cuarto. Yo era el quinto bebé que había dado a luz y el único que había sobrevivido. Poco a poco, empecé a darme cuenta de que en mí había depositado todas las esperanzas y los sueños que había albergado para los demás. Y fue en aquella trastienda donde comprendí con un escalofrío helador que el padre del primer bebé de mi madre, aquel que había abortado tal vez con sus propias manos antes de que llegara su hora, era nuestro tranquilo y relajado librero, el señor Fakhri.

Me quedé de pie entre los libros caídos, entre las palabras de aquellos artistas que habían pasado horas felices y tortuosas escribiéndolas y perfeccionándolas durante años. El señor Fakhri estaba inclinado sobre mi madre como si él mismo fuese un animal herido.

Quería marcharme y no regresar nunca a aquella tienda; quería escapar de la ciudad, huir y esconderme en alguna parte.

Salí corriendo. Una vez en la acera, me eché hacia delante y vomité. Después, escondí mis lágrimas de los transeúntes lo mejor que pude.

Al ver la herida de mi madre, mi padre nos llevó a toda prisa a casa de Jahangir. No podíamos ir a ninguno de los hospitales de Teherán. En aquel entonces, todo aquello (su enfermedad, el intento de quitarse su propia vida e incluso la mera idea del suicidio) se consideraba una vergüenza muy grande.

Cuando llevamos a mi madre a ver a su padre, Jahangir estaba en casa. Me abrazó y me aseguró que nuestro secreto estaba a salvo con él. Su padre prometió no decir una sola palabra sobre lo que había intentado hacer.

Gracias a Dios, no había tenido la oportunidad de atravesarse la piel con demasiada profundidad, pues yo le había arrebatado el cuchillo a tiempo. Al final, tan solo necesitó un vendaje con gasas e Ichthyol en pomada. «Pero un segundo más aquí o allá; un pequeño descuido...». El padre de Jahangir sacudió la cabeza.

Podría haberse puesto un pañuelo en torno al cuello y haber salido por la ciudad. Podría haberse quedado en casa hasta que la herida sanara. Pero todos nosotros (mi padre, mi madre y yo) estábamos completamente aturdidos. No solo por lo que casi había hecho ni por ser conscientes de que solo habría hecho falta «un segundo más aquí o allá» para que todo hubiera tenido un final diferente. Yo seguía intentando procesar lo que había ocurrido entre mi madre y el señor Fakhri. Me pregunté si mi padre, con su reservada manera de ser, lo sabía.

Fue idea de Jahangir que nos marcháramos a la casa de la playa que teníamos en el norte. Solo unos días. Solo hasta que nos calmáramos; hasta que mi madre sanara y recuperáramos un atisbo de normalidad. Me prometió que te mantendría informada. Supongo que flaqueó en su promesa. Por supuesto, yo ya sabía que estaba enamorado de mí (no nos queda tiempo para fingir, Roya, así que no fingiré que no lo sabía), pero en aquellos tiempos jamás lo habríamos reconocido. Jamás lo habríamos puesto en palabras. Era necesario que así fuera.

Pero yo te amaba. Tan solo te quería a ti. Habría hecho cualquier cosa por ti y él me prometió que se aseguraría de que tú y yo pudiéramos comunicarnos. Fue él el que ayudó con las entregas de nuestras cartas. Él era mi conducto, mi confidente, mi intermediario. En el fondo, era bueno, joon Roya. Intentaba protegernos. Quería que yo fuera feliz por encima de todas las cosas. Lo creo de verdad.

¿Y quién fue la persona que al final se encargó de cambiar nuestras cartas para que acabáramos en plazas diferentes? Quisiera decir que fue mi madre. Dios sabe que no quería que nos casáramos. Solo que ella estuvo todo el tiempo en la casa del norte conmigo, joon Roya. Y aunque estaba sufriendo, no creo que fuera ella la que lo hizo. Fue alguien en quien ambos confiábamos, pero que sentía que tenía una deuda que saldar.

Ella convenció al señor Fakhri de que lo hiciera. Por supuesto, me he dado cuenta de que fue así ahora, décadas después, al intentar atar todos los cabos. Porque se lo debía; se lo debía por haberla abandonado por completo y por haberla dejado con un nonato. Y, bueno... En aquel entonces, el aborto no era legal en Irán, así que lo había hecho con sus propias manos.

Yo quería decirte dónde estaba al día siguiente. Pensé que podría encontrar un teléfono, llamarte y contártelo. Quería que Jahangir te lo dijera.

A la mañana siguiente, en la casa, entré en la habitación de mi madre. Ni siquiera tuve que decir nada; no tuve que contarle que quería contactar contigo. Me lanzó una sola mirada y me dijo:

—Si llamas a esa chica... Si le dices dónde estamos o le das alguna pista sobre todo esto, ¿sabes lo que pasará, Bahman? —Una sonrisa se apoderó de su pálido rostro—. Lo volveré a hacer y, en esta ocasión, llegaré hasta el final. Te lo prometo. —Tomó aire y se llevó la mano a la garganta—. Déjala marchar, Bahman. Hazlo por mí. Si te pones en contacto con ella, lo volveré a hacer.

Recuerdo que las láminas de madera del salón principal de aquella casa tenían un hueco. El aire se colaba a través de esa grieta y por las noches hacía mucho frío. Ya sabes cómo pueden ser las noches en el norte incluso en verano...

Mi padre metió un trozo de tela estilo *shamad* en el agujero para sellarlo, pero no sirvió de mucho. Noche tras noche, me quedaba sentado, dejando que el aire me golpeara la espalda. Me aseguraba de colocarme justo frente al agujero para que el viento me atravesara la columna.

Yo me encargaba de cocinar. Con el tiempo, mi madre empezó a unirse a nosotros durante las comidas. Los delirios se apoderaron de ella. Hablaba constantemente de mi matrimonio con Shahla. Mi padre, para cambiar de tema de conversación, hablaba de los problemas que estaba teniendo el primer ministro Mossadegh. Yo te echaba mucho de menos y estaba desesperado por verte. Pero me daba demasiada vergüenza decirte que habíamos huido de la ciudad porque mi madre había intentado suicidarse.

La miseria se coló en aquel lugar y fue imposible mantenerla a raya, igual que el viento que se colaba por la grieta que había entre las placas de madera por mucho que mi padre se esforzara en rellenar el hueco.

Tus cartas me hacían salir adelante. No quería contarte todo lo que había ocurrido, pues hacía que me sintiera avergonzado y confundido. Quería que mi madre fuese normal; que fuese como el resto de las madres. Quería que se preocupara por mí y me apoyara; quería que estuviera en nuestra boda y que nos dejara vivir nuestras vidas. Eso era lo que más quería, por encima de todas las cosas. Sin embargo, no era como las otras madres; era ella misma. Tenía su ira y su depresión; era violenta, cruel, y se negaba a dejarme vivir en paz. Quería controlar mi vida. Me decía que me quería tanto que tan solo deseaba lo que era mejor para mí; que ella había sido demasiado pobre y había renunciado a demasiadas cosas como para que yo lo tirara todo por la borda.

¿Es que para ella mi padre no era más que un medio con el que obtener una posición? ¿Acaso lo había amado de verdad en algún momento?

En las cartas que te escribía te abría mi corazón. ¿Todavía las tienes, joon Roya? ¿Guardaste las cartas? Supongo que no...

Mi padre y yo no tendríamos que haber intentado ocuparnos de todo solos. Ahora lo sé, pero en aquel momento era demasiado joven para ser consciente. No dejaba de preocuparme por ti y seguía rechazando a Shahla. Cuanto más me empujaba mi madre hacia ella, más me resistía yo. Y a pesar de lo que mi madre pudiera creer, no lo hacía para fastidiarla. No rechazaba a Shahla para rebelarme. Pero lo único que veía era a ti en la tienda con el cabello trenzado y la mochila sobre los hombros.

Tan solo oía tu voz. En tu presencia, encontraba tranquilidad.

Estaba decidido a casarme contigo a pesar de las amenazas, la enfermedad y aquel infierno. Por eso te escribí la última carta. No podía detenernos. ¡No podía deshacerse de nuestra felicidad con la amenaza del suicidio! Estaba harto y había decidido huir. Sus amenazas nos habían hecho rehenes y no quería que tuviera ese poder sobre mí.

Sabía que te esperé en aquella plaza. Sabía que estaba enfermo de preocupación por ti. Y cuando leí tu última carta y le dije enfadado y confundido que habías dicho que ya no querías verme más (¿cómo podía decirle que la carta apuntaba que a la que no soportabas era a ella?), se rio. Me dijo: «Bien. Ya te lo dije. Ya te dije que esa chica no te haría ningún bien» y me prometió que se mataría de hambre si intentaba reconciliarme contigo y recuperarte.

Se suponía que iba a ser el «joven que cambiaría el mundo», pero la vida tiene sus propios medios para aplastar sueños, planes e ideales. Al final, apenas hice nada por mi país. Sí, era un activista que se encargaba de repartir material político del Frente Nacional. En 1953 estuve activo. Pero qué desilusionado acabé con la política y todo lo demás tras el golpe de Estado de aquel año. Apenas pude alegrarme como todos los demás al ver desaparecer al sah en 1979. Me preocupaba demasiado que lo que viniera fuese peor. Al final, Jahangir hizo más que yo. ¡Fue al frente! Siguió los pasos de su padre y se convirtió en médico. Trató a los soldados y demás heridos en Ahvaz durante la guerra. Murió en un bombardeo.

Así que no, durante aquellas semanas que estuvimos separados no estuve en la cárcel. No estaba escondido por motivos políticos. Tan solo intentaba mantener a mi madre con vida y adivinar cómo resolver el problema de sus amenazas, de lo cerca que estaba de hacerlo de nuevo y de lo irreconciliables que eran nuestros planes.

¿Recuerdas lo mucho que te preocupaba que nos hubieran echado un mal de ojo? En aquel momento, me burlé de ello como si no fueran más que supersticiones. Pero cuando echo la vista atrás a la vida que he vivido sin ti... ¿Quién sabe? Tal vez la obsesión de nuestra cultura con el mal de ojo tenga cierta razón. Mira lo que acabó ocurriendo con mi madre.

Incluso después de recibir tu última carta pidiéndome que no nos viéramos nunca más y que no volviera a ponerme en contacto contigo, nunca dejé de quererte. Y odio pensar en todas las posibilidades que se abren... ¿De verdad escribiste aquello? Porque ahora ya no lo sé.

Mi queridísima Roya, cuando nos vimos aquí, en el centro, la semana pasada, vi en tus ojos cierta preocupación por el hecho de que hubiera perdido la cabeza o la memoria. Pero tienes que saber esto: puede que no recuerde ciertas cosas, como qué comí hace dos días o cuándo tengo que tomarme cada maldita pastilla. Para eso, necesito la ayuda de Claire. Pero mi mente sigue tan afilada como un cuchillo cuando se trata de recordar todo lo que ocurrió aquel verano y mis propios sentimientos.

Lo cierto es, joon Roya, que nunca he sido tan feliz como cuando estaba contigo. He vivido muchos momentos maravillosos con mis hijos y, sí, también con Shahla, pero nunca fui tan feliz como contigo. Ha habido años en los que en lo primero que pensaba cuando me despertaba era en ti. Casi cualquier cosa me recordaba a ti. Por supuesto, sabía que, igual que yo, pertenecías a otra persona. Pero, Roya, siempre has formado parte de mí. Es imposible evitar algunas cosas.

Y ahora sé que tengo que parar.

Cuando pienso en el cielo violeta de la noche en que nos prometimos y en los momentos que compartimos recuerdo la belleza del mundo. Pero, tras lo que le ha pasado a nuestro país y, en realidad, cuando contemplo este mundo moderno, no puedo evitar pensar que hay cierto grado de fealdad y crueldad en todo ello. He intentado ser positivo, tal como nos animan a ser los estadounidenses. ¡He intentado no ser un viejo cascarrabias!

Aquí, en el Centro Duxton, Claire ha sido muy buena conmigo. Me llama «señor Batman» y no se cansa nunca de mis historias. He confiado en ella e incluso le hablé de nuestro amor de juventud. Esos preciosos momentos de conexión hacen que siga adelante. Veo a mis hijos y a mis nietos y soy feliz. En cuanto a todo lo demás: la política, la enfermedad mental que ahogó a mi madre, las crueles vicisitudes... Bueno, a veces la vida tiene un lado oculto y fétido. Cuando pienso así, entonces me siento más desesperanzado.

Te quise. Te quise entonces, te quiero ahora y te querré siempre.

Eres mi amor,

Bahman

Capítulo 29

Sábanas con olor a pasta de dientes

Roya tomó su teléfono y buscó el número del centro. La señora Aslan y el señor Fakhri... Un primer bebé que nunca había llegado a nacer y, después, el cuerpo de la señora Aslan se había vuelto contra ella y había matado a todos los demás. Excepto a uno.

Podía visualizar a la señora Aslan, con colorete en las mejillas, aquella noche durante la fiesta de compromiso. Sabía a la perfección cómo la pérdida de un hijo podía resquebrajarlo todo. Pero ¿haber perdido a cuatro? «Oh, en aquellos tiempos era diferente, hermana, ¿no te acuerdas? La gente perdía a sus hijos continuamente».

Por el amor de Dios, ya había esperado bastante tiempo. Le daba igual la nieve; no quería saber nada de ella. Tenía que volver allí y verlo cara a cara.

—Me temo que no dispone de mucho tiempo —le dijo Claire por teléfono.

—¿Disculpa?

—Ha empeorado, señora Archer. Sus hijos llevan aquí dos días.

—Pero fui a verle hace menos de dos semanas. He recibido su carta...

—La escribió como si la vida le fuera en ello y me pidió que la

319

enviara por correo. Mire, a veces esto no son más que sustos. En ocasiones, sufre un bajón, el párkinson se acentúa y después vuelve a estar bien. Tenemos la esperanza de que sea así.

–Oh...

–Pero si desea verlo... Bueno, yo vendría lo antes posible.

Cuando llegó al centro, el hielo apenas se había fundido. La nieve todavía cubría cada rincón del aparcamiento, solo que ahora estaba gris y fea, con todos los surcos llenos de suciedad.

Una vez en el interior, Roya esperaba que Claire la llevara al comedor. La misma peste a estofado de ternera inundaba la recepción. ¿Alguna vez comían algo diferente en aquel lugar? Quería que Claire la condujera por el pasillo hasta el comedor para ver a Bahman sentado en su silla de ruedas junto a la ventana. Era probable que hubiesen vuelto a colocar la silla de plástico en el mismo sitio. Podrían volver a contemplar el aparcamiento a pesar de que ahora estuviese gris y sucio. Sacaría la carta del bolso, los ojos de Bahman volverían a llenarse de la misma maldita esperanza y hablaría con él de toda aquella parte de la historia que no había conocido hasta ese momento.

Sin embargo, Claire la condujo por un pasillo totalmente diferente. Era del mismo color que todos los pasillos de hospital que había visto; del color del lugar en el que había sostenido a Marigold por última vez. Hizo uso de todas sus fuerzas para poner un pie delante del otro. Para cuando llegaron y Claire entró en una de las habitaciones, Roya estaba sudando. Tendría que haberse quitado el abrigo acolchado que llevaba puesto.

La estancia estaba a oscuras, ya que las cortinas estaban corridas. Cuando se le acostumbraron los ojos, distinguió una cama con una silla al lado, una mesita de noche con un jarrón y, en un rincón, otra mesa junto al lavamanos. En la cama estaba Bahman, que respiraba como si fuese una máquina averiada.

–Déjeme que la ayude a quitarse el abrigo.

Claire tiró de una de las mangas y después de la otra. Juntas, se deshicieron del abrigo mullido de Roya, que se acercó hasta la silla que había junto a la cama y se sentó. Estaba tan cerca de Bahman que podía verle las arrugas en torno a los labios. Tenía los ojos cerrados. No le salía ningún tubo de la nariz y no le habían puesto ningún tipo de gotero. Ahí estaba su Bahman al completo.

Tenía que estar bien.

–Estaré en recepción si necesita algo. Tan solo tiene que apretar el botón que hay junto a la cama y vendré de inmediato. Pero ¿señora Archer?

–¿Sí?

–Tómese su tiempo.

Lo que dijo fue «Oh», pero lo que de verdad quería decir era: «¿Por qué está en la cama en lugar de en su silla?» y «Por favor, no te marches».

Cuando dejó de oír el repiqueteo de los tacones de la joven, Roya volvió a quedarse a solas con él. El pecho le subía y bajaba bajo una sábana blanca y una manta del color de los nabos. Quería abrir las cortinas y dejar que entrara luz en la habitación.

–Te he estado esperando –dijo él. Abrió los ojos–. ¿Qué tal ha ido el viaje? ¿Cómo estás? –Tenía la voz apagada y ronca.

–Todo bien. ¿Qué ha ocurrido, Bahman? ¿Qué te ha pasado?

–Estoy bien. Aguantando, como dicen los estadounidenses. Mi hija ha estado esta mañana y volverá por la noche.

Roya tendría que haber ido antes. Lo imaginó escribiéndole la carta con todas aquellas confesiones.

De pronto, todo dejó de tener importancia.

De jóvenes, alguien había cambiado sus cartas. Quizá nunca llegara a saber si había sido el señor Fakhri por deseo de la señora Aslan, tal como Bahman parecía sospechar, Shahla o incluso Jahangir. Tan solo quería que supiera que ella también tenía días en los que él era la primera persona en la que pensaba, días en los que lo único que había querido era estar con él. Algo había ocurrido cuando aún eran jóvenes, algo inexplicable e irreversible. Estaban unidos, atados el uno al otro de un modo al que era imposible resistirse. Lo había querido y el amor que sentía por él nunca se había apagado del todo. Había intentado apartarlo, esconderlo y hacerlo desaparecer, pero siempre había estado ahí. Había flotado entre las ramas de los árboles que había en el exterior de su pensión de California, en las capas de nubes de Nueva Inglaterra y en el pecho rojo hinchado de un pájaro cantor en pleno invierno. Había estado por todas partes.

Seguía estándolo.

–¿Bahman?

Su respiración se había ralentizado. Contempló la pelusilla que tenía en el rostro y las arrugas de la frente.

–Te he echado de menos todos y cada uno de los días –dijo él.

–Yo también.

Al decirlo, las lágrimas le corrieron por las mejillas.

Acercó la silla a la cama todo lo que pudo y le tomó la mano. La tenía seca y le pareció más pequeña que cuando se la había estrechado dos semanas atrás. Del jarrón de flores de la mesilla emanaba un olor a tierra acre y a charco de lluvia; a algo que hubiera quedado olvidado.

Se levantó. Apoyó todo el peso en el pie izquierdo y después, con todas sus fuerzas, se subió a la cama.

Cuando se tumbó a su lado, Bahman abrió los ojos de par en par. Roya le rodeó el cuerpo con un brazo. Encajaban a la perfección el uno al lado del otro. Yacer junto a él resultaba tan natural... Apoyó la cabeza en su hombro.

–Joon Roya...

Las sábanas olían a pasta de dientes. Él olía a viento, a agua y a sal, como todo el tiempo que habían pasado juntos de jóvenes.

En un universo paralelo, el primer chico que le había enseñado lo que era enamorarse y le había prometido que la esperaría siempre habría sido suyo.

Estaba en la cama del centro y contra las estanterías en busca de besos robados. Estaba en ambos lugares todo el tiempo. Él siempre estaría en ellos.

Lo abrazó bajo las sábanas con olor a pasta de dientes y también en las pastelerías de una ciudad que había cambiado hacía tiempo mientras atravesaban el vestíbulo del cine Metropole con sus sofás rojos circulares para besarse bajo el cielo. Antes de que se diera cuenta, estaban en el salón de Jahangir sobre los diseños familiares con figuras geométricas blancas y azul marino de las alfombras persas mientras practicaban sus pasos de baile.

«Mírame». Bahman le alzó la barbilla con cariño y entrelazó los dedos con los suyos. El gramófono tenía un enorme cuerno de latón a través del cual el tango inundaba la estancia. Era imposible que Bahman supiera lo que tenía que hacer. ¿Cómo sabía lo que tenía que hacer? Aun así, cargó hacia delante. Al principio, sus movimientos eran torpes y no conseguían que sus pies se coordinaran. A su alrededor, otras parejas también estaban bailando mientras el sudor les corría por la espalda. Él la agarró de la parte baja de la espalda, captaron el ritmo y se convirtieron en uno solo.

Mientras se movían juntos por aquel caluroso salón, parecía como si él la estuviera llevando. La música se aposentó entre los pliegues del vestido verde de Roya y se posó sobre su melena. Estaba ebria de su aroma. Se balancearon juntos y con los cuerpos pegados. Él le guio el rostro hasta el suyo y la besó. Ella había creído que se sentiría como si estuviera volando, pero no fue así; fue como si acabara de aterrizar en un lugar suave y dulce.

En la cama, bajo las sábanas con olor a pasta de dientes, Roya le acarició el pecho y buscó sus brazos con aquellos músculos que tan bien había conocido. Le besó los ojos, los pómulos y los labios.

Apoyó la mejilla contra su pecho y se quedó allí tumbada, agradecida por el tiempo que había pasado con él por muy corto o largo que hubiese sido, agradecida por haberlo conocido y agradecida por el hecho de que una vez, siendo joven, había experimentado un amor tan fuerte que no se había disipado; un amor que ni las décadas, ni la distancia, ni los kilómetros, ni los hijos, ni las mentiras, ni las cartas podrían hacer desaparecer jamás.

Lo estrechó entre sus brazos y le dijo todo lo que tenía que decirle.

Y, durante esa fracción de tiempo, fue enteramente suyo.

Capítulo 30

Una caja redonda y azul

–No pasa nada. Algunos de sus amigos del centro también estarán presentes.

–Oh, pero no puedo ir; sería demasiado raro.

–Tan solo la verían como otra residente; otra amiga.

–Sí, bueno, aun así... Walter tiene una reunión en la ciudad y a mí no me gusta conducir con semejante helada.

–Señora Archer, puedo ir a buscarla y llevarla de nuevo a casa. Creo que él habría querido que estuviera presente. ¿Trato hecho?

Los estadounidenses y sus tratos y planes... Sin embargo, aquella joven, Claire, tenía algo genuinamente amable. Insistió en que nadie pensaría que hubiese nada indecoroso en el hecho de que estuviese presente en el funeral.

Así que Roya asistió.

Durante décadas, no había tenido ni un cierre ni un adiós con Bahman, tan solo un montón de cosas sin resolver. Pero el último día que había pasado con él a solas... Bueno, siempre estaría agradecida por ese tiempo que había podido estar con él.

Quería ir a su funeral; quería estar allí por él.

Celebraron el servicio en la iglesia universalista de Duxton. Él había pedido que lo incineraran. Bahman nunca había sido religioso y no era practicante. El campanario blanco y bañado por el sol de la iglesia encajaba con él a la perfección.

Con la ayuda de Claire, Roya subió las escaleras y entró en el edificio. Aunque era extraño, también le resultó reconfortante ver a Omid y a una mujer que se parecía mucho a él. Él le presentó a su hermana melliza, Sanaz. Así que la hermana de Omid también tenía la sonrisa de su padre... Roya tuvo que hacer uso de todas sus fuerzas para mantener la calma mientras se acercaba a los hijos de Bahman pare ofrecerles sus condolencias. Omid la presentó como «una vieja amiga de papá» y le estrechó la mano.

Durante el funeral, Roya se sentó en los bancos junto a Claire. Una pastora se subió al estrado, dio las gracias a todo el mundo por su presencia y dijo que le gustaría empezar con una estrofa corta del poema favorito del señor Aslan. A Roya le subió la sangre al rostro y le palpitó en las orejas al oír las palabras del primer poema de Rumi que ella y Bahman habían compartido en la papelería. Entre las páginas del libro que contenía aquel poema, se habían intercambiado las cartas.

Mira el amor
cómo se enreda
con el enamorado.

Mira el espíritu
cómo se funde con la tierra
dándole una vida nueva.

Sus hijos se pusieron en pie y hablaron. Mencionaron lo querido que había sido su padre tanto por la comunidad como por los clientes de la tienda. A través de sus discursos, Roya captó atisbos de la vida de Bahman.

—A mamá y a papá les encantaba celebrar Nowruz —dijo Sanaz, la hermana de Omid—. Nuestra casa siempre estaba inundada por el aroma del arroz persa y papá siempre se aseguraba de que dispusiéramos la mesa con los objetos *haft-sin* tradicionales que representaban la primavera.

—Papá siempre se aseguraba de que trabajásemos duro —contó Omid ante la congregación. No tenía palabras suficientes para hablar de su devoto padre—. Siempre quería cambiar el mundo.

Roya escuchó a aquellos dos adultos coherentes y competentes. Se dio cuenta de que, después de todo, Bahman sí había cambiado el mundo. Ahí estaban sus hijos, hablando con el corazón desde el estrado.

A veces, había pensado que lo que compartía con Bahman podría ocupar todo el espacio del universo. Así de fuerte le había parecido siempre. Pero, en realidad, no era más que un atisbo, un fragmento diminuto de su vida. Sus hijos, sus cumpleaños, sus estudios, sus novios y novias, sus cónyuges y sus hijos... Esa era su vida. Su mujer. Ella también era su vida.

Cuando terminó el servicio, todos se trasladaron a una sala de recepciones en el interior de la iglesia. Claire sollozó en silencio. Roya quería consolarla, pero no estaba segura de qué hacer.

Mientras los invitados se relacionaban, se fijó en que había una mesa con refrigerios.

—Voy a traerte algo de comer —le dijo a la joven mientras le daba una palmadita en la espalda.

En la mesa de la comida, Sanaz estaba colocando pastas en una bandeja.

—Estas siempre fueron las favoritas de papá —dijo mientras le tendía la bandeja a Roya—. Le gustaba llamarlas «orejas de elefante».

Quería contestarle «Ya lo sé». El chico que le había comprado pastas en el café Ghanadi estaba justo a su lado y siempre lo estaría. Todavía podía oler el aroma a canela y azúcar de aquel café abarrotado.

–Gracias. –Puso dos orejas de elefante en un pequeño plato de cartón y se abrió paso de nuevo hasta Claire.

–¿Qué es eso, señora Archer?

–Pruébalas. A él le gustaban.

La joven mordió una de las pastas y Roya se dejó caer sobre una silla, asombrada por el paso del tiempo.

En cuanto los niños más pequeños estuvieron atiborrados de azúcar, empezaron a corretear por el salón de recepciones. El ambiente se volvió más ligero mientras la gente comía, charlaba y reía. Se sentía bien al estar allí con todos aquellos desconocidos que estaban unidos a Bahman. No conocía a ninguno de ellos a excepción de Claire y un poco a Omid, pero era evidente que todos compartían el mismo cariño por Bahman, su energía y su amabilidad. Fragmentos de conversaciones pasaban flotando junto a ella: «¿Recuerdas cuánto le gustaba...?» o «Dios mío, nos volvía locos con aquella canción que silbaba a todas horas». Mientras se quedara en aquella habitación, podría saber más cosas de él y estar con personas que compartían su amor por él. En cuanto se marchara, volvería a una vida en la que nadie lo había conocido.

Quería llorar. Para distraerse, intentó adivinar cuáles de los niños eran los nietos de Bahman. Contra la pared, había apoyada una chica adolescente que estaba masticando chicle.

Era la viva imagen de la señora Aslan.

Al terminar la recepción, Omid y Sanaz junto con sus parejas se colocaron cerca de la salida para estrechar las manos de todos y agradecerles su presencia. Extrañamente, Roya quería estar cerca de ellos todo el tiempo posible. Eran su único vínculo con el joven al que había amado y no volvería a ver a ninguno de ellos nunca más.

–¿Está lista? –Claire tenía los ojos rojos–. La llevo a casa.

Claire aparcó en el camino de acceso a la casa colonial con los postigos verde oscuro y Roya se desabrochó el cinturón, pero no se bajó del automóvil.

–¿Te gustaría entrar?

Dijo aquello porque era de buena educación, pero también porque Claire sabía más sobre Bahman y ella que cualquier otra persona, ya que había sido la confidente del anciano en el centro. Él había compartido su historia con la joven, así que Roya sentía una necesidad inexplicable de estar con ella. Sus hijos no eran su único vínculo con él; Claire también lo era.

–Oh –dijo ella–. ¿Está segura de que no será un problema?

–En absoluto –contestó Roya.

–De acuerdo. Muchas gracias. Tengo algo que iba a entregarle cuando la dejara en casa pero, en tal caso, se lo daré cuando estemos dentro.

–¿De qué se trata?

–Algo que él quería que tuviera. Es lo único que sé.

Roya puso la tetera en el fogón y le hizo un gesto a su invitada para que se sentara en la mesa de la cocina. Walter todavía tardaría en regresar de la reunión. Siempre se pasaban de tiempo y se alargaban durante horas mientras la gente discutía.

Una vez que estuvo sentada, Claire rebuscó en su bolso de mano y sacó una caja metálica redonda y azul con imágenes de galletas de mantequilla danesas.

A lo largo de los años, Walter y ella habían compartido muchas de aquellas galletas. En el armario tenía una caja idéntica a aquella en la que guardaba las cosas para coser: carretes de hilo, alfileres, agujas, dedales y botones sobrantes.

–Insistió mucho en que le entregara esto. Sus hijos se llevaron el resto de sus pertenencias, pero se mostró firme con respecto a que nadie más que usted viera esta caja.

Roya se sentía un poco mareada. Claire empujó la caja con cuidado en su dirección y ella le quitó la tapa con las manos temblorosas.

Papel. Un fajo de papel de cebolla. Sacó una de las hojas y la desdobló. La letra le resultaba increíblemente familiar, pero no conseguía identificarla. Entonces, el corazón le dio el vuelco.

Era su propia letra. Dejó la hoja y revisó el resto del contenido de la caja. Eran las cartas que le había escrito a Bahman aquel verano de 1953. Allí estaba el contenido de su corazón. Con rapidez, volvió a dejar la primera hoja dentro, como si tocarla durante mucho rato fuese a quemarle los dedos. Después, cerró la tapa con fuerza y dejó la caja en el cajón del escritorio que tenía en la cocina.

Claire no dijo nada.

–Bien –comentó Roya–, ¿qué tipo de té puedo ofrecerte?

Al principio, solo hablaron de Bahman. Claire le contó historias de él en el centro y Roya se atrevió a compartir algunos de sus recuerdos de 1953. Entonces, le preguntó a la joven por su familia. Había perdido a su madre a causa de un cáncer y su padre había muerto en un accidente de tráfico cuando tenía dos años. Había algo en el gesto desolado de Claire que impresionó a Roya. Aquella joven estaba especialmente sola.

–De verdad, debería marcharme –dijo tras haberse terminado el té persa y el pastelito *baklava*.

–¿Te gustaría quedarte a cenar?

Apenas conocía a aquella joven. ¿Qué tenían en común más allá del cariño mutuo por el hombre al que Claire llamaba «Batman»? Sin embargo, Walter no había vuelto a casa todavía, estaba oscureciendo y una parte de ella temía que, si Claire se marchaba, se quedaría sola con su dolor. Además, le parecía que aquella muchacha no debería estar sola.

—¿Alguna vez has probado la comida persa? —espetó.

—En Watertown hay un sitio donde preparan kebabs —masculló Claire.

—Olvídate de eso. ¿Alguna vez has probado algún *khoresh*, uno de nuestros guisos? ¿Y arroz variado al estilo persa?

—Sin duda, oía al señor Batman hablar de ellos a todas horas. Su favorito era algo llamado *allyballoo*...

—¡*Albaloo*! ¿Arroz con guindas?

—Sí. Siempre hablaba de algo que se llamaba... ¿*sabzi*?

—¡*Ghormeh sabzi*! Mira, iba a hacer en el horno unas varitas de pescado congeladas. A Walter le encanta comerlas con kétchup y mayonesa. Está en una reunión acerca de los sobrecostes. Está bien que se involucre, ¿sabes? Hay que seguir involucrándose. Pero, si quieres, podemos sorprenderle con una cena agradable. Si te quedas, claro está.

Aquella primera noche de clases de cocina en la pensión de la señora Kishpaugh, Walter había aparecido con el cabello peinado a la perfección bajo el sombrero y ella le había preparado *khoresh-e-bademjan* con pollo. No era habitual usar ese tipo de carne; se suponía que había que utilizar ternera. Sin embargo, se las había apañado y le había salido muy bien. Además, parecía que a aquella jovencita le vendría bien una buena cena casera. ¿Por qué no? Después de todo lo que Claire había hecho por Bahman, lo mínimo que podía hacer por ella era prepararle una buena cena. Hacía siglos que no le enseñaba a nadie a cocinar recetas persas. Patricia y Alice nunca habían mostrado interés, pero aquella joven que estaba sentada en su cocina, cuyos padres habían muerto, que se había tomado el tiempo de hablar con Bahman y que lo había escuchado y lo había cuidado más allá de lo que le exigía su contrato, se merecía una buena cena.

—¿Me ayudarías? —repitió—. Podríamos intentarlo.

Claire se encogió de hombros.

—Dígame por dónde empezar.

Juntas se abrieron paso por la cocina. Roya le enseñó dónde estaba todo. Lavaron el arroz basmati y lo dejaron en remojo. Después, encendieron la arrocera persa que Walter había comprado en Amazon. Con ella, ya no tenía que preocuparse de poner un trapo bajo la tapa para atrapar el vapor tal como solía hacer Maman para que el *tahdig* del fondo de la olla quedara perfecto y crujiente. ¡La arrocera lo hacía por ti!

Sacó una bolsa de limas persas secas, guisantes secos y un poco de pollo del frigorífico. Aquella primera noche en casa de la señora Kishpaugh había preparado *khoresh-e-bademjan* con pollo para Walter, pero ahora no tenía berenjenas, así que preparó *khoresh-e-gheymeh* con los guisantes. Cortaron, picaron y saltearon todo y, después, le añadieron azafrán, cúrcuma y una mezcla de especias persas.

Claire se abrió más y empezó a parlotear, contándole más historias del señor Batman: cómo había montado una campaña a favor de que dieran clases de tango en el centro y había participado en ellas incluso en la silla de ruedas o cómo había leído todos y cada uno de los artículos que habían caído en sus manos sobre la depresión, la ansiedad y los efectos de la pérdida.

—Estaba decidido a descubrir más cosas sobre la enfermedad de su madre. Me dijo que si hubiera nacido en otro lugar y en otra época, quizá la hubieran podido diagnosticar y tratar. —Hizo una pausa—. De todos los residentes del centro, él fue con el que más conecté. Quería compartir sus historias y a mí me encantaban. Me gustaba su amabilidad.

Al final, el corazón le había fallado. Sin más. Roya se había bajado de la cama cuando todavía dormía y respiraba. Había muerto más tarde aquella misma noche, mientras lo acompañaba su hija.

Siempre daría las gracias por aquella hora que había pasado al final con él en la cama, por el tiempo que habían tenido para estar a solas. Siempre estaría agradecida con Claire por haberle ofrecido esa oportunidad. Y con Walter por no interponerse en su camino.

—¿Hola? —La voz de Walter les llegó desde el recibidor.

—¡Estamos aquí! —contestó Roya con tono cantarín.

Por algún motivo, estaba más feliz de lo que había estado desde que había recibido la noticia de la muerte de Bahman. De hecho, estaba más feliz de lo que había estado en mucho tiempo. Era agradable estar con Claire. Tal vez fuese que el aroma del azafrán que habían puesto en el *khoresh* le estaba dando un subidón. Zari siempre decía que era un antidepresivo natural. «¡Ah! ¡Y también es afrodisíaco, hermana! Disuelve media cucharita de azafrán en una taza de agua caliente y bébete la mezcla. Asegúrate de añadir un poco más en la comida de Walter».

Su marido entró en la cocina.

—Vaya, vaya, ¿qué tenemos aquí? —Miró a Roya, después a Claire y, finalmente, otra vez a Roya—. ¡La casa huele de maravilla! Me estaba preguntando de quién era el automóvil que estaba fuera. Hola, Claire.

—Hola, señor Archer.

—Pensaba que al llegar a casa me iban a recibir unas varitas de pescado. Te aseguro que son todo un manjar, pero ¿eso que huelo es un delicioso *khoresh*?

—He tenido una ayudante increíble y quería darte una sorpresa.

—Qué curioso. ¡Yo también tengo una sorpresa para ti! Mira a quién me he encontrado aparcando en la puerta de casa.

Cuando entró, Kyle tenía el rostro sonrojado por el frío. Solo llevaba puestos los calcetines, por supuesto, pues le había enseñado que nunca debía ir calzado dentro de casa. No había tenido agallas de decirle a Claire que se quitara los zapatos, pues habría sido un poco extraño insistir en ello la primera vez. Su hijo debía de haber tenido unos días ajetreados, ya que llevaba algo de pelusilla en las mejillas, aunque siempre le había quedado bien. Su querido niño, ¡qué guapo era!

—¡Kyle! —exclamó mientras se apresuraba a darle un abrazo.

–¿Cómo estás, mamá?

–Ah, Kyle, esta es Claire. Es… –Iba a decir «la administrativa del centro», pero se detuvo–. Es una amiga mía.

–Es un placer conocerte. –Kyle se acercó hasta ella y le estrechó la mano.

Claire se sonrojó al instante.

Walter puso los platos y los cubiertos mientras su hijo servía unas bebidas. Después, los cuatro se sentaron a la mesa de la cocina y compartieron el *khoresh*. El aroma del arroz y el estofado inundaba la casa.

Roya estaba en «casa» en todos los sentidos posibles. No se habían comprado una casa más pequeña ni se habían mudado a una residencia a pesar de que Zari le insistía en ello siempre que podía. Roya quería estar en su cocina con sus propias ollas, sus libros de cocina, su sillón, la comodidad de su enorme dormitorio y la belleza de su patio trasero. Quería estar en su propio hogar todo el tiempo que le fuera posible. ¿Acabarían ella y Walter en un lugar como el centro? No quería pensar en ello.

El *khoresh* era una mezcla perfecta de agrio y dulce; el arroz era fragante y reconfortante y los sabores combinaban a la perfección. Estaba contenta por compartir aquella comida con Walter, con Kyle y con aquella dulce jovencita que estaba sonriendo y masticando *tahdig*.

Su hijo devoró la comida.

–No hay nada mejor que esto, mamá.

Kyle se puso los zapatos en el recibidor mientras Walter ayudaba a Claire a ponerse el abrigo.

–Cuidado con los escalones, ¡pueden resbalar!

–Ay, Dios mío, ninguno de vosotros lleva guantes. ¡Se os van a congelar las manos! –dijo Roya.

Walter y ella se quedaron de pie junto a la puerta principal, el uno al lado del otro, mientras Claire y Kyle se subían a sus respectivos automóviles y se alejaban.

–¿Cómo lo llevas? –le preguntó Walter cuando hubo cerrado la puerta y los dos volvieron a quedarse a solas.

–Sorprendentemente bien.

–¿Y el funeral?

–Sus hijos lo hicieron bastante bien.

–Muy bien. Sube arriba; yo termino de recoger la cocina. ¿Te parece un buen plan?

En su dormitorio, Roya se sentó en el sillón que había reemplazado la mecedora en la que había amamantado a Marigold por primera vez. Al comienzo del invierno, no había imaginado que los recuerdos del pasado fueran a asaltarla, que fuese a encontrar a aquel chico procedente de otro mundo o que de verdad fuese a ir al centro a hablar con él. Había creído que a su edad nada podría entrometerse en aquella vida tan perfectamente sellada. Pero siempre era posible, claro. Nunca era demasiado tarde para nada.

Apenas unos meses atrás, si alguien le hubiera dicho que iba a volver a sentarse al lado de Bahman Aslan y que iba a escuchar su voz (¡la misma voz!) discutiendo de asuntos que habían dejado atrás hacía tanto tiempo, no se lo habría creído. En aquel momento, no habría comprendido que el tiempo no es lineal, sino circular. No hay pasado, presente y futuro. En todo momento, Roya era la mujer que era en aquel momento y la muchacha de diecisiete años de la papelería. Bahman y ella eran uno y, además, estaba unida a Walter. Kyle era su alma y Marigold nunca moriría.

El pasado siempre estaba allí, acechando en los rincones, guiñándote el ojo cuando pensabas que habías pasado página y aferrándose a tus órganos desde lo más profundo de tu interior.

Más tarde, Roya abriría la caja redonda y azul y sacaría las cartas una a una para leerlas. Vería lo que le había escrito a Bahman tantos años atrás y también vería aquella última carta que no había escrito ella, pero en la que estaba presente su voz y una letra que se parecía a la suya. Sabría que alguien había añadido aquella carta adicional en la que le decía que no quería volver a verlo nunca más. También leería una tras otra las cartas de Bahman, aquellas que le había escrito a lo largo de los años para ponerla al corriente de su vida y hablarle de su trabajo, sus hijos y su día a día. Unas misivas que nunca había enviado, pero que sí había guardado dentro de aquella caja redonda y azul junto con sus cartas de juventud.

Añadiría a la caja la última que él le había escrito tras su reencuentro en el Centro Duxton.

El hielo se derretiría. Para el primer día de primavera, para el Año Nuevo persa, lavarían las cortinas y limpiarían las ventanas; barrerían la casa de arriba abajo y celebrarían el renacimiento y la renovación. Pensó en sus padres, allá en Irán, que no habían llegado a conocer a su hijo. Pensó en Zari, en Jack, en sus hijos y en sus nietos, que estaban todos en California. Pensó en Jahangir bailando el tango con Bahman y en su muerte en la guerra entre Irán e Irak. Recordó el día del golpe de Estado y cómo se había quedado de pie en medio de aquella plaza mientras el país se derrumbaba a su alrededor. Pensó en todas las veces que su país se había inflado con orgullo y esperanza solo para colapsar entre el miedo y la represión. Tal vez, algún día sería libre. Pensó en la hija que tendría que haber estado con ella aquella noche en la cocina y en el hombre con el que se había tumbado en la cama durante el último día de su vida.

De pronto, se sintió destrozada por el amor que sentía por él, por Walter, por todos aquellos que se habían marchado y por los que aún estaban.

Epílogo

El guardián de los secretos

Otros, incluso de su clase, van de vez en cuando al bazar principal que está en el centro. Está bien para los objetos de oro, las alfombras y los brazaletes para adornar las muñecas de las mujeres elegantes como Atieh. Venden el azafrán en montones carmesí. La ropa interior de encaje cuelga con pinzas de cuerdas y las coloridas cajas de mosaicos forman pirámides listas para las masas. Sin embargo, Ali evita el bazar del mismo modo que uno evitaría un corazón roto. El simple hecho de oler la fruta bajo el sol, oír a los vendedores ambulantes pregonando sus mercancías o detectar el más mínimo aroma a melón podría cegarlo. No necesita comprar allí. ¿Para qué? Tiene la casa bien abastecida. Atieh dirige su hogar de forma regular y fiable. Sus hijos no le dan demasiados disgustos. Sus hijas han crecido y se han casado bien. ¿Qué más podría pedir?

Por el amor de Dios y todo lo que es decente, Ali.

Abre la tienda para ayudar a los jóvenes. Tener tanto libros como material de papelería es su prioridad. Títulos procedentes de todas las partes del mundo, lomos con letras llamativas, las palabras de las viejas glorias y de los autores más nuevos, tomos arriesgados y de conocimiento... Esa tienda (ese santuario) lo ha salvado, especialmente desde que la risa apática de su padre le negara un futuro con aquella mujer cuya piel con olor a melón todavía desea. El decoro, la tradición y los «Por el amor de Dios y todo lo que es decente, Ali» lo conducen a un matrimonio estable y unos padres felices por ambas partes. Sella su futuro con Atieh y se deshace de la chica que cargaba el balde lleno de cáscaras de melón apoyado contra la cadera y lo besaba en la plaza de detrás del bazar. Casi la ha olvidado.

Los niños, cuando llegan, se suceden con rapidez. Cuatro en total y, por casualidad, gracias a Dios, todos ellos sanos. Crecen bajo el cuidado de su madre y su propia guía. Dos de ellos dejan huella en el mundo académico, cosa que hace que el padre de Ali se sienta vengado al ver que al menos sus nietos siguen sus pasos... No como su hijo, que se ha rebajado a vender mercancías «como un mercader, como un *bazaari*».

Hoy, miércoles 28 de *mordad*, trabaja solo. El primer ministro ha pedido a la gente que no salga a la calle. La tienda está tranquila salvo por el chirrido de la escalera de mano que arrastra por el suelo de la trastienda. El recuerdo de Badri subida a esa misma escalera apenas unas semanas atrás lo asalta. El cuchillo clavándosele en el cuello. Las gotas de sangre sobre la piel.

De pronto, está empapado en sudor. Se le pasará. Es una oleada de pánico, un revoltijo en las entrañas que implica varios minutos de dolor paralizante. Tiene que pasársele.

«Olvídate de la chica, Ali».

Tiene que terminar de ordenar los libros. Tiene que volver a casa pronto. Atieh lo está esperando y, a veces, cuando llega tarde, se da cuenta de que sospecha que está viéndose con otra persona.

Agarra la escoba y barre el suelo y, de nuevo, ella vuelve a estar a su lado. Es asombroso la capacidad que tiene de llevarla consigo a todas horas. Cuando apareció en su vida de nuevo justo allí, en la tienda, entrando con su hijo después de tantos años, volvió a encontrarse tras los contenedores del bazar una vez más. ¿De verdad había abandonado aquel lugar en algún momento? ¿Aquel lugar en el que lo habían tenido todo para ellos solos mientras el resto del mundo unía las manos en oración?

La echa de menos. La sigue echando de menos. ¿Por qué hace las cosas que hace por ella? ¿Por qué no puede decirle que no? Ella le repite una y otra vez que Roya y Bahman no pueden acabar juntos. Le dice que cambie las cartas. Le hace jurar que lo hará y lo hace. Porque se lo debe. Porque se la bebió en aquella plaza detrás del bazar. La inseminó, le robó el honor y acabó con su inocencia. Porque fue un hombre (un muchacho, sí, pero aun así un hombre) que se aprovechó de una chica de catorce años. Y entonces, cuando tendría que haberse casado con ella, la abandonó y, en su lugar, hizo caso a su padre y a su madre y se casó con Atieh. Atieh, cuya piel es blanca y fina como el papel. Atieh, cuya personalidad es como la del yogur. Atieh, que se merece algo mejor que un hombre que desea a Badri.

Tan solo quiere ayudar a esos jóvenes que entran sedientos de conocimiento. Quiere salvarlos de la predictibilidad y el estancamiento. Quiere librarlos de las trampas de las costumbres. Reparte discursos y tratados políticos porque cree en la democracia. Sabe que el primer ministro Mossadegh es un líder justo y equitativo. Cuando entran chicos como Bahman Aslan (ay, aquel primer día que su madre lo llevó a la tienda...; el dolor y el placer de volver a ver a Badri...), quiere ayudarlos a crecer. Tal vez pueda guiar a esos jóvenes idealistas de modo que usen su inteligencia y sus habilidades para mejorar tanto el país como a sí mismos. Tal vez pueda salvarlos.

Todos los días en los que Roya Kayhani entraba corriendo después de las clases y le pedía recomendaciones de libros, se sentía realizado.

Nada lo hace más feliz que cuando nutre romances con cartas escondidas entre los libros. Las misivas que intercambia ofrecen a muchas parejas jóvenes un modo de comunicación del que, de otro modo, no dispondrían. Es un pequeño alivio de la presión de sus padres y de la moral sofocante bajo la que todos ellos están atrapados. Lleva esas cartas de amor a parejas que sabe que no pueden ser vistas juntas; parejas que están separadas por su clase social, su religión o las normas culturales, pero no por el deseo; a aquellas chicas cuya ropa es demasiado andrajosa para los chicos ricos; a aquellos chicos cuyas expectativas salariales son demasiado malas para las chicas de la élite; a musulmanes enamorados de judías; a comunistas enamorados de monárquicas.

Es feliz al hacerlo. Quiere que tengan aquello que a él le fue negado: la libertad de amar.

Abbas y Leila Gholami, una de las parejas más filantrópicas de todo Teherán, no podrían haberse permitido un noviazgo sin su ayuda. Es probable que Jaleh Tabatabayi y Cyrus Ghodoosi, una activista comunista y un monárquico, se acaben casando. Con ellos, lo ha hecho bien. Le ayuda recordar a aquellos a los que ha ayudado y aferrarse a lo bueno.

Ayudó a que Bahman y Roya se enamoraran. ¿Acaso no había salido corriendo al banco consciente de que iban a quedarse solos? ¿No había desaparecido en la trastienda una y otra vez para que pudieran hablar en paz? Les ayuda y les ofrece un lugar sagrado y privado, así como tiempo para estar juntos. Deleitado, contempla cómo el hijo de Badri se enamora de Roya allí, bajo su techo. Más tarde, les entrega las cartas.

Hasta que ella le dice que le ponga fin al asunto.

¿Por qué su corazón no la deja marchar? ¿Por qué algunas personas se quedan en nuestras almas, atascadas en la garganta y grabadas en la mente?

«Olvídate de la chica, Ali».

Roya estará ahora en la plaza, esperando.

Que Dios le perdone. Que Dios lo exonere.

Badri le dijo que había abortado al hijo en común por sus propios medios y que su cuerpo había quedado destrozado para todos los demás. Excepto para Bahman. Así que Ali intenta salvar a Bahman y ofrecerle todo lo que desea: libros, política y amor. Pero hay algo que Badri no quiere, y es que su plan salga mal. Tiene planes para Bahman. Y esos planes no incluyen a Roya.

Cuando se clavó el cuchillo en la garganta y estuvo a punto de morir, cuando después se marchó al norte para estar junto al mar y recuperarse, continuó manipulándolo. Le hizo prometérselo.

Y sí, por orden suya, reescribió la carta de Bahman. Tan solo cambió una palabra; eso es todo. Solo el nombre de la plaza. Sin embargo, fue la opción más cruel: darles esa esperanza y hacer que esperen en diferentes lugares en vez de acabar con todo. Badri quería prolongarlo y ver sufrir a Roya. No dejaba de llamarlo por teléfono desde el norte, junto al mar, para asegurarse de que había hecho las cosas tal como se lo había ordenado. Había disfrutado del drama, del peligro y la crueldad.

Para su consternación, Badri le había exigido otras dos cartas: una de Bahman para Roya y otra de Roya para Bahman. Le hizo prometer que las escribiría y las enviaría por correo varios días antes de que los jóvenes fuesen a «reunirse» en aquellas plazas. De ese modo, ambos recibirían la carta del otro poco después del encuentro acordado, mientras todavía estaban dolidos por el hecho de que los hubieran dejado plantados.

Para que Badri pudiera acabar con la relación a su manera.

Él lo había consentido. No había querido, pero lo había hecho. Hizo lo que le había pedido para compensarla por haberle fallado en el pasado a pesar de que era consciente de que tan solo estaba causando más dolor.

Su letra era perfecta; siempre lo había sido. Podía copiar cualquier cosa. ¿Acaso no lo habían preparado desde muy joven en las mejores escuelas para ser un maestro de la caligrafía y convertirse en un erudito? Era producto de una época en la que una letra excelente implicaba cierto estatus. Pocos podían igualar el control que tenía de su propia mano.

¿Podría Dios perdonarlo?

Badri lo culparía a él si Bahman y Roya se casaban. Y entonces,

¿qué haría? ¿Qué haría ella? ¿Se mataría? No podría vivir con ese peso en la conciencia.

Se sienta en la escalera de mano. Todavía está temblando. ¿De verdad tan solo está cumpliendo con las ordenes de Badri? ¿O hay una parte de sí mismo que, a pesar de tener buenas intenciones, está celosa de lo que tienen esos dos jóvenes? Una vida de amor. Lo que él nunca tuvo.

Recuerda cómo Roya miraba a ese chico en su tienda.

Está empapado en sudor, y mientras descansa allí sentado con la cabeza entre las manos, lo sabe.

No. Está mal.

En su interior, sabe lo que tiene que hacer.

Cierra la tienda y sale corriendo.

Corre, corre y corre. No se ha movido tan rápido desde que él mismo era joven y estaba enamorado. Con cada metro que recorre y cada zancada que da siente una nueva ligereza en el pecho. Badri se equivoca. No pueden hacerle algo así a una pareja de enamorados. No puede olvidarse de la chica que está en la plaza.

Mientras corre, los callejones, las calles y la turba de gente en aumento son un borrón. Al fin llega a su destino sin aliento. Da codazos y empujones a la masa de gente. Menos mal que se había pedido que no hubiera más manifestaciones... ¿Aprendería la gente algún día? «Roya, Roya, Roya». Por supuesto, sabe dónde está. Se abre paso y, entonces, en medio del tumulto y el caos, la ve. Se abre camino a la fuerza entre personas enfadadas hasta llegar a ella. La agarra del hombro.

–¡Roya!

Podría llorar de alivio. La ha encontrado. Va a contárselo.

Parece agotada y exhausta. Está pálida y tiene los labios secos. El deseo de protegerla, de ayudarla y alejarla de aquel desastre lo inunda. Tiene que contárselo.

–¡Ay, gracias a Dios, señor Fakhri! ¿Ha visto a...?

–Khanom Roya, por favor, escúchame... –La agarra de los hombros con ambas manos.

–Solo necesito encontrar a Bahman –dice ella.

–Khanom Roya, por favor, necesito que sepas algo...

Ella se aparta de su agarre. Entonces, siente la fuerza del estallido. Sale disparado hacia el aire y el suelo al mismo tiempo. Está conmocionado por el impacto. Le cuesta respirar. Tan solo sabe que ahora está en el suelo, que tiene el pecho húmedo y que no dejará de mojarse.

Quiere encontrar a Roya para decirle lo que hizo, para decirle que está en el lugar equivocado por su culpa, que debería ir a buscar a Bahman a la plaza Baharestan, que deberían ir a la Oficina de Matrimonio y Divorcio, que deberían aprovechar esa oportunidad, que no deberían renunciar a su amor, que deberían pasar muchos años juntos y envejecer el uno al lado del otro. Quiere decirle que lo siente. También quiere decirle que lo siente a Badri, y entonces recuerda la plaza de detrás del bazar con las moscas y las cáscaras del melón.

Recuerda cómo construyó la tienda centímetro a centímetro y libro a libro, piensa en sus hijos y sus gritos de alegría cuando eran pequeños. Se ha equivocado y ve a Atieh sentada en su sillón por la noche, cosiendo en silencio, y quiere dejar una marca ardiente en el mundo que diga que lo siente. El hijo que Badri se arrancó de las entrañas cumpliría treinta y seis años aquel verano y nunca llegó a conocerlo o a estrecharle la mano. Y lo siente. Lo siente.

Tiene el rostro de Roya frente a él. Y, ahora, varios más. Un hombre le está presionando el pecho húmedo y no puede respirar. Está flotando.

Badri, la del bazar, está ahí de pie, haciendo equilibrios de puntillas, durante lo que parece una franja de tiempo separada de todo lo demás. Sobre la piel, sus labios le resultan cálidos y pegajosos. Es como un ráfaga de fuego. Y ahora tiene un pedazo de tela de melón sobre el pecho. ¿Lo está soñando?

Mira en dirección a su papelería, la que construyó para compensar sus pecados, para esparcir el conocimiento y para cultivar el amor. Le parece ver humo, pero está seguro de que no se trata de eso. La tienda sobrevivirá. La gente entrará en su papelería incluso después de que él se haya marchado. No sabe cómo, pero sabe que será así. Alguien no dejará que desaparezca. Está desapareciendo, se está encogiendo, el cielo se está oscureciendo y el telón está cayendo desde ambos lados.

Se marcha pero el amor seguirá vivo, los jóvenes mantendrán la esperanza, la lucha por la democracia no morirá. Sus libros, las palabras, las notas, las cartas, la esperanza... no pueden acabar nunca. Es un amor del que nunca nos recuperamos.

Agradecimientos

Durante mucho tiempo me senté a solas con esta historia, escribiendo en mi escritorio y dando forma a estos personajes desde cero. Estaba convencida de que serían solamente míos. Sin embargo, una vez que terminé el borrador y me atreví a mostrarlo, la generosidad de los demás me dejó estupefacta. Siempre estaré agradecida con todos aquellos cuyo tiempo y energías desempeñaron un papel en traer esta historia al mundo.

Wendy Sherman ha estado conmigo desde el principio y es un apoyo incansable y una superagente increíble. Se quedó a la espera cuando necesitaba que los personajes surgieran y se desarrollaran y me animó con amabilidad cuando necesité un empujón. Soy muy afortunada por tenerla en mi vida y me fascina el viaje que hemos compartido.

Los escritores sueñan con tener editores como Jackie Cantor que comprendan tanto sus personajes como su historia a un nivel visceral y cuya sabiduría y guía proceda del corazón. Cuando Jackie respondió a mi manuscrito, me hizo creer en la magia. Su fe en este libro y su intenso compromiso con él han supuesto una gran diferencia y me siento muy agradecida con ella.

Le debo un agradecimiento enorme a todo el equipo de Gallery Books, que es donde esta novela tuvo la suerte de aterrizar. Gracias a Wendy Sheanin por una gira previa a la publicación tan emocionante; a Meagan Harris y Michelle Podberezniak por todo su talento publicitario y a Sara Quaranta por estar presente en cada paso del camino. Un saludo especial para el corrector Joal Hetherington, a quien le agradezco mucho su exhaustividad, y a la directora artística Lisa Litwack y su magnífico equipo por el diseño de la cubierta del libro.

El golpe de Estado de 1953 está grabado a fuego en los recuerdos de aquellos que lo vivieron y el efecto dominó de aquel acontecimiento ha afectado a todo el mundo. Para mi investigación histórica, *Todos los hombres del sha* de Stephen Kinzer (que comienza con el mismo epígrafe de Harry Truman) fue de mucha ayuda. Para la poesía, la brillante autora Melody Moezzi me ayudó a escoger versos de Rumi traducidos por Nader Khalili, Coleman Barks y ella misma. Y gracias a todos los mayores de mi familia que han aguantado mis preguntas interminables sobre aquellos tiempos tumultuosos, incluida mi suegra, Maman Pari, que compartió conmigo anécdotas fascinantes sobre sus días en la escuela.

En medio del frío invernal de Boston, cuando pensaba que la revisión sería un puzle que jamás resolvería, mi editora Denise Roy se lanzó de cabeza y le prestó a mi borrador su ojo experto y su mente brillante. Agradezco mucho sus acertados consejos y su guía, así como las conversaciones que hemos compartido. Mi amiga y compañera escritora, Susan Carlton, se reunió conmigo en la biblioteca muchos días de invierno y tardes de verano para, después, ir a comer hamburguesas y *bagels*. Sus consejos y su apoyo han marcado una gran diferencia y no sé qué habría hecho sin ella. Gracias también a Maria Mutch por leer el primer borrador y por ser una gran fuente de alegría y luz en mi vida; a Ilan Mochari por su amistad y sabiduría a lo largo de los años y a mis compañeros de clase de la época de NYU MFA, que siempre serán mis cómplices: Courtney Brkic, Cara Davis Conomos, Jeff Jackson y Sophie Powell. Un agradecimiento muy especial para la radiante Lara Wilson, que se sentó frente a mí durante una comida fortuita y me sugirió tranquilamente un giro argumental (sin haber leído una sola palabra del manuscrito). Querida Lara, gracias por tu amistad. Y por ser de las primeras en leer el libro terminado y compartir sus reacciones del manuscrito final, un agradecimiento glorioso a Elinor Lipman y Whitney Scharer. Vuestro apoyo desde el principio es muy importante para mí.

Si alguna vez existió un Hogwarts para escritores, ese es GrubStreet, en Boston. Tengo mucha suerte de haber encontrado a esta comunidad de artistas fantásticos. Gracias a Eve Bridburg por haber creado la que sin duda es la mejor organización de escritores del país y por su amistad; a Cristopher Castellani por apoyarme siempre y por ser generoso, amable e inspirador; a Sonya Larson y todo el equipo de Grub por todo lo que hacen y a Dariel Suarez por darme la oportunidad de dar clase a escritores increíbles. Estoy muy orgullosa de todos mis estudiantes y me encanta formar parte de su aventura.

Gran parte de mi propio crecimiento como escritora fue definido por profesores generosos cuyas palabras y consejos todavía llevo conmigo: Charles Muscatine, Leonard Michaels, Maxine Hong Kingston y Bharati Mukherjee de UC Berkeley; Alexander Chee, que creyó en mí cuando estaba intentando encontrar mi propio camino; y E. L. Doctorow, Chuck Wachtel y Paule Marshall de mi programa de máster. Y sería negligente por mi parte que no incluyera al señor García, mi profesor de sexto en la Escuela Primaria en el número 144 de Forest Hills, en Queens, que trató a una niña inmigrante recién llegada de Irán con respeto y dignidad y que la animó a escribir y contar historias.

También les debo un agradecimiento a los amigos que me han mantenido con los pies en la tierra: todo el grupo Lavangar compuesto por Stephanie, Julia, Rachel, Abby, Lily y David Lawrence (¡David es un fotógrafo extraordinario y su fotografía de autora me ha seguido por todo el mundo!), Victoria Fraser, Marjorie Travis, Pam, Peter, Jane y Claire Lawrence, Alexandria Snyders Dykeman, Margaret Dykeman, Linda K. Wertheimer, Pam Wolfson, Kwi Young Choi y Laurie Buchta. Nunca olvidaré la generosidad de Jay Buchta; le echamos mucho de menos.

Gracias a los lectores de mi primera novela, *Together Tea*: vuestras notas y correos electrónicos, así como las muchas interacciones cara a cara que hemos mantenido durante las lecturas y los clubes de lectura me han hecho seguir adelante. Un saludo especial para todos los talentosos escritores con los que he tenido el privilegio de trabajar a través de la revista literaria *Solstice* y el Arlington Author Salon. Y gracias al poeta y profesor Persis Karim, que ha apoyado mi trabajo y el de tantos escritores irano-estadounidenses.

Mi hermana, Maryam, me animó a leer y escribir cuando, durante nuestra infancia, nos refugiábamos en el sótano mientras caían las bombas sobre Teherán. Esa solo fue la primera de las veces que la escritura me salvó. Me encanta reírme con ella y ver crecer a sus preciosas hijas. Estoy muy agradecida por nuestra unión irrompible. La valentía y el buen humor de mi madre frente a las dificultades me inspiran cada día. Su amor me ha sustentado y tan solo espero tener la mitad de la resistencia y la fuerza que tiene ella. Gracias por todo, querida Maman; lo eres todo. A mis hijos, Mona y Rod: llenáis mi vida de alegría y vuestra inteligencia y amabilidad son los mejores regalos del mundo. He amado todos los días que hemos compartido. No hay nadie de cuya compañía disfrute más, salvo tal vez la de vuestro padre. Joon Kamran, gracias por limpiarme las lágrimas cuando terminaba de escribir ciertas partes, por escucharme, por estar ahí y por creer en mí desde el principio. Te quiero.

Por encima de todo, quiero darle las gracias a mi padre, que se pasó horas hablando conmigo sobre la ciudad de su adolescencia, sus cafés, sus cines, las manifestaciones y los bailes. Me dibujó mapas de la antigua Teherán, me habló de historia y de geografía, me instruyó sobre poetas y políticos y me maravilló con su conocimiento y su memoria. Terminar este libro me unió todavía más a él y, solo por eso, todo ha merecido la pena. Todo ha sido una simple excusa para oír tu voz, querido Parpie. Todo ha sido por ti.

Índice